Love Anthony

爱你的安东尼

[美] 莉萨·吉诺瓦 著
Lisa Genova
史晓雪 译

浙江教育出版社·杭州

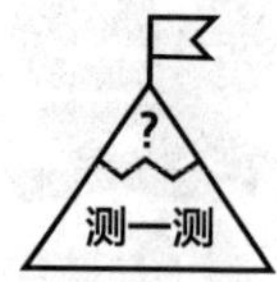

你了解孤独症吗?

扫码激活这本书

获取你的专属福利

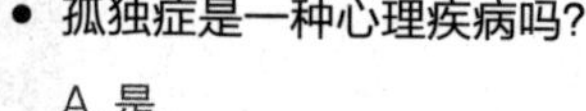

- 孤独症是一种心理疾病吗?

  A. 是

  B. 否

- 孤独症患者都智力低下吗?

  A. 是

  B. 否

扫码获取全部测试题及答案，

一起了解孤独症的真实世界

- 孤独症的常见症状不包括哪项?

  A. 语言沟通障碍

  B. 难以与他人进行眼神交流

  C. 不识字

  D. 对细节异常关注

扫描左侧二维码查看本书更多测试题

湛庐CHEERS

与最聪明的人共同进化

HERE COMES EVERYBODY

推荐序

生命在医学之上

——疾苦文学的救赎意义

王一方
北京大学医学部教授

现代医学牛不牛？当然牛。无论是内行还是外行都会惊叹，它越来越先进、越来越精准，越来越多的药物像充满魔力的子弹，直击靶点，杀敌不伤己；不仅可以在胎儿身上做手术，还可以在基因上“动刀”；器官移植手术可以移植除了大脑之外的器官，几乎没有盲区；ICU 里每天都在讲述着起死回生、妙手回春的故事。然而，还有许多疾病与创伤，现代医学要么无济于事，要么办法不多、短板不少。生物医学更乐意把一切疾苦都归咎于医学，事实的证据化、对象化、客观化，大量情感化、心灵化、社会化的痛苦被遮蔽。对此，宿命论者的隐喻是“膏肓”，医学永远难以超越不确定性，所谓“道高一尺，魔高一丈”。从生命哲学角度看，就是“生命在医学之上”。也就是说，生命的价值丰度远远超越了医学的。以“救助”为例，医学的全部魅力在于疾病的“救治”、危机的“救援”，医学的进阶也不过是身心的“拯救”，而生命关怀的至高境界是苦难的“救赎”。何以为“赎”？依照法国哲学家让·鲍德里亚（Jean Baudrillard）的观点：痛苦是人生的“象征性交换”，由此确立受苦的意义和人生的价值。人生不过是一个穿越苦难、超越苦难的旅程。完整的人生、刚毅的人生里少不了苦难的救赎。

摆在诸君面前的这几本书，讲述的都是人间苦难的救赎故事，尽管我们也可以把他们的疾病罗列出来，阿尔茨海默病、孤独症、单侧忽略，然而，绵长的苦况绝非求医问药就能征服，更不是高技术、高投入所能战胜的，患者、家人、社会都从疾苦陪伴、见证、抚慰、安顿中解读出别样的人生密码。

作者记录、咀嚼、反思、咏叹、彻悟人生密码，呈献给读者《依然爱丽丝》《爱你的安东尼》《被忽略的赛拉》。

细细读来，故事情节忽明忽暗，人物命运扑朔迷离，但一定会凸显某种范式：有山雨欲来、有迹可循的序章，有如至冰窟、头昏脑涨的心理休克，有心如刀绞、忧心如焚的折磨与煎熬，还有生不如死、度日如年的漫长过渡。从心乱如麻，到心力交瘁，再到无力无奈，最后随着解脱疾苦羁绊的终极解药——或许是死神的降临而云消雾散。

掩卷而思，我们可以从中悟到些什么……

疾苦是医学的母题，也是文学的母题。人们正是因为身心的疼痛或痛苦，才迫切渴望医学和文学的诞生，而伟大的文学作品都包含了对苦痛的追问、对人性的剖析。疾苦文学是对医疗技术叙事的拓展，揭示了疾病的非技术面相，它是灵魂的裸舞，是生命险境中人性、灵性、诗性的抒发。而单纯的生物学眼光造就了对疾痛理解、处置的偏狭。因为躯体疼痛必然产生心理与社会投射，演变成身心痛苦，除了疼痛感受之外，还有诸多心理反应、社会交往缺失，如孤独、苦闷、失落、恐惧、气愤、内疚、无助等体验。持续、群体痛苦的叠加，便是人类的大苦难。

在一个享乐主义盛行的年代里，我们为什么需要疾苦文学？难道我们有受虐癖好？显然不是，只因痛苦是人生快乐、幸福的映衬与参照物，疾苦可以使生命变得"深沉"而"厚实"。如果说恶疾是一次托付生命的壮游，触动灵魂的远行，疾苦文学就是一部记录人生历险的游记，这份游记不仅值得个人珍藏，也值得每一个希望生命精彩的人细细品味、分享。文学的精神阅读史（心灵剧场的角色扮演），是肉身痛苦、心灵苦难、生死（无常）宿命、救疗（无力－无奈）体验的接受史、感受（共情）史、投射史，也是一个人的精神发育史：借他人的苦难，得自身的彻悟。如果说踢足球、观足球比赛是男人英雄梦的替代，疾苦文学则是健康人、幸运儿生命两极体验的品位与遥望。马克斯·舍勒（Max Scheler）在《受苦的意义》一书中认为对疼痛的纵容本质上是拒绝轻而易举地获得快乐和幸福。人常说："痛苦使我强大。"诗人余秀华曾宣称："疼痛和苦难让心灵更加明澈。"让－雅克·卢梭（Jean-Jacques Rousseau）更是断言："一个人如果惧怕痛苦，惧怕种种疾病，惧怕不测的事件，惧怕生命的危险和死亡，他就会一事无成。"

对于医护领域的读者而言，他们可以把疾苦文学作为叙事医学进阶的范本，是医患共情、技术反思的良药。在叙事医学开创者丽塔·卡伦（Rita Charon）看来，"只有听得懂他人的疾苦故事，才能开始思考如何解除他人的苦痛"。疾苦救助仅有证据是不够的，故事也是证据；身心拯救仅有技术是不够的，人文也是技术。医学的目的或许并不是奋不顾身的救死扶伤，而是如何回应患者的痛苦。人类面对疼痛、苦楚、罹难，有拒绝、愤怒、讨价还价、沮丧的情绪（呈现共轭效应），存在激烈的身－心冲突、欲－求冲突、命－运（使命与宿命）冲突、恩－怨冲突、知－行冲突，导致精神（价值）大厦倾斜、倾圮。单一的心理疏导难以抵达这些冲突的深渊。

最后，笔者想指出，疾苦文学并非只有文学感染力，还具有现实的引领、示范价值。它告知我们，患者接纳疾苦之后，应对办法有三：一是直面它（迎击，不回避，不放弃生命的目标），二是解构它（无意义的痛苦），三是重构它、赋意义于它。因此，医者、亲属一方面需要寻求对症治疗，如快捷地缓解疼痛之药，另一方面则需要着力进行痛苦抚慰，解决抑郁、危机感、绝望的纠结，同时去阐释痛苦的意义。一般认为，抚慰苦难的路径有三：一是支持性/支撑性抚慰，二是心理危机辅导，三是生命意义的建构。掌握这些基本的路径对我们大有裨益。如果我们的亲朋好友遭逢了突发的事故，或者身处银发时代的洪流中突遇阿尔茨海默病，我们在应对方法上也不至于白纸一张。

献给特蕾西

为了纪念拉里

目录

我希望他们能自己想办法弄清楚这一点。”

如果不改掉孤独症的这些行为，他就永远不会变正常，他将永远是个不一样的孩子。但即使如此，世界不会毁灭，我也不会死。

“妈妈，因为孤独症，我无法拥抱和亲吻你，也不能注视你的眼睛，不能大声说出你渴望亲耳听到的话，但你还是爱着我。”

序

今天是哥伦布日[1]，恰逢周末，她们很幸运地碰上了10月的一个好天气。她坐在直靠背的沙滩椅上，脚后跟陷在滚烫的沙子里。面前的大海在阳光下闪烁着银白色的光芒。远处没有渔船或游艇，近岸也没有冲浪者和游泳的人，只有纯粹的海景。她深吸一口气，再徐徐吐出。

吸收所有的天地精华。

她的三个女儿正忙着建沙堡。女儿们选的地方离水域太近了，不到一个小时沙堡就会被海水淹没、毁掉。妈妈曾警告过她们，但她们根本不理会妈妈的警告。

大女儿差不多八岁，扮演着建筑师和工头的角色。“妹妹们，这里再放点沙子，那儿插根羽毛，去弄点贝壳来做窗户，把这个洞挖得再深点。”两个妹妹就是她最忠实的建筑工人。

“再来点水！”

---

① 哥伦布日（Columbus Day），即10月12日或10月的第二个星期一，纪念哥伦布于1492年首次登上美洲大陆而举行的节日。——译者注。若无特别说明，本书凡出现注释，均为译者注。

最小的女儿刚刚四岁，她超喜欢这份“工作”。她提着小桶跑着冲进齐膝深的海水中，将水桶装满，然后摇摇晃晃地提着桶，在洒了差不多一半的水后，才踉踉跄跄地回到姐姐们身边，她笑着，很高兴自己为这个“工程”做了贡献。

她喜欢看女儿们这样心无旁骛地玩耍，完全无视她的存在。她羡慕女儿们幼小的身体，她们穿着小女孩款比基尼，皮肤因为夏天在外面玩耍而晒得黑黑的，她们在一起蹦蹦跳跳，有时蹲下来玩沙子，有时弯腰捡贝壳，累了就随意坐下来，非常自在。

天气晴朗，又正值假期，岛上聚集了大批游客。与劳动节[①]后的几周相比，今天的沙滩上到处都是驻足的观光游客和一些日光浴爱好者，显得格外拥挤。就在昨天，她沿着同一片沙滩走了一个小时，只见到了一个人。但那是周五的清晨，天雾蒙蒙的，还有些冷。

她的注意力被岸边坐在同款沙滩椅上的一个女人和她的儿子吸引了过去。那个男孩正在妈妈旁边独自玩耍，他是个瘦巴巴的小家伙，只穿了一条蓝色的泳裤，可能比她最小的女儿还小一岁。他正用白色的石头在沙滩上摆出一条线。

每当海水冲过来，白色的泡沫短暂地淹没这条石头线时，男孩都会蹦跳着尖叫。然后，他会跑到水里，就像是在追逐海浪，继而跑回来，脸上挂着灿烂的笑容。

男孩有条不紊地在石头线中加入更多的石头，出于某些说不清道不明的原因，她继续观察着他。

她说：“格蕾西，去看看那个小男孩愿不愿意跟你们一起建沙堡。”

于是性格外向、懂事听话的格蕾西蹦蹦跳跳地走向小男孩。她

① 美国的劳动节设置在 9 月的第一个星期一。

看着女儿双手背在身后和他说着话，但他们离得太远了，她听不到女儿说了什么。男孩似乎并没有理会她。倒是男孩的母亲盯着小女孩看了好一会儿。

格蕾西一个人跑回到他们的沙滩毯边。

“他不愿意。”

“好吧，那你们自己玩吧。”

很快，海水开始入侵沙堡，女孩们厌倦了建沙堡，嚷嚷着肚子饿。到午饭时间了，但她什么吃的都没带，她们该走了。

她闭上眼睛，深吸最后一口温暖、清新、略带咸味的空气，再慢慢吐出来，站起身。她把散落的铲子和城堡模具收拾好，拿到水边冲洗，任由凉爽的海水漫过双脚。她一边冲洗女儿的沙滩玩具，一边看着沙滩，寻找海贝、海玻璃等值得带回家的漂亮东西。

她没看到有什么值得收藏的东西，却发现一颗亮白的石头从沙子里冒出头来。她把它捡了起来。这是一块摸起来很光滑的椭圆形石头。她走到小男孩身边，弯下腰，小心地将她捡的石头放在他码的石头线的一端。

男孩飞快地瞟了她一眼，这一眼很容易被忽略，但她还是注意到了他那双异常漂亮的棕色眼睛在阳光下闪闪发光，他很开心她为他的工程做出了贡献。男孩蹦起来，尖叫着，拍打着双手，欢快地手舞足蹈。

她对男孩的母亲笑了一下，对方也回之一笑，但笑容中有些戒备和疲惫，没有进一步交流的意思。她确信自己不认识这个女人和她的儿子，也不觉得自己有机会再见到他们，但就在转身离开时，她挥了挥手，异常坚定地说了一句“回头见”。

安东尼似乎听不到我说话，每次我叫他的名字，他都不看我。他只是一直坐在地板上，望向玻璃滑门外，看叶子飘落到露台上，就好像我并不存在。

第 1 章

贝丝独自一人待在家里，听着外面暴风雨的声音，盘算着接下来要做什么。老实说，她并不真的只是一个人在家，吉米正在楼上睡觉，但她觉得很孤独。现在是上午 10 点，孩子们都在学校，而吉米至少要睡到中午才会醒。贝丝蜷缩在沙发上，抱着她最喜欢的蓝色马克杯一口一口地喝着热可可，看着壁炉里的火焰，听着外面的声音。

雨水和沙子拍打着窗户，像是敌人发起的强攻。风铃演奏着单调而疯狂的音乐，远处邻居的院子里刮来阵阵狂风。狂风咆哮，像一只绝望而悲伤的动物，确切地说像一头绝望而悲伤的野兽。楠塔基特岛冬季的暴风雨一直很凶猛，狂野又暴力。贝丝刚来时经常被岛上的暴风雨吓到，不过那已经是很多年前的事儿了。

暖气片嘶嘶作响。吉米鼾声如雷。

贝丝已经洗好了衣服，孩子们还要几个小时才回家，现在做晚餐还太早。她很庆幸昨天在杂货店把该买的东西都买了。整栋房子都要吸尘，但她得等吉米起床后才能去做。他后半夜 2 点才下班回家。

她真希望手头有下个月读书会要读的书。她老是忘记去图书馆借书。这个月她读的是马克·哈登的《深夜小狗神秘事件》。这是一本消遣读物，是从一名患有孤独症的十几岁男孩的视角讲述的犯罪悬疑故事。她很喜欢这本书，尤其着迷于主人公奇异的内心世界，但她希望下本书的内容能轻松点。读书会通常会挑选比较严肃的文学作品，但她现在只想愉快地逃到一个热情似火的夏日浪漫世界中去。

突然，房子后面传来“砰”的一声巨响，吓了她一跳。他们养的黑色拉布拉多犬格罗弗原本在一块编织毯上睡觉，听到声响立刻抬起了头。

“没事的，格罗弗。那只是爸爸的椅子发出来的声音。”

知道猛烈的暴风雨就要来临，贝丝昨晚就让吉米在上班前把椅子搬到屋子里了。那是他的抽雪茄专用椅。今年 9 月，一位来消夏的居民将它丢在路边，上面还贴了个“免费”的标签，吉米就没能抵挡住这个诱惑。这是一把雪松阿迪朗达克椅，就是个垃圾。在地球上的大多数地方，这把椅子都能用上一辈子，但在楠塔基特岛，除了密度最大的人造复合材料，咸湿的空气最能降解万物。想要在这里生存下来，任何东西都得异常强韧，或许还得更结实一点。

贝丝昨晚提出的明智建议是，吉米应该把这把发霉、被腐蚀的椅子丢进垃圾堆，至少也应该放到车库里。但现实却是，狂风将椅子吹倒在地，又把它刮到墙上。她想起身把椅子拖到车库里，但转念一想，这样或许更好。也许暴风雨能把它撕成碎片。当然了，即使真的发生了这种事，吉米也会找到别的椅子坐下来抽他那臭烘烘的雪茄。

贝丝试图坐着享受热可可，享受暴风雨和炉火，但起身做点什么的冲动一直折磨着她。她想不出还能做点什么有用的事。她走到壁炉架前，拿起吉米和她——埃利斯夫妇的婚纱照。这是十四年前拍的照片，那时的她还留着一头金色的长发，皮肤白皙无瑕，看不到毛孔，没有斑点，也没有皱纹。她摸了摸自己三十八岁的脸，叹了口气。吉米看起来风度翩翩，他现在依然如此。

贝丝端详着照片中他的笑容。吉米有点轻微的牙齿前突，两颗虎牙稍显突出。刚和他认识的时候，贝丝觉得吉米那不完美的牙齿倒为他增添了别样的魅力，恰到好处地衬托出他粗犷的外表，还不至于看起来像个乡巴佬。他有一种自信、顽皮且灿烂的笑容，这种笑容会让人尤其是女人，绞尽脑汁地解读其背后的含义。

但现在，吉米的这口牙已经开始惹她心烦。比如他虎牙突出的样子，他大口咀嚼食物的样子，他吃完饭后用舌头舔牙齿的样子，都让她不堪其扰。她发现自己有时会在他说话的时候盯着它们，希望他能闭上嘴。在这张婚纱照中，他的牙还是珍珠白色的，但现在却更接近焦糖色而非淡黄色，都是被这些年每天的咖啡和那些难闻的雪茄毁了。

他曾经美丽的牙齿和她曾经美丽的秀发、细腻的肌肤均已远去，留下的是他令人厌烦的习惯，当然，也有她的。她知道自己的唠叨令他抓狂。这就是人们变老、结婚十四年后会变成的模样。她对着照片中吉米的笑容笑了笑，然后将照片放到壁炉架上原先位置左边一点的地方。她退后一步，噘起嘴，打量着壁炉架的长度。

他们的壁炉架是一根近两米长的浮木，悬挂在壁炉上方。在他们相识的第一个夏天，某个晚上，他们在冲浪者海滩上发现了这根被冲上岸的木头。吉米捡起它说：“将来某一天，这根木头会挂在我们家的壁炉上。”然后他吻了她，她也信了他的话。那时他们才刚刚认识几个星期。

壁炉架上放着三张照片，都放在配套的有些变色的白色相框里——左边是格罗弗六周大时的照片，中间是贝丝和吉米的合照，右边则是苏菲、杰西卡和格蕾西穿着白衬衫、粉色印花裙的沙滩照。这张照片是八年前格蕾西刚过完两岁生日时拍摄的。

“时间都去哪儿了？”她大声问格罗弗。

贝丝和吉米合照的左边是一个巨大的桃红色海星，这是苏菲在桑塔提灯塔发现的，合照右边则是一个完美的鹦鹉螺贝壳，个头也很大，没有一处缺损或裂缝。这个鹦鹉螺贝壳是结婚那年贝丝在大角屿灯塔发现的，之所以能保存得如此完好，多亏了她在三次搬家时的精心保护。后来贝丝捡过几百个鹦鹉螺贝壳，却再没能找到一个这样完好无损的。壁炉架上的装饰一直都是这样，其他东西都不被允许放在上面。

贝丝又把婚纱照往右边挪了一点点，退后几步再看，嗯，就这样，比刚才好多了，正好在中间。正如一切本该有的那样。

现在做什么呢？她站起来，觉得精力充沛。

“走吧，格罗弗，我们一起去拿信。”

一到外面，她立马就后悔了。狂风呼啸着穿透了她最心爱的“防风”外套，就好像穿过一个筛子。寒气顺着她的脊椎蔓延，冰冷的感觉似乎在朝她的骨头深处蠕动。雨水从侧面打在她的脸上，让她睁不开眼睛看前面的路。可怜的格罗弗，几分钟前还在温暖的室内满足地睡着，现在却被冻得低声呜咽着。

“对不起，格罗弗，我们马上就回家。”

邮箱就在离家几百米远的地方。贝丝家的街区零星住着几户人家，有的是常住居民，有的只是夏天来度假，但大多数来消夏的游客都住在她去拿邮件的路边的街区里。所以每年的这个时候，这些房子都空荡荡、黑漆漆的。窗户里没有灯光透出来，烟囱里没有烟雾飘出来，车道上也没有车停着。一片灰暗，一切都死气沉沉。天空，大地，每一栋空荡荡、黑漆漆的房子上已然风化的雪松木瓦，以及她现在看不到但能闻到的大海的气味，全都灰蒙蒙的。她一直没法习惯这些。楠塔基特岛上单调而灰暗的冬天足以瓦解人们最坚不可摧的理智。即使是最骄傲的本地人、最热爱这座岛的人，也会在 3 月质问自己：我们究竟为什么要住在这片该死的灰色沙滩上？

岛上的春天、夏天和秋天就不一样了。春天，岛上遍地都是黄水仙，夏天的天空如米克诺斯岛[①]那般蔚蓝，秋天的小岛则成了锈红色的蔓越莓海洋。这些景色吸引了大批游客，他们的到来虽然有不好的一面，但他们带来了勃勃的生机！而当 12 月的圣诞漫步活动一过，他们几乎就全部离开了。他们返回美国大陆以及更远的地方，回到那些有麦当劳、保龄球馆、大型连锁超市以及 1 月还营业的商店的地方。那里有丰富多样的店铺，他们还可以继续享受色彩斑斓的生活。

忍着寒冷、潮湿和痛苦，贝丝来到路边一排灰色的邮箱前，打开自家的邮箱，拿出三封信，迅速地往外套里一塞，以防信被雨淋湿。

“好了，格罗弗，我们回家！”

他们转身往回走。现在，雨水和狂风在背后推着贝丝前进，这下她总算不必只盯着自己的脚，而能抬起头看前面的路了。前面不远处，有个人正朝他们走来，她不禁疑惑这人是谁。

他们离得越来越近，贝丝发现那是一个女人。贝丝大部分的朋友都住在岛中部。吉尔住在思科，离这里不远，但是在反方向，面朝大海。而且，这个女人太矮了，绝对不是吉尔。女人戴着一顶帽子，围着一条包住鼻子和嘴巴的围巾，穿着大衣和靴子。这样的天气再加上这样一副打扮，任谁都很难被认出来，但可以肯定的是，贝丝应该知道她是谁。在 3 月的周四，这么糟的天气，这个街区只有那么几个人会出来散步。今天，楠塔基特岛上不会有周末旅游者和一日游游客。

---

① 米克诺斯岛（Mykonos），希腊爱琴海上的一个小岛，因旅游业而闻名。

她们现在只相距几米远，但贝丝仍然认不出来对方是谁。她只能看到女人的头发又长又黑。贝丝准备上前打招呼说“你好”，而当那个女人到她跟前时，她已经露出微笑了，可女人却盯着地面，拒绝和她对视。所以贝丝没有说“你好”，而微笑又让她难为情。格罗弗走来走去想要去闻一闻对方，但那个女人走得太快了，在贝丝或格罗弗能够了解她的更多情况之前，她就已经走到他们身后了。

走了几步后，贝丝仍然很好奇，她回头看了看，发现女人站在那排邮箱那里，靠远处的那一头。

“也许她是个纽约人。”她一边嘀咕，一边转身朝家走。

安全回到家后，格罗弗抖了抖身体，将雨水溅得到处都是。贝丝通常会斥责它，但现在已经没关系了，因为一打开门，差不多就有一桶的水从门外溅到了杂物间里。贝丝摘下帽子，脱掉外套，怀里的信掉到了地上。她踢掉靴子，感觉全身都湿透了。

贝丝脱下湿袜子和牛仔裤，将它们扔到洗衣房里，随后换上羊毛睡裤和拖鞋。身体恢复温暖和干燥后，她立马开心起来，回到前门，从地上捡起信，然后回到沙发边坐下。格罗弗也回到它的编织毯上。

第一封信是暖气费账单，这可能比他们每月必还的按揭贷款费用还要高，她决定过会儿再打开。下一封信是“维多利亚的秘密”商品目录。她三年前买过一次这家的上托文胸，之后就不断收到这家的商品目录。她准备过会儿就把这东西扔到炉火里。最后是一个指名给她的手写信封。她打开信封，里面是一张贺卡，正面印着生日蛋糕，下面印着：

祝你心想事成。

这好奇怪啊，她心想。她生日还没到呢。

贺卡背后，“生日快乐”这几个字用蓝色圆珠笔划掉了。下面写着：

我和吉米在一起了。

附注：他爱我。

贝丝花了好几秒重读了一遍，确保自己理解了这几句话的意思。她再次拿起这个信封，察觉到自己的心正怦怦直跳。这封信是谁寄来的？信封上没有写寄件人的地址，但邮戳显示这封信来自楠塔基特岛。她也认不出那是谁的笔迹。字迹整齐又圆润，是女人的笔迹，另一个女人的笔迹。

一手拿着信封，一手拿着贺卡，贝丝抬头看着壁炉架，看着自己摆在正中间的婚纱照，咽了口唾沫。她的嘴直发干。

她起身走到壁炉前，把铁门滑到一边，将“维多利亚的秘密”商品目录扔到火里，看着纸的边缘被火焰烧得卷曲、变黑，继而全部化为灰烬，消失殆尽。贝丝的手在抖，她攥紧了信封和贺卡。如果她现在将它们都烧了，她就可以假装自己从没看过它们，这一切从未发生。

一阵突如其来的情感旋涡席卷了她。她感到恐惧、愤怒、惊慌和羞辱。她觉得恶心，好像自己下一秒就会吐出来，但唯一没有出现的情绪就是惊讶。

贝丝关上壁炉的门，攥紧手中的卡片和信封，大步上楼，她迈着一步比一步更用力的脚步，朝鼾声如雷的吉米走去。

第2章

奥利维亚脱下内衣，换上运动裤和袜子，还有她穿得最旧但最喜欢的波士顿学院长袖运动衫。身上干爽了，但她依然觉得寒冷刺骨，急忙去楼下客厅，按下壁炉遥控器的开关。她站在瞬间燃起的火焰前面，等啊等，但没感受到火焰释放出哪怕一丁点热量。她用手掌碰了碰玻璃，根本不热。把用炭的壁炉改成用天然气是大卫的主意。这种取暖方式更适合租客，因为这样更加方便，不会显得杂乱。

奥利维亚和大卫买下这个小屋已经有十一年了，但他们之前从来没在这里真正住过。他们买它只是作为一项投资，刚好在房地产市场繁荣和房价飞涨之前买的。大卫大学念的是商科，大学毕业后不情愿地接手了家族的房地产生意。他一直关注那些有升值潜力的房产。他只在乎房子的地理位置，是的，只关心位置。他会在合适的街区找到一套待装修的房子，然后买下来，雇用承包商来装修厨房和浴室，将房子内外粉刷一新后再卖掉。他的目标一直是把房子迅速转手，在房子门前的草坪上挂上一个“出售”的牌子，之后在兜里揣上一大笔可观的利润。

但对大卫来说，楠塔基特岛是不同的。这座岛上近一半的土地被指定为自然保护区和“永恒的荒野”，只留下将近一百三十平方千米的土地可以用于建造房屋，大卫完全没想过转卖这栋房子。他向奥利维亚保证，这栋房产的价值绝对不会低于他们的买入价。这栋房子没什么特别之处，它只是一个有三间卧室的普通小屋，房间或布局也没什么特色。不过房子距离胖女士海滩不到两千米，是一栋非常理想的度假房产，而且也符合大卫明智的预判，房子每年夏季收到的租金足够支付抵押贷款。

“为我们的未来考虑，这是一笔明智的投资。”他说。那时他们还可以如此幸福地憧憬未来。

每年的淡季，他们都会在这栋房子里待上一两个星期，通常是在 10 月份，但在安东尼满三岁后，他们就不再来了。安东尼满三岁后，几乎所有的事情都停止了。

一阵狂风从远处呼啸而过，在奥利维亚听来，那声音就像一个小孩痛苦的哭嚎。窗户咔嗒作响，一股冷风吹过她裸露的脖子。她忍不住打了个寒战。想适应楠塔基特岛的冬天，还是需要花上一段时间的。

奥利维亚摩擦着手掌，试图通过摩擦来让手掌暖和起来，但没什么效果。她开始想能去哪里找条毯子来取暖。她来这里才九天，还在了解在这里生活的方方面面，仍然觉得自己是个住在别人家里的客人，一个旅馆里的陌生人。她在亚麻织品衣柜里翻了翻，找到了一条她依稀记得是自己买的灰色羊毛毯，用它裹好肩膀后抱着信蜷缩在客厅的椅子上。

这栋房子的账单仍被寄到他们在欣厄姆的家，欣厄姆是波士顿南海岸的一个郊区小镇，所以除了家庭维修服务广告、当地选举明信片和优惠券传单，奥利维亚还没有在这儿收到过任何东西。但是今天，她知道自己还是能收到一些真正的信件的。

甚至在打开第一封信件之前，她就知道这是她以前的上司路易丝寄来的一本书，路易丝是泰勒·克雷普斯出版社的一名高级编辑。信封上有一张黄色的转寄地址贴纸。路易丝不知道奥利维亚搬到了楠塔基特岛，她也不知道安东尼的事。

她什么都不知道。

在泰勒·克雷普斯出版社工作时，奥利维亚在路易丝手下做励志书的初级编辑。这已经是五年前的事了，但路易丝仍然会给她寄预读本。也许这就是路易丝“维护关系”的方式，或是引诱奥利维亚重返工作岗位的小计策。不过，奥利维亚怀疑路易丝只是还没有抽空把她的名字从邮件收件人列表里删掉。奥利维亚从来没有向路易丝暗示过她会再回去上班，她已经有好几年没有给路易丝写过感谢信或者书评了，甚至已经很久没有读过这些书了，但她还是会收到源源不断寄来的书。

她没有心思去读别人的励志书了，她也不再对任何人的建议或智慧感兴趣了。他们又知道些什么呢？又有什么用呢？全都是胡说八道。

奥利维亚过去坚信，励志书籍在教育世人、拓宽眼界和启迪人生方面有很大的作用。她相信真正优秀的人可以改变自己的人生。等安东尼长到三岁，奥利维亚和大卫被告知他们未来要面对的命运后，奥利维亚坚信她会在某个地方找到一个能够帮助他们的人、一个能够改变他们生活的专家。

她翻遍了每一本励志书，然后是每一本医学杂志、每一本回忆录、每一个博客，还有每一个在线父母互助平台。奥利维亚翻阅珍妮·麦卡锡的作品，还有《圣经》。她阅读、许愿、祈祷、相信任何声称可以提供帮助、援助、逆转和救赎的东西。肯定有人知道些什么，肯定有人有打开她儿子心扉的钥匙。

奥利维亚打开信封，拿起书，用手指抚摸着光滑的封面。她仍然喜欢新书带来的感觉。这本书叫《三天奇迹饮食法》，作者是马里兰州的医学博士彼得·法伦。

奇迹个鬼。

她过去经常参加各种会议和研讨会:“某某医生/专家，求求你告诉我们答案。我相信你可以。”她过去每个星期天都去教堂:“求求你，上帝，给我们一个奇迹吧。我相信你可以。”

对不起，法伦博士。这个世界上并没有奇迹。奥利维亚这样想着，随后把这本书扔到地上。

接着，她拿起大卫寄来的信件，盯着它看了很久，然后才小心翼翼地撕开信封，将它倒扣。

三块又白又圆又异常光滑的石头落在了她的腿上。奥利维亚笑了。这是安东尼的石头，是其中的三块石头。她摇了摇信封，里面已经空了。安东尼喜欢的只有三，而不是一、二或四。他喜欢三个一套的东西。比如三只小猪,“一、二、三，走”，还有“小-中-大”。当然，他从没对她说过这样的话:“妈妈，我喜欢《三只小猪》的故事。”但是她就是知道。

奥利维亚把这三块小石头放在手心里，享受着它们带来的凉爽而光滑的感觉。等她处理完信件，她会把它们放到咖啡桌上的玻璃碗里，碗里至少还有五十块安东尼的白色圆石头。那是一个碗做的神龛。

不过，把石头放在咖啡桌上奥利维亚的碗里，安东尼可不会高兴。他更喜欢把它们排成一条线，放得满屋都是，就像是排在地板上的石头游行队。上帝不允许奥利维亚将这一切收拾干净，把安东尼的石头放回到他卧室的盒子里。但有时，她总是忍不住收起来。有时，她只是想在房子里走走，而不是时不时地踢到石头游行队。有时，她只是想穿过一栋正常的房子。但这是一个巨大的错误，他们住的房子一点也不正常。而无论多么微小的改变，都是安东尼的敌人。

奥利维亚朝信封里瞥了一眼，看到一张折起来的信纸。

我在沙发下面发现了这三块石头。

爱你的，

大卫

她笑了，感谢大卫花时间把这三块石头寄给她，他知道她想要它们。还有“爱你的，大卫”，她知道这句话并不是他随口一说的敷衍。她也依然爱着他。

安东尼剩下的石头都在盒子里，现在则在她的卧室里。这是她在最后一次旅行中坚持带来的为数不多的东西之一，而把它们带到这里可不是一件易事。从大卫的汽车后座到海恩尼斯的渡轮，从渡轮到镇上的出租车，再从出租车到这里的卧室，她一边汗流浃背地拖着它们，一边质疑自己是不是疯了。在来的路上，她不止一次想过把这些石头扔到海里，把自己的身体和情感从搬运这些该死的石头的负担中解放出来。但这些是安东尼的石头，是她漂亮的儿子在海滩上精心收集的漂亮石头，它们被他精心地排成一排，现在则巧妙地陈列在咖啡桌上的玻璃碗里。

所以这些该死的石头就跟着她来了这里。奥利维亚留下了她的烹饪书，她在泰勒·克雷普斯帮忙编辑的藏书，还有她所有的小说。她没有带走任何家具、电器或餐具。叠好放在抽屉里的安东尼的衣服，他没有整理的床，放在电视柜里的巴尼[①]DVD，他从来没有玩

① 巴尼，出自美国儿童节目《巴尼和朋友们》(*Barney & Friends*)，是一只紫色的恐龙。——编者注

过的所有的教育玩具，放在浴室支架上的牙刷，挂在前门挂钩上的外套，所有的这一切都被她留在了那栋房子里。

奥利维亚带了她的衣服、珠宝、相机和电脑。还有她的日记。总有一天，她会鼓起勇气重新翻阅它们。

她还留下了几乎所有的照片——她的大学相册，他们的婚礼和蜜月相册，她过去拍的日落、树木和贝壳的艺术照集辑，其中最漂亮的照片现在就挂在他们家的墙上——那是安东尼的婴儿照影集。她把这一切都留给了大卫。这让她觉得，那种生活似乎并没有发生在她身上，而是发生在了别的女人身上。

她只留了一张照片。奥利维亚抬头看向壁炉上方的墙壁，那里挂着一张照片，被裱在相框里。这是她耐心等了好多天才拍到的。她还记得自己盘腿坐在冰箱前，镜头挡住脸，她的手指放在按键上随时准备按下按键，她就这样等啊、等啊。安东尼从她身边经过很多次，时而踮着脚，时而尖叫，时而拍手。每次她都屏住呼吸。她没有动，他也没有看她一眼。

一天，安东尼在她前面几步远的地方坐下，用食指转动玩具卡车的后轮，至少转了一个小时。她没有站起来示范该如何正确地玩这辆卡车：看到没，安东尼，卡车开走了，呜呜，开走了。她没有引导他，而是一动不动地坐在那里，他也没有看她一眼。

每一次尝试时，奥利维亚的屁股、膝盖和手臂最后都会疼痛不堪，抗拒着让她换个姿势。她的理智也会努力说服她放弃，嘲笑她又像个白痴一样坐在地板上浪费了一整个上午。她无视了自己这些思绪，只是安静地、没有丝毫威胁地、隐形般地坐着。

最后，她想要的场景终于出现了。安东尼直直地看着镜头。他可能是口渴了，想找冰箱拿果汁喝。也许，这完全就是个意外，但她在他的眼神飞快地移走之前按下了按键。她看着液晶显示屏，它们就在屏幕上——她终于捕捉到了他的眼睛！安东尼的眼睛就像敞开的窗户，迎接着晴朗、明亮的一天。他的眼神中没有迷茫或游离。儿子那双深邃、黝黑、如融化的巧克力般褐色的眼睛正看着他的母亲，真正看到了她。

奥利维亚坐在客厅的椅子上，腿上放着信件，任由自己迷失在安东尼的眼睛里，她擦掉眼角的泪水，为有机会看到它们、看到真正的意义而心怀感恩。即使她不明白那双眼睛里究竟隐藏着怎样的意义，即使这只是她在将近九年的时间里经过苦苦等待才获得的一个瞬间，即使这只是她利用尼康相机捕捉到的一个画面，然后在一张相纸上呈现出来，她依然很感激能拥有它。

她又用毯子边缘擦了擦眼睛，把注意力转向最后一封信，一个来自考夫曼和伦科维茨律师事务所的马尼拉信封。奥利维亚从中抽出一沓文件，看到了最上面的第一张纸，上面写着："大卫·多纳特利和奥利维亚·多纳特利的分居协议"。

奥利维亚闭上眼睛，倾听风雨敲打窗户、撞击屋顶、肆虐周围万物的声音。她用毯子裹好双脚，紧紧抓着手里的三块石头。就像世间万物，这场风暴也只能持续那么一小会儿。

第3章

吉米依然睡得很沉。他背朝贝丝那侧睡着，蓬松的羽绒被一直盖到了下巴。

“吉米！”贝丝叫得很大声，就差没喊出来了，甚至把自己也吓了一跳。

吉米一下坐了起来。“啊？怎么了？”

吉米还没有彻底醒过来，他一向如此。刚醒的时候，他的脑袋就是一团糨糊，他会摇摇晃晃地走来走去，脑袋还时不时地撞到墙，就像刚刚喝了六瓶啤酒似的。在刚醒的几秒钟内，他没办法背出字母表或说出三个女儿的全名。他可能都不知道他现在有三个女儿。贝丝犹豫了一下，给了他一分钟的时间清醒过来。她的犹豫也可能是因为她想多给自己一分钟的时间，再开口说接下来的事情。

“发生什么事了？”吉米揉着眼睛和鼻子问。

“这是什么？”贝丝把卡片和信封对着他的头扔了过去。但是它们就像一架简陋的纸飞机，轻飘飘地落在了他的膝盖上，而不是甩到他的脸上。他捡起了那张卡片。

“今天不是我的生日啊。”吉米一边说，一边仍在揉着眼睛。

“打开。”吉米打开了它，贝丝如预料的那般颤抖起来。

“我不明白。”

“别装傻。这是谁寄来的？”

“等一下，让我戴上眼镜。”

所以现在他又傻又瞎。那接下来呢？是装聋作哑吗？一部分的贝丝不想听他的回答，另一部分的她却无法抗拒，强迫她面对无法逃避的真相。

吉米伸手去拿床头柜上的眼镜，戴上眼镜，又看了一遍卡片。他打开又合上，然后又打开，仔细研究着卡片，就好像它是一个纵横字谜、苏菲的一道代数题或是某种测试。

这是一个考验，吉米。这是在考验你的忠诚，你的人品。

贝丝看着他的脸，而吉米一直盯着这个最神秘的谜语，拒绝抬头看她。他在拖延时间。

“这不是税单，吉米。这到底是谁寄来的？”

“我不知道。”

现在他抬头看向她。他们僵在那里，两人的目光相接，眼睛一眨不眨，身体一动不动，没人说一句话，像是在进行一场决斗。

最后，他们的决斗以吉米起床把卡片和信封扔到废纸篓里而告终。接着，他从她身旁经过，从门厅下楼。贝丝听到浴室的门关上了。显然，关于这张卡片的事，他已经把该说的都说完了。她勃然大怒，感到肾上腺素在血管里涌动，她把卡片和信封从废纸篓里翻出来，从门厅冲下楼，来到紧闭的浴室门前。

贝丝的手放在门把手上，但良好的教养阻止了她开门。她和吉米不是那种同时用浴室的夫妻。他坐在马桶上的时候，她不会用牙线；她洗澡的时候，他不会和她聊天；他刮胡子的时候，她也不会换卫生棉条。她一般是不会闯进去的。他们的婚姻没有那么亲密无间。

那他们的婚姻算怎么回事？贝丝一把推开卫生间的门，目光紧紧锁住站在马桶前的吉米。

“老天，贝丝，你就不能等我一分钟吗？”

“我要听实话。”

“等一下。”

“告诉我这是谁寄的。”

“你等一等。”

吉米的脸变红了。他转过身来看着她。贝丝站在门口，双臂交叉抱在胸前，挡住了出去的路。他戴着眼镜，身上除了方格花呢平角裤什么都没穿，头发乱糟糟的。他双手垂在身体两侧，看起来很脆弱，毫无防备，被抓住了。

“你不认识她。”

双腿的关节突然一松，贝丝斜靠在门框上，好让自己站稳。她感觉自己像是被绑在铁轨上，死死盯着迎面而来的火车，火车离她极近，近得她都能感觉到火车无情地向前飞驰时吹到脸上的热风。

“她是谁？”贝丝问道。每说一个字，她的坚定都在变弱，恐惧则在加深。

“她叫安吉拉。”

终于，他终于承认了，这是真的。吉米背着她和一个叫安吉拉的女人在一起了。贝丝努力忍住阵阵眩晕的巨浪和愈发严重的恶心，她想象着安吉拉的样子，但想象不出她的脸。如果没有脸，安吉拉就不是一个真正的女人。也许这件事就没有真的发生。

“这个安吉拉姓什么？”

“梅洛。”

原来这个女人叫安吉拉·梅洛。在这个小岛上，在现在这样死寂的冬天，每个人都认识彼此。不过，吉米说得对，贝丝确实不认识这个叫安吉拉·梅洛的女人。佩特拉应该认识。

“你会叫她安琪[①]吗？”

吉米叹了口气，双脚不安地动了动，脸上露出挣扎的表情，仿佛她现在问了个太隐私的问题。“会。”

贝丝注视着他身后白色瓷砖墙上的空白处，喘不过气来。吉米和一个叫安吉拉·梅洛的女人上床了。他亲密地叫她安琪。他和她赤身相对，他亲吻她的嘴唇、她的乳房、她的一切。贝丝想知道他有没有用避孕套，但这个想法太过尴尬和令人厌恶，所以她并没有问出口。

贝丝回到卧室，坐在床上她自己的那侧，不知道接下来该做什么、该说什么或者该怎么想。她希望时间可以倒流，一切重头再来。她可以像往常一样爬上床，醒来，开始新的一天，而不是去取信。吉米一直跟着她走进卧室，站在她身边，等着。

“有多久了？”她问。

“有段时间了。”

“有段时间是多久？”

他犹豫了一下。“从 7 月份开始的。”

贝丝不知道自己在期待些什么。她并没有想起任何具体的疑点或场景。几个偷情的晚上，或者，也许有一两个月了。从 7 月就开始了？她在脑袋里一个接一个地数着那几个月的日子。有机会偷情的夜晚太多了，她根本数不清，也想象不出来。滚烫的泪水开始沿着她的脸颊滚落。

该死的，贝丝，别哭，别崩溃。

她不想让自己成为受害者，就像恶俗套路中的那样，但贝丝就是忍不住。她控制不住地在床上抽泣着，而吉米仍然站在离她几步远的地方。

---

① 安琪（Angie），安吉拉（Angela）的昵称。

“那你爱她吗？”她哽咽着问出这句话，每个字都颤抖着，声音微弱。

“不爱。”

贝丝看向放在大腿上的双手，她的订婚戒指和结婚戒指还戴在手上，只是戒指上镌刻的誓言并没有保护她。她不敢看吉米，害怕看出他说的是实话还是谎言。他已经骗了她好几个月了，所以，也许他在这件事上也撒了谎。如果直视他的眼睛，她会知道真相吗？她现在对他究竟还了解多少？十分钟前，这个答案还是“了如指掌”。

贝丝闭上眼睛，再次哭了起来。现在，她必须做点什么。她不能再像之前一样直接下楼，喝掉她的热可可，然后用吸尘器打扫房间了。

“我觉得你应该离开，”她说，“你应该搬出去。”

吉米仍然没动。贝丝无声地哭着，屏住呼吸，等待他的回答。

“好的。”

他动了起来。吉米走到衣柜前，从衣架上拽下衣服，然后走到他的抽屉前，取出所有的东西。他把东西塞进他的健身包里。

贝丝想大声喊，但发不出声音。好的？吉米甚至都不想辩解一下。他都没有道歉或者求她原谅。好的？他都没有请求她一起解决这个问题，求她让他留下来。

因为他想离开。

贝丝想摇晃他、打他、伤害他。她想朝吉米扔又硬又重的东西，比如台灯旁边的熨斗。她想恨他。但令贝丝羞耻和困惑的是，她还想拥抱他、安慰他、挽留他。她想告诉他，一切都会没事的。她还想走近他，像以前一样和他接吻，就是那些让她化为一潭春水的深深的长吻。

现在他只会吻那个叫安吉拉的女人，让她融化在自己的怀里。

吉米正在浴室里翻箱倒柜，弄出各种声音，也许他正在收拾柜子里他的东西。贝丝看向他刚才睡觉时留下的痕迹。昨天晚上回家睡觉打呼之前，他是和安吉拉在一起吗？

她再也无法在他们的床上多坐一秒钟。贝丝站起来，她一边哭，一边扯掉床罩、毯子，扯掉床垫上的床单，把它们摔到地板上，堆成了摇摇欲坠的一堆。剥下枕套的时候，贝丝注意到吉米的袜子躺在地上，它们那么慵懒和随意，就等着她把它们捡起来放进洗衣篮里。她总是帮他捡臭袜子。他的臭袜子、脏内衣、外套、鞋子，还有地板上满地的食物碎屑，那是吉米不用盘子接着吃熏牛肉三明治和薯片留下的。他吐在水槽里的干了的牙膏沫，以及他在房间里走来走去掉落的沙子，她都会帮他处理好。她在吉米外出偷情时会帮他收拾臭袜子、脏内衣、外套、鞋子，帮他清理食物碎屑、沙子和牙膏沫，还帮他洗衣服。

吉米出现在床脚，背着健身包，提着红色大手提箱，这是他们去年 10 月在海恩尼斯的凯马特店里买的，那是一趟为了去迪士尼公园游玩的公路旅行。而今年 10 月的时候，他正背着她和安吉拉 · 梅洛偷情。

“我会给你打电话的。”吉米说，听起来有些不情愿。

“嗯。”贝丝说。她双臂抱着他们所有的被褥和他的臭袜子，尽量不去看他。

吉米站在那里，挣扎着想再说点什么，也可能是希望她再说点什么，希望她能开口留下他。她不确定究竟是哪种情况。她偷偷瞥了他一眼。他脸上的表情很痛苦，眼里充满了泪水。她转头看向别处。吉米什么也没说，她也没说一个字。他转身走下楼梯。她一动不动，直到听到前门关上了。

在洗衣房里，贝丝小心地量出合适的洗衣液剂量后倒入。吉米的卡车发动机启动了。她又将柔顺剂倒入洗衣机的分配器。他把车子倒出车道。她把表盘转到“床单”功能，按下开始键。他的卡车挂上一挡，轰隆隆地驶入门前的街道。她看着热水洒在他们的床上用品上，蒸汽填满洗衣桶。一切开始旋转起来。

他走了。

贝丝走进厨房，站在水池边盯着窗外，什么都没做。她不知道该做什么。她努力把自己的思绪转向日常生活，希望每天固定的日程安排所带来的舒适和安全感可以打消她内心强烈的恐慌。

她仍然要用吸尘器清扫房间。而且，她很快就可以用克罗克电锅准备晚饭了。她在做鸡汤面，还准备烤巧克力蛋糕当甜点。孩子们2点钟放学。苏菲要参加戏剧社的活动，杰西卡有篮球课，格蕾西约好了玩伴。

当然，她不会告诉孩子们这件事。至少今天不会。而且她们也不会注意到吉米没回家。平时她们吃饭或睡觉的时候，吉米基本上都不在家。

她站在水池边，一动不动。狂风呼啸，暖气片嘶嘶作响。

吉米已经走了。

贝丝深吸一口气，再将这口气吐出来。好了，她该吸尘了。但首先，开始做任何事之前，她要给佩特拉打个电话。

第 4 章

天即将破晓，外面仍然很黑，但不像楠塔基特岛上没有星星和月亮的夜晚那样一片漆黑。在那样的夜里，把手放在鼻子前都看不见手指。她周围的世界就像一张摄影蓝图，呈现一种日出即将来临时的蓝灰色。不过这里的晨雾很大，是黎明前那种典型的晨雾，尤其是在近岸区域。过低的能见度使这里看起来比实际上要暗。尽管她的吉普车开着前灯，挡风玻璃上的雨刷尽可能快地刷着玻璃，奥利维亚还是很难看清前方的道路。她小心而缓慢地开着车，毕竟她不赶时间。

沃威内特酒店[①]的门房是空的。奥利维亚把吉普车停好，走下车，把四个轮胎里的胎压降了一些。她爬回车里继续前行，路面从硬路面变成了沙地。沙地很柔软，她的吉普车随着每一厘米的前进而下沉、弹跳和摇摆。这里的雾更浓了。她看不清两侧的路况，前面的路也只能看清楚一两米远。

奥利维亚可能已经开了五六公里，但她也不确定，因为沿途看不到任何地标——道路被围栏挡住了。海滩上禁止车辆驶入，这是

① 沃威内特酒店（The Wauwinet），位于楠塔基特岛的一家豪华酒店，距离楠塔基特镇中心十六千米，可直通私人海滩，内设一间餐厅，提供帆船和钓鱼等活动。

为了保护濒危的笛鸻，因为它们可能会在轮胎轧出的车辙里筑巢。她把吉普车停在围栏边，下了车。

她徒步穿行在辽阔、光滑、被风抚平的沙滩上，她能听到大海的涛声、闻到大海的味道，但没法看到，大雾仍然遮住了一切。现在应该离海不远了。奥利维亚从大衣口袋里掏出手电筒，对准她的前方，但光束四散，在空气中悬浮的水分子之间扩散。手电筒完全没用。奥利维亚继续前进。她知道自己要去哪里。

柔软的沙滩终于变成坚硬的地面，由于之前的涨潮，地面还湿漉漉的，奥利维亚松了一口气。每一步走起来都不容易。尽管很冷，她还是出汗了，而且感觉到她的腿部肌肉在燃烧。她舔了舔嘴唇，感受着海盐的味道。她仍然看不到海，但她知道海现在就在她的正前方。她很失望没能看到灯塔，它应该就在离她很近的地方，隐藏在墙一般的雾后面。

大角屿灯塔已经被摧毁过两次，一次是因为火灾，另一次是因为暴风雨，因而也重建了两次。它是一座二十米高的白色圆柱形石头灯塔，矗立在大西洋与楠塔基特海峡交汇处的这个脆弱的沙堆上，在持续的侵蚀和狂风的威胁下幸存下来。

除了海鸥，也许还有几只笛鸻，这里就没有其他生物了，她想一个人待在这里。从 5 月到 9 月，她可以想象这片十公里长的海滩上如何挤满了四驱车、徒步旅行者、参加自然历史旅行的家庭还有度假的人们。但是在 3 月 17 日，没有人会来这里。她孤身一人，北面是与科德角相隔五十公里的海域，而她的所在地与东面的西班牙之间，横亘着五千公里的海洋。这是她能想到的最近的地方。而这正是她今天想来的地方。

在过去，也就是不久以前，对奥利维亚来说，这种离万事万物太过遥远的地方没有任何吸引力。不仅如此，这样的地方还会令她害怕。一个女人独自待在一片与世隔绝的海滩上，远离任何可能听到她呼救的人——像大多数女孩一样，她被告诫要避开这种情况。但是现在，她不仅不害怕，反而更喜欢这样。她丝毫不担心自己会在大角屿灯塔被强奸或谋杀。因为，在安全的欣厄姆郊区漫步，被做着日常琐事的普通人包围，这些事情才能杀死她。

还有杂货店里那条货架上放满薯条等零食的走道，一场正在进行的少年棒球联盟比赛，圣克里斯托弗教堂，购物中心的自动扶梯，生了“模范小孩”的她的老朋友们：一人故作不经意地吹嘘她女儿在学校演出中的表现，另一人谦逊地抱怨三年级的数学对她儿子来说不够有挑战性。她必须避开他们所有人。

所有这些地方、所有的人和事都充满了关于安东尼的记忆，她为之祈祷的安东尼或者可能存在的安东尼的记忆。它们都有瞬间让她内心崩溃的能力，能让她情不自禁地哭泣、躲避人群、高声尖叫、诅咒上帝、停止呼吸、失去理智。这些回忆会让她做出上述任意一种行为，有时甚至是全部。

奥利维亚会在去银行或加油站的路上绕行多个街区，这样她就不用看到教堂了。她也不再接电话。去年夏天在杂货店，她注意到一个男孩走在他妈妈旁边，她估计他和安东尼差不多大。一开始奥利维亚还很正常，直到她走到那条货架上放满薯条等零食的走道，听到男孩问他妈妈：“妈妈，我们能买些薯片吗？”当时男孩手里拿着一罐咸醋味的品客薯片，那是安东尼的最爱。那一瞬间，所有氧气似乎毫无征兆地从店里消失了，奥利维亚整个人瘫痪了，她像缺氧的鱼大口地呼吸着空气，被惊慌淹没。刚一能动弹，她就扔下装满食物的购物车从店里跑了出去，在车里哭了将近一个小时，她才勉强镇定下来，开车回家。从那以后，她再也没有踏足过那条货架上放满薯条等零食的走道。那里不安全。

世界上到处都是咸醋味品客薯片那样的陷阱，它们会把她整个吞下去，这对她来说倒是好事，只是它们最后还是会把她吐出来，说:“现在，熬过去吧。”每个人都希望她熬过去。熬过去吧，向前看。但是她不想向前看。她只想待在这里，独自一人在大角屿，远离所有的陷阱。站着不动，哪里也不去。

奥利维亚蹲下来，用食指在湿漉漉的沙滩上写下：生日快乐，安东尼。今天本该是他的十岁生日。

她清楚地记得他出生的日子。安东尼的出生并不复杂，但很漫长。奥利维亚本来是想顺产的，但是在经历了二十小时痛苦而徒劳的分娩之后，她不得不屈于现实，请求医生对她进行硬膜外麻醉。两小时后，催产素有分泌的迹象了；又过了六个小时，安东尼出生了。他有着粉紫色的皮肤，像牵牛花的颜色，还有平静而大睁的眼睛。她立刻就爱上了他。他很漂亮，未来充满无限希望：她的宝贝儿子将来有一天会参加少年棒球联盟，在学校的演出中担任主角，并且擅长数学。奥利维亚当时不知道，她应该对她漂亮的儿子寄予更简单的期望，她应该看着她刚出生的儿子想：我希望你在七岁前学会说话和上厕所。

安东尼的头几个生日很正常——奥利维亚在面包店选购的蛋糕、被她吹灭的蜡烛，被她和大卫以过于浮夸的表情与动作打开的生日礼物。但那时他也才一两岁，所以这也是意料之中的庆生场景。但两岁以后，他的生日开始变得越来越偏离正常的轨道。

四岁的时候，安东尼就不再受邀参加其他孩子的生日派对了，而当他五岁时，她和大卫依然按部就班地为安东尼举办只有家人参加的私人庆祝派对。这样更容易一些，因为安东尼从来不会参加派对游戏，也不关注生日小丑。这仍然令她心碎。

这个年龄段的其他小男孩的爱好日渐成熟，这反映在他们每年的派对主题上——从球星埃尔默到建筑师鲍勃，再到蜘蛛侠，然后是《星球大战》的主角，但安东尼每年的生日主题人物都是巴尼，而且他非常满意。奥利维亚当然可以换成别的主题，但是假装他喜欢超级英雄、机器人或者忍者是没有任何意义的。安东尼喜欢巴尼，而且在他的派对上，绝不会有别的小男孩嘲笑他喜欢紫色的恐龙。

所以每年的生日，奥利维亚和大卫都会在安东尼喜欢的巴尼蛋糕上点燃生日蜡烛，为他唱生日快乐歌。然后奥利维亚会说："快呀，安东尼！许个愿，再把蜡烛吹了！"而他根本不会做这些事，所以她只好替他吹掉蜡烛。她总会许愿，每年都是同一个愿望。

安东尼，你千万不要长大。你必须在长大前学会说话。在我们把另一个该死的巴尼蛋糕放在厨房餐桌上之前，你必须学会说"妈妈"和"爸爸"，"我六岁了""我今天想去游乐场"，还有"我爱你妈妈"。求你别再长大了。我们要没有时间了。

她从未停止过许愿。

他们每年给安东尼庆祝生日只是在走个过场，他的生日对奥利维亚和大卫来说也不是开心的一天。在安东尼的生日那天，她和大卫无法像其他父母那样庆祝孩子在过去一年里的巨大变化和成长，相反，她的内心充满了深切的嫉妒，有时还会是憎恨。在安东尼的生日那天，她和大卫只能感到无言的恐惧和绝望。每年的 3 月 17 日，都是他们被迫正视安东尼的孤独症有多严重的日子，他们会充分认识到他并没有取得多大的进步。挑礼物的时候，奥利维亚会考虑要不要买适合五岁及五岁以上儿童的玩具，但她不得不承认安东尼对这些玩具没有丝毫兴趣，因为他不会玩这些玩具中的任何一个。就是这样，证据印在许许多多费雪牌玩具盒上——安东尼的能力已经远远落后于他的年纪了。

所以奥利维亚会给他买一个由他的应用行为分析疗法（ABA）[①]治疗师卡林推荐的教育玩具，或者一个新的巴尼影碟，有一年她送

---

① ABA（Applied Behavior Analysis），应用性行为分析疗法，一种常被用来对孤独症儿童及其他有发育障碍的儿童进行早期行为干预与训练的操作性方法体系。

的是一罐包好的咸醋味品客薯片。品客薯片总能让安东尼开心。不过，他每年最喜欢的礼物还是音乐贺卡。

安东尼四岁的时候，奥利维亚给他买了他拥有的无数张音乐贺卡中的第一张。这张贺卡上面画的是篮球和悠悠[①]。她先展示给他看。他看着，又假装没看。她打开贺卡，音乐响起，角色们开始唱歌。她合上贺卡，音乐和歌声就停止了。

直到今天，奥利维亚仍然记得当时安东尼脸上因为意外发现了新的魅力而露出的奇妙而快乐的表情，和他发现电灯开关时露出的表情一模一样。他打开贺卡，音乐开始播放。他合上贺卡，音乐就停止了。打开，音乐播放；合上，音乐停止。这些贺卡对安东尼来说就是天堂。每次打开贺卡，播放的都是同样的音乐；贺卡的一切都是可以预测的，完全在他的控制之下。

在这一天剩下的时间里，他不停地打开又合上贺卡，打开又合上，并且随着贺卡的开合不停地微笑、尖叫和拍手。这就是安东尼每年最想要的礼物——与他的音乐贺卡独处的无限时间。

她想知道大卫现在怎么样了，是否已经醒了，有没有意识到今天是什么日子，有没有想起安东尼。她希望他今天能找到慰藉。想到这里，奥利维亚的心很痛，希望能安慰他的人是自己，但她做不到。她的内心不存在慰藉这样的东西，自己都没有，所以没办法给别人。他也没有。他们对此心知肚明。

奥利维亚坐在海滩上等待日出，听着头顶上海鸥发出咯咯的叫声，这声音听起来像是笑声。涨潮了。随着海浪的每一次涌动，她看着她写在沙滩上的“生日快乐，安东尼”这几个字被一点点地冲走，直到完全被海水冲刷干净。所有的字都被海水擦拭得一干二净，

---

① 篮球和悠悠（Hoops & Yoyo），两个卡通形象，篮球是一只粉色猫咪，悠悠是一只绿色的兔子。

就好像它们从来没有存在过。如果她仍然相信上帝，奥利维亚会请求上帝把她写在沙滩上的生日祝福送给她在天堂的儿子，但她并没有。这些只是她用手指在沙子上划的字，只是被大海吞噬了而已。

在她的脚前，奥利维亚写下“我爱你”这几个字，然后等待着海水源源不断地涌进每一个字母，在字母的笔画中形成小水坑，并冒着气泡。这些字也被冲走了，没有被任何人看见。

晨雾开始消散，天空开始变亮。金属灰的海洋在她面前翻滚着。灯塔在她的左边显现出来。又一波海浪冲过来，化为一层泡沫，在她脚下留下一块白色的圆形石头。她的心跳停了一下，然后跳得更快了。她蹲下来，捡起这块美丽而光滑的石头，把它放在手里。

这是安东尼的石头。

我很想你，我亲爱的孩子。

太阳升起来了，海天相接的地方散发出粉红色的光芒，像牵牛花的颜色，美丽而充满希望。

第 5 章

吉尔、贝丝和佩特拉坐在吉尔家的客厅里，等待科特妮和乔治娅过来。今晚是读书会之夜，但科特妮在周四晚上教瑜伽，她的课要到六点半才结束，所以她们知道她会晚一点到。可乔治娅总是迟到，吉尔虽然对此心知肚明，但还是很恼火。吉尔把她们关在客厅里，等所有人都到齐，因为她想让所有人同时看到餐厅。她想好了一个盛大的登场。

贝丝越来越坐立不安。佩特拉打算在今晚公布贝丝的遭遇，而每当吉尔叹气的时候，贝丝就对这个决定愈发不确定。她不是不想让自己的朋友们知道吉米出轨并且已经搬走了，她只是不想让全岛的人都知道这件事。而他们最后都会知道的——学校的校长伦恩会知道，便利店的收银员帕蒂会知道，贝丝的理发师丽莎会知道，还有杰西卡的篮球教练也会知道。

但佩特拉是对的。贝丝需要昂首挺胸地说出真相，从她朋友们的集体之爱中汲取力量或别的东西。今天早些时候，佩特拉在鼓舞大家士气时的一段老生常谈在当时听起来不错，但贝丝现在想不起来了。佩特拉读了很多鼓舞人心的书，她还会看塔罗牌，每个月看一次萨满，而不是常规的心理咨询师。岛上的很多人都认为佩特拉有点神经质。贝丝虽然认同佩特拉可能有点古怪，但她也相信佩特拉拥有一种大多数人都理解的智慧，一种贝丝欣赏、被吸引并确定自己缺乏的灵魂核心。

另外，撇开坦承、友谊和关于新时代的胡言乱语不谈，吉米的出轨竟然没有满城皆知，这简直就是奇迹。贝丝知道了，佩特拉知道了。吉米和安吉拉知道贝丝知晓，所以他们现在可能不会再像之前那般偷偷摸摸的了。酒吧里的人应该都知道了这件事。然后迟早会有人告诉别人，而这个人又会告诉吉尔，或科特妮，或杰西卡的篮球教练。

而且孩子们现在也知道吉米搬走了。苏菲是第一个注意到爸爸不在那些老地方，比如床、沙发和他的雪茄椅上。“爸爸去哪儿了”成了比“孩子是怎么出生的”或者“大人为什么喜欢抽烟”更难回答的问题。贝丝在回答时总是含糊其词，故意让解释简短而模糊（同时也很诚实，因为她也不知道他到底在哪里），妄图保护她们，不让她们知道自己的爸爸背叛了妈妈。所以女孩们知道爸爸没住在家里，但她们不知道丑陋的真相，至少现在还不知道。可悲的是，事实上，她们的爸爸正在背叛她们的妈妈，而楠塔基特岛上的每个人、包括他的三个漂亮女儿知道这件事只是个时间问题。

贝丝从吉尔的咖啡桌上拿起那本《楠塔基特岛生活指南》，随手翻了翻，希望借此分散注意力。吉尔则在抱怨已经很晚了，贝丝对此表示认同。贝丝感觉自己就像坐在牙医诊所的候诊室里，她知道自己需要洗牙，而且明白洗完后牙齿看起来会很好，自己也会感觉很舒服，但这种等待令她的焦虑和回忆愈发紧密地交织在一起。她将开始关注预料中的金属器械刮擦牙齿的声音、牙龈的悸动性疼痛、洗牙师责备她使用牙线频率不够时产生的羞耻感，以及乳胶和血液在她嘴里的味道。如果她必须等上十多分钟才能听到洗牙师喊她的名字，那么她需要用尽所有的自制力才不会立刻跑掉，然后过上六个月再来这里。

她的洗牙师和牙医也会知道吉米对她不忠。

贝丝努力忘掉吉米、她的牙医和洗牙师，以及她和佩特拉之前谈的事情，把注意力放到吉尔身上。吉尔正在给她们讲她的丈夫米奇最近的一个迁址项目。米奇经营着自己的建筑公司。他承包过的最令人难以置信的项目，不是造新建筑或精心设计增建项目，而是把几栋现有住房移动至关重要的几米。悬崖上有几处历史悠久的别墅和豪宅，它们随时面临着因悬崖边缘被自然侵蚀而倒塌的危险，就好像每栋房子都坐落在一块馅饼上，而大自然母亲每年都会用叉子叉掉一口馅饼。米奇的团队可以奇迹般地把整栋房子往后移三十米、一百米，直到房主的房子前再也没有空地，房屋前门紧贴路边。届时，除了沉积层，什么都不会剩下，大自然母亲将会饥肠辘辘。

米奇现在正在巴克斯特路上迁移一个有七个卧室的庞大怪物，但这个怪物不太一样。房主最近买下了街对面的房子，米奇的团队将这栋房子夷为平地，现在他们要把悬崖上的房子搬到巴克斯特路的另一边，也就是搬到一块全新的馅饼上。这种事情只会发生在楠塔基特岛。

“很疯狂，对吧？米奇说，要是他活得够久，他会再次迁移那栋房子。”吉尔说。

“这就是为什么我选择住在岛中部。”佩特拉说。她住在岛中部，因为那里是她长大的地方，也因为她住不起离海更近的地方。

这是个好故事，但贝丝现在正忙着在她的脑袋里测试不同的离开借口的可信度，她几乎是如坐针毡：我忘记带书了，格蕾西不舒服，我感觉不舒服。

佩特拉坐在贝丝旁边，似乎感知了贝丝准备逃走的念头，她把手伸过去，小心翼翼地把贝丝的手放在她们的膝盖之间。她紧紧地握住它，但又没有太用力，既给人以安慰，又给人以支持，像是给贝丝传递了一个信息：我爱你，你哪儿也别去。

一阵象征性的敲门声之后，科特妮和乔治娅同时走了进来，两人形成了鲜明的对比。

科特妮没化妆的圆脸泛着粉色的红晕，头发松散地扎成一个高马尾，发际线被汗水打湿了。她穿着一件没有拉链的二手冬季大衣，里面套着淡紫色的背心，腿上穿着黑色棉质瑜伽裤，脚上穿着人字拖，手里拿着书。她神采飞扬，笑盈盈地在贝丝另一侧的沙发上坐下，她的能量和她一起飘进了房间，轻轻地落下，就像一阵轻风吹进来的白色蒲公英气团。她身上有一股广藿香的味道。

乔治娅整个人看上去忙乱得很，她涂着烟熏色的眼影和口红，戴着大胆的吊坠式金耳环，脚上踩着黑色的商务高跟鞋，努力对抗着肩上塞满东西的皮革笔记本电脑包的重量，嘴里诅咒着那个因为她选择的婚礼红毯而打电话抱怨了四十五分钟的新娘。她一边为迟到向大家道歉，一边摘下帽子、围巾、手套和外套。

如果科特妮是在温暖微风中飘过的一粒纤细种子，那乔治娅就是一根被飓风折断并撞向大地的树枝。从她们的外表来看，很难想象科特妮和乔治娅是好朋友，但她们确实是彼此最好的朋友。

吉尔松了口气，现在可以开始了，她借故跑进厨房。乔治娅还没来得及坐下，吉尔就返回了，她像学校老师那样拍了两下手，提醒全班学生注意，随后领着大家进入她的餐厅。第一个发出惊呼的是乔治娅，然后是所有人。吉尔一脸笑容，既为所有人的惊叹而高兴，也很欣慰大家的反应跟自己想象中一样。

这个月要读的书的背景设定在第二次世界大战后的日本，显然吉尔是受到了这本书的背景启发。餐桌上的每个盘子中央都放着一个纸折的动物——一只紫色的鹤、一只白天鹅、一只橙色的老虎、一个绿色的海龟和一头灰色的大象。每个动物的右边都放着一点绿芥末和一堆整齐肥厚的粉色嫩姜，每个盘子的两侧放着一双筷子和一个装满酱油的碟子。白色灯散落在房间里，桌上放着两瓶清酒。餐桌中心放着一个椭圆形的盘子，上面拼放着加州卷、三文鱼卷和金枪鱼卷。

“哇，吉尔，别告诉我这些都是你自己卷的。”科特妮说。

“当然是她自己卷的。”乔治娅说。

“是我做的。”吉尔承认道。

“这也是你折的？”科特妮举着一个紫色的纸鹤问。

“这很简单，网上就有简单的折纸教程。”吉尔说。

“对你来说是不难，你真是太棒了，”科特妮说，“你肯定准备了一整天吧。”

“倒没有花那么久。”吉尔说，朋友的惊叹令她非常愉快。

“你都可以靠做这个养活自己了。”贝丝说。

吉尔做了十六年全职妈妈，只要米奇一直做搬家生意，她就不需要出去工作，但这也不失为一个好主意。她可以把自己出租给富裕的来消夏的居民，主持奢华的读书会派对。他们会喜欢她的。

“好了，现在每个人选一个座位。每张座位卡上都有一个角色的名字，所以你们要——”

“我们今晚不讨论书。”佩特拉说。

贝丝的胃收紧了，她希望在她们开始讨论她的问题之前，她至少能先喝杯清酒。

“什么？”吉尔紧张地笑了，“我们当然要讨论书了。”

“不，我们不讨论书。”佩特拉说。

佩特拉比她们这几个人中最年轻的还要小五岁，但毋庸置疑，她是这群人中的“老大”。佩特拉在家里是七个孩子中的老大，她是波兰移民的女儿，也是迪仕餐厅的老板，迪仕餐厅是楠塔基特岛最受欢迎的餐厅之一。佩特拉强硬而专横，还会带着厚脸皮的邪笑说她这种性格是天生的。不过，佩特拉也很公正，她高挑的身体里没有一根令人讨厌的骨头。如果有谁能在不流泪或不发生破坏友谊的争论的情况下打断吉尔的读书会，那个人一定是佩特拉。

“我们需要比清酒更烈的东西。你有伏特加吗？”佩特拉问。

“但那不符合日式风格。”吉尔说，仍然试图拒绝以任何方式偏离读书主题的建议。

“吉米背着贝丝和绍特酒吧的女招待偷情了，他搬出去了。”佩特拉说。

乔治娅又是第一个发出惊呼的人。吉尔转向贝丝，接收到了贝丝眼睛中的惧意和歉意。她没再说一个关于日本的字，而是进了厨房，随后一手拿着一瓶三八牌伏特加、另一只手拿着一瓶优鲜沛蔓越莓汁回到餐桌前。

“喝这个还行？”她一边坐下一边问。

“非常好，”佩特拉说，她开始往红酒杯里倒伏特加，没给果汁留多少空间。“给她们看看那张卡片。”

贝丝从她的书里抽出卡片和信封，乖乖地将它们递给乔治娅。

“噢，贝丝，”在读完卡片并将卡片和信封递给科特妮后，乔治娅说，“这是绍特酒吧的女招待寄来的？她是谁？”

“安吉拉·梅洛。”贝丝说。

“我不认识她。”吉尔说。她很怀疑楠塔基特岛上还有她不认识的人。

“她搬来这里才几年，巴西人，是作为夏季帮工和她姐姐一起过来的。”佩特拉说，“她们还来餐厅找过工作，但我没有用她们。”

“我也不认识她，”科特妮说，“这件事有多久了？”

“从 7 月份开始的。”贝丝说。

“天呐，竟然有这么久，贝丝。”吉尔说。

“是啊。”贝丝说。

贝丝拿起酒杯喝了一大口伏特加。酒是温的，没兑足蔓越莓汁，这令她的喉咙后部发烫。要是喝的是清酒就更好了，讨论这本书也会更好。她又喝了一大口伏特加。

“我告诉过你不要让他在绍特酒吧工作。”乔治娅说，“那地方太放纵了。想想那里放的歌，那些马天尼酒。我要是在那里待上一个小时，我也会忍不住的。”

过去，吉米一般在10月和次年3月之间捕捞并售卖扇贝，而在禁止捕捞扇贝的夏天，他会在岛上的酒吧里当轮班调酒师。但实际上，他从来不需要做调酒师。楠塔基特岛的扇贝商人很赚钱。吉米做调酒师主要是为了保持忙碌的状态，而不是赚钱。多年以来，吉米过着自豪而踏实的生活，贝丝也很喜欢有他在身边和孩子们一起过暑假。

但在几年前，扇贝开始从港口消失了。随后，在很短的时间内，楠塔基特岛的扇贝几乎完全消失了，快得令人毛骨悚然。吉米基本上算是失业了。他将这归咎于麦克豪宅的业主们，他们那地毯般茂盛的绿草坪施加的肥料渗入海港，污染了水生基础设施，杀死了扇贝，天知道还杀死了什么。

吉米在夏天继续做兼职调酒师，但是到了冬天，他就没有工作了，有段时间他们连日常支出都很困难。吉米闷闷不乐地在房子里转来转去，既沮丧，又拒绝面对严峻的现实，仍然希望扇贝生意能够出人意料地卷土重来。后来，就在两年前多一点，绍特酒吧的负责人请他在那里全职工作，一年四季都上班。全年都上班的工作在楠塔基特岛是罕见的珍宝，无论是哪种形式的工作。而他们又急需这笔钱，于是吉米就成了绍特酒吧的一名调酒师。

“你知道这件事有多久了？”乔治娅问。

“差不多一个月吧。”贝丝回答。

这是她生命中最漫长的一个月。自从吉米搬出去后，贝丝只见过他三次，都是他突然回家。他在早上来过一次，那时孩子们已经上学了，但她还没来得及洗澡，还没来得及取回工作鞋。另外两次，他都是晚上过来的。他在厨房里转来转去，和孩子们聊天，却从不坐下来，也不问有没有他的电话留言。他从来没有收到过任何电话留言。

每次吉米出现，贝丝的心情都是振奋的，希望，甚至是期待。贝丝期待他过来是来告诉她：他很抱歉，之前是他犯浑，他不想再过没有她和女儿的生活了，他想回家。但是吉米从来没有说过这些话，所以她再一次感受到了愚弄和背叛。贝丝假装对他漠不关心。她在吉米和杰西卡聊天的时候，假装若无其事地在水槽边削土豆；又或者在他到处找鞋子的时候假装专心看书，她绝不会去给他拿鞋子，尽管她知道鞋在哪儿。

现在无论什么时候在家，贝丝都会不时地朝窗外看一眼，还时不时地屏住呼吸，非常专注地倾听车道上的噪声；甚至对着镜子检查自己，确保自己看起来正常，以防吉米突然出现。她讨厌不知道他什么时候会出现的这种不确定性。更让她讨厌的是，他觉得自己还可以随心所欲地在家里进出，不管是白天还是晚上。如果她很忙怎么办？如果时机不对怎么办？如果她也开始有外遇怎么办？他不能就这样随意地走进家门。他已经搬出去了，尽管她也讨厌这个事实。但在削土豆或看着窗外的时候，在她任由这个不加防备而诚实的事实在她脑海中停留的时候，最让她崩溃的想法反而是：也许在某个时刻，吉米可能再也不会踏进这个家门了。

“那你认识她吗？”吉尔问。

“不认识。”贝丝说。

“你都没去绍特酒吧查她吗？”乔治娅问。

“当然没有！”贝丝说。

“如果是我的话，我会立刻就想去搞清楚她是谁。你绝不会想在银行排队的时候遇到她，却不知道她是谁。我们应该一起去恶狠狠地瞪她。佩特拉，你和你的巫医应该给她施个诅咒。”乔治娅说。

她们全都笑了起来，包括贝丝，尽管她感到很痛苦。她想象一个布制的巫蛊娃娃穿着一件绍特酒吧的黑色迷你 T 恤，眼睛里插着针。她现在能感觉到伏特加在她的胃里发热，在她的脑子里嗡嗡作响。如果在过去，贝丝会说她已经喝够了，因为她不想一大早起来就浑身无力。但她近来一直没睡好，而且大多数早晨她都觉得浑身无力，所以管他呢。而且佩特拉会开车送她回家的。于是她把自己的酒杯重新加满伏特加。

“我不知道我能不能做到。也许可以。”

“你们俩去做婚姻咨询了吗？”科特妮问。

“没有。”

“也许你们应该去做一下咨询，”乔治娅说，“菲尔和我之前找的是坎贝尔医生。他很厉害。嗯，也许也没那么厉害，他并没有让我们复合，但我们的关系已经超越了复合的状态了。”

菲尔是乔治娅的第二任丈夫，也是她最喜欢的一任丈夫。她结过四次婚。朋友会说她现在的状态叫“在两任丈夫之间”，但乔治娅坚持她现在是“离异”状态。这就是事实。她在冰箱上贴了一个便利贴，高度和她的视线持平，上面写着：“别再结婚了。”但是她们都知道她还是会结婚的，因为她对结婚毫无抵抗力，她是位无可救药的浪漫主义者。

作为蓝牡蛎酒店的婚礼协调员，每年至少有十二周，每周至少有两次，乔治娅会被身穿名牌婚纱、看起来像迪士尼公主的新娘们簇拥，被穿着阿玛尼礼服、打扮得像詹姆斯·邦德的新郎们包围，耳边萦绕着竖琴演奏的《圣母颂》（她自己的四场婚礼上都演唱或演奏过这首歌），参与连细节都令人叹为观止的婚礼。每年夏天，她都会滔滔不绝地谈论她见过的最漂亮的结婚蛋糕、有史以来最美丽的新娘捧花，以及她听过的最感人的祝酒词，一如她见到第一对新娘和新郎时那般真诚、震撼和兴奋。那些婚礼对她来说永远不会过时。对乔治娅来说，每个婚礼都有独一无二的真正的魔力，对真爱、命运和上帝的信念渗透到她的灵魂之中。然后，她把所有这些夸张的、童话般的浪漫都转移到她那个毫无戒心的约会对象身上。接下来她们知道的就是，她冰箱上的便利贴不见了，她又有了新的姓。

“我都不知道他想不想去。”贝丝说。

“那你想去做婚姻咨询吗？”佩特拉问。

“我不知道。”

“那你想离婚吗？”科特妮问。

“我不知道。”

贝丝不知道她想要什么。她想要今晚只是个平常的读书会之夜。她想喝日本清酒，聊日本的风俗人情。她不想这件事成为周四晚上的主题，让一切都正式而公开地改变。她的婚姻，她在楠塔基特岛上作为妻子和三个孩子的母亲的完美生活，现在都结束了。她的婚姻已经崩溃了。

我也崩溃了，贝丝心想。

泪水从贝丝的眼中涌出，沿着脸颊滚落。乔治娅把椅子朝贝丝挪了挪，用胳膊搂住她。

“我简直不敢相信会发生这样的事情。”贝丝说。她既为自己在众人面前流泪感到尴尬，又尴尬自己有个出轨的老公。

“你会没事的。”乔治娅说，用手在贝丝的背上揉着圈。

“要我说，我会和那个混蛋离婚。”吉尔说。

“吉尔，别说了！”佩特拉责备道。

“好吧，可他就是混蛋，而且我也会这么做。”吉尔说，看向乔治娅以寻求支持。

“你知道我肯定会甩了他的。我已经做过这样的事了。但我可能过于追求快刀斩乱麻了，尤其是面对菲尔的时候。我本该再努力一下的，但我没有，若是我再结婚的话，我应该会再努努力的。”乔治娅以庆祝的姿势举起红酒杯，喝完剩下的伏特加，为自己的宣言干杯。

“你必须弄清楚你到底想要什么，”佩特拉说，“如果你和吉米都想复合，那你们俩就能重归于好。不然就好聚好散。但你应该想好你自己究竟想要什么，别让他或别人为你做决定。”

佩特拉是对的，她一直都是对的。但贝丝的脑袋正在伏特加里游泳，她现在唯一能想到的就是让乔治娅继续摩挲她的后背。

“而且不管你做什么决定，我们都爱你。”佩特拉说。乔治娅捏了捏贝丝的肩膀，每个人都在点头，每个人，除了科特妮，她看起来陷入了沉思，眉毛拧在一起。贝丝觉得自己醉醺醺的，既难为情、心碎又无所适从，但突然间，又异常地感恩。

“我也爱你们。”贝丝含泪微笑着说。即使吉米不再爱她了，她也觉得自己很幸运，因为她依然有一群不管发生了什么都会爱她的朋友。

第6章

斑鸠用哀伤的鸣叫不停地呼朋引伴，阳光透过没有遮挡的窗户轻柔地照进奥利维亚的卧室，她整个人沐浴在柔和的晨曦中。现在，她的一天一般都是这样开始的：与鸟儿和太阳一同起床。如果是多云或者暴风雨的早晨，斑鸠们没有兴趣聊天，她就会一直睡到中午，或许还要更晚，她并不清楚。她对时间已经完全没概念了。上个月停电了一天，此后又停了很多次，而她从没费心去校准过时钟。她也不再戴手表了。现在，奥利维亚不需要去任何地方，所以钟表上的时间是否准确对她并无太大意义。她生活在时间之外。

奥利维亚看了看床的另一边，枕头和被子还和之前一样，她再次想起大卫根本不在这里。他在欣厄姆镇，而她在楠塔基特岛，他们分居了。只是她仍然侧着身子蜷缩着睡觉，一只胳膊抱着床垫的边缘，好像是为了给他留下足够的空间。她晃悠悠地爬到床中间，平躺在床上，将胳膊和腿伸开，尽可能地占据更多的空间。但这种感觉很奇怪。

她伸了个懒腰，又打了个呵欠，不着急下床，享受着从一整夜的睡眠中慢慢醒来的奢侈时光。过去的生活仿佛就在昨天，那时奥利维亚每天早上被大卫的闹钟或者安东尼“咿咿呀呀”的声音过早地吵醒后，整个人仍然筋疲力尽。其实，不仅仅是筋疲力尽，她还被时光侵蚀了。她每天都会比前一天失去一点东西。那些早晨就像发生在昨天，但它们已经是几百万年前的事了。时间是个有趣的东西，它可以随着视角的变化被随意弯折、扭曲、伸缩。

现在是 4 月，奥利维亚之所以知道，还是因为她前两天收到的律师来信的日期是 4 月 14 日。要是没有收到那封信，她会以为现在还是 3 月，依然是春寒料峭，一切都没有改变。

她在波士顿度过的春天与她长大的佐治亚州雅典城的春天完全没有可比性，雅典城的春天温暖怡人，草木葱茏，绿意盎然。波士顿的春天就是冬天的另一个说法，是冬天的下半场。当雅典城的木兰争奇斗艳时，欣厄姆镇还在下雪，而且绝不是扫一扫就行的薄雪。欣厄姆 3 月的降雪量足以让学校停课，街上寸步难行，处理积雪总是一个大问题。奥利维亚从不掩饰她对 3 月下雪的厌恶，但她也不得不承认，一片雪白至少能让贫瘠、荒凉、寸草不生的大地变得明亮起来。

楠塔基特岛不会像波士顿那样下雪。由于被海洋包围，这里的空气通常过于潮湿，难以支撑雪花的脆弱结构，一般只会下雨。奥利维亚有几次注意到地面泥泞不堪，但今年她还没看到任何真正的降雪，也不曾扫过一次雪。她甚至不确定自己有没有真正的雪铲。她能想到的唯一一把铲子就放在她吉普车的后座上，那是为了吉普车被卡住时把车轮从沙子里挖出来而准备的，而不是用来铲雪的。

但即使不像内陆一样下雪，这里也没有春天的气息。就算阳光明媚，这种寒冷也势头不减。而且，不知是何缘故，这里的一切看起来都灰蒙蒙的，就像透过太阳镜看世界一样。几个月来，楠塔基特岛上都是同样寒冷而灰蒙蒙的冬日，时间在这里简直像是被冻结了。

根据律师的来信，她的离婚进程也被冻结了。他们的离婚协议是无争议和无过错的，离婚这件事也是她和大卫长久以来没有产生争执的少数几件事情中的一件。她已经把这份文件读了三遍。她喜欢在“无过错”这几个字上逗留，它们被白纸黑字地印在正式的法律文件上，就好像马萨诸塞州政府承认了他们的努力，免除了他们两人所有的责任。他们的婚姻之所以失败，其实并不是他或她的错。

在提到孤独症这个词的几次呼吸间，安东尼的儿童神经科医生居然问他们：“你们夫妻俩感情好吗？”奥利维亚记得自己当时怒火中烧，心想：这和你有什么关系？而且，我们现在谈论的是安东尼，不是我和大卫。但那名神经科医生早就知道他们婚姻的未来走向。他见过太多这种情况了——父母离婚是儿童患孤独症的并发症。

奥利维亚不记得自己有没有回答医生了。她也不记得听到孤独症这个词后在那间办公室里发生的大部分情况了，但从那之后，她一直在反复思考医生的问题和自己的回答。当时她认为那是自己一生中最糟糕的一天（后来的几年证明远非如此），如果当时她设法礼貌地回答了那个问题，可能说出了类似于“很好”的话。他们的婚姻本可以经营得很好，只要他们没有受到生活的压迫，没有被孤独症拉扯和掏空。而这一切是两名已婚人士在他们盛装打扮、对彼此说出“我愿意”的时候无法想象的。

不，他们在那天之后当然不会好了。怎么可能还会有人好呢？这就像把一个玻璃花瓶扔到砖墙上而期待它不会被砸成无数的碎片，并对它不能再盛水而表现得惊讶和不安。花瓶总是会碎的。这就是玻璃撞到墙之后会发生的事。但这并不是花瓶的错。

当他们在大学毕业之后继续约会，当他们进入“真实的世界”，当情况变得严肃起来时，奥利维亚曾怀疑过大卫不是做丈夫的料。她在脑海里列了一份丈夫必须具备的品质清单，开始对着大卫的情况一个个地打钩：英俊、聪明、幽默、有养家糊口的能力、熟悉各种家具，还喜欢孩子。清单上的每一条都被她打了钩。然后他们在她二十四岁的时候结了婚。

她从未想过她应该在那个清单上再加上一些选项：可以在睡眠不足的情况下工作多年，愿意贡献勇气和每天忍受心碎，愿意把赚得的钱扔进无底洞里。

就像马萨诸萨州政府说的那样——这不是他的错。

离婚协议上的所有条款都是他们共同商议的。她选了楠塔基特岛上的小屋，他选了欣厄姆的房子。没有存款需要分配，因为他们已经在安东尼身上花光了所有的积蓄。

他们的钱都花在了应用性行为分析疗法、言语疗法、感觉统合训练、金属螯合、无麸质饮食、无酪蛋白饮食和维生素 B12 注射液上。他们带安东尼看了儿科医生、神经科医生、胃肠科医生、专业治疗师、物理治疗师以及能量治疗师。从主流疗法到非传统疗法，再到几乎算是巫术的疗法，奥利维亚已经不记得有多少治疗费用是由医保覆盖的了。大卫工作的时间越来越长。他们用房子作了抵押贷款。他们掏空了他们的个人退休账户。因为，要是明知道有一种治疗方法可能对安东尼有帮助，他们却因为太贵而没有尝试，在这种情况下，他们又怎么能留着银行里的钱和一个患有孤独症的孩子想着退休呢？

他们还准备卖掉这个小屋。

奥利维亚还记得那些关灯后在床上进行的深夜谈话，她躺在她那边，大卫躺在他那边，希望和绝望在他们与每一个字之间生存和呼吸。她读到或听说了一些新的治疗方法。“这个疗法还没有被美国食品药品监督管理局[①]批准用于治疗孤独症，我同意这听起来有点荒谬，但是某某专家在今年的会议上说，它对部分儿童有效。这要花

① 美国食品药品监督管理局（Food and Drug Administration），专门从事食品与药品管理的最高执法机关，也是一个由医生、律师、微生物学家、化学家和统计学家等专业人士组成的致力于保护、促进和提高国民健康的政府卫生管制的监控机构。

上一大笔钱，你怎么想？”她记得他呼气的声音，然后是沉默，她知道他在黑暗中点头了。

他们试了所有的疗法，他们必须这么做。

所以他们根本没有剩下任何钱，零分成两半还是零。他们也不需要支付赡养费。当然，也没有孩子的抚养费。基本上就是这样，非常简洁明了。他们可以让彼此自由了。

但大卫还没有签署协议。奥利维亚知道他会签字的，他只是需要更多的时间。既然时间哪里也不会去，她也不介意等待。

她起身走进厨房，打开橱柜，叹了口气——她忘记买咖啡了。

若是大卫在这里，他会说："没事的，我们去咖啡馆吧。"在生下安东尼之前，他们会在咖啡馆里度过整个上午。他们坐在一张桌子旁，最好是靠前窗角落的那张，他看《环球报》，她读工作方面的书，他会点两大杯咖啡，都是黑咖啡，她会要一大杯拿铁和一块蓝莓司康。每当这时，他就会给她读一些新闻，她会给他分享一些特别有见地的、措辞华丽的智慧短文，或者分享一些骇人听闻的垃圾段落。她喜欢他们刚结婚时那些轻松、无拘无束的早晨。

奥利维亚希望他也在这里。随着她越来越沉浸在这些问题中，她意识到她真正渴望的是一杯拿铁、一块司康以及在咖啡馆度过一个悠闲的上午。她不需要大卫在这里。她被一种目标感和一种很久没有体验过的外出的渴望所吸引，套上一条牛仔裤和一件毛衣，拉上外套拉链，抓起帽子、钱包和钥匙，在前厅穿上靴子，在她说服自己不要出门之前，离开了家。

小镇中心热闹极了，到处都是汽车和人。自从今年冬天来到这个岛后，奥利维亚就很少开车穿过小镇。在冬天，即使是周末，小镇中心也是冷冷清清的。商店的橱窗一直是黑漆漆的，里面摆放着裸体模特模型和写着“下一季再见”的招牌。大多数餐馆在中午就关门了。到处都是停车位，就像任何人在冬天都会预料到的那样，因为岛上的人太少了，无法支撑起大部分的生意。

但是今天，一切都变得生机勃勃，仿佛已经到了 8 月中旬，而不是 4 月中旬。这是怎么回事？她想不出原因。

她向右转到印度大街，开始第三次绕着街区转圈，发誓如果这次再找不到车位，她就放弃喝咖啡了。奥利维亚正准备放弃找车位并已经打算去便利店买咖啡的时候，恰巧发现在楠塔基特图书馆前面有一个空位，就在一辆悍马和一辆越野车之间。

楠塔基特图书馆是一座气势恢宏的白色建筑，正门两侧矗立着巨大的爱奥尼亚柱。这栋建筑看起来有点不合时宜，它更像是一座古希腊神庙，而不是现代的图书馆，它似乎应属于雅典卫城，而非楠塔基特岛这个古雅的、经过历史修复的新英格兰风格的中心小镇。既然已经来了，奥利维亚开始想象在咖啡馆喝拿铁的时候读上一本书会有多美好，就像过去一样，只不过没有了大卫。因此，她决定跑进去找点东西来读。

正如外面车水马龙的交通可能预示的那样，图书馆内也人头攒动。到处都是婴儿车，家长们训斥着孩子，孩子们大喊大叫，从父母身边跑开。一辆婴儿车里的婴儿正在哭闹，根本无法安抚。这个地方充满了活力，喧闹的声音在高高的天花板上回荡和跳跃。这种氛围给人一种决定完全错误、不受尊重的感觉，就像孩子们在教堂里说话和嬉闹的场景，奥利维亚对自己进来的决定产生了怀疑。

她在快到前台的时候停了下来，开始犹豫自己究竟有多迫切地需要一本书，以至于可以忍受眼前的这片混乱。最后她决定还是宁愿离开这里。正要转身离开时，她突然看到一本熟悉的书独自待在一辆待上架的金属推车上，那是《深夜小狗神秘事件》。

几年前，就是安东尼被诊断出患有孤独症之后，奥利维亚就读了这本书，这也是她的任务之一——阅读所有关于孤独症的书。她记得，当时她在想，书中主角的孤独症和安东尼的症状是多么不同。它们就像光谱的两端，彩虹中的红色和紫色。它们在种种最具代表性的方面都截然不同，不过奥利维亚发现了它们之间微妙和令人惊讶的相似之处，这让她感到安慰，重新燃起了希望。紫色并不是蓝色，因为它也包含了红色。

“请把这个给我，谢谢。”奥利维亚说。她觉得自己可能已经准备好再读一遍了。

填写好申请借书证的文件之后，她便拿着借来的书，急匆匆地出了图书馆，走下图书馆门前的台阶，如释重负地离开了那里。奥利维亚绕过街角走向咖啡馆，以为可以直接进去，却被一列蜿蜒的顾客队伍拦在了门口。天气很冷，队伍很长，但她周围的人似乎都特别高兴。奥利维亚很少离开她家附近，但当她冒险出门时，比如去杂货店或银行，她从来没有碰到过人群。自从搬到楠塔基特岛以来，她就没有排过一次队。她已经习惯了这里安静的生活，习惯了只需要很少的人际接触就可以方便地处理所有事。

奥利维亚低头看了看自己光秃秃的手腕，想看一下时间，好奇排队要花多长时间。现在应该已经过了中午。为什么这些人还在这里？她拉起外套的领子遮住下巴，双手塞到口袋里，闭上眼睛，深呼吸。

终于，队伍向前移动了一点，她踏进了店里。咖啡馆还和她记忆中一模一样：破旧的木地板，水滴形的水晶吊灯，架子上摆放着铜制和锡制的古董茶壶，玻璃罐里装满了脆饼干。但是，当她注意到咖啡馆里的每个座位都有人时，熟悉的环境带给她的享受气氛就消失了。

“您要点什么？”柜台后面的女孩问。

“我要一大杯拿铁和一块蓝莓司康，谢谢。”

“我们的司康都卖完了。”

“噢，好吧，那就只要拿铁。”

“加牛奶还是豆奶？”

“牛奶。”

“常规的、低脂的，还是脱脂的？”

“嗯，常规的。今天这是怎么了？”

“你说什么？”

“这里为什么这么多人？”

“因为黄水仙。”

奥利维亚想了想。“那是一个乐队吗？”

咖啡馆的姑娘们上下打量着奥利维亚，那眼神就像是年轻人看搞不清状况的老年人。“就是水仙花呀，你不知道吗？那你来这里干吗？”

“我住在这里。”

“哈。”那个女孩说，根本不相信她的话。

“所以这些人都是来看黄水仙的？”

“是的，岛上差不多有三百万朵黄水仙。”

三百万朵。这是真的吗？她一朵也没注意到。而且真的有人会数有几朵花吗？奥利维亚怀疑这个女孩在夸大其词，就像年轻人常做的那样。“所以，那个，人们就是开车到处转，然后看花？”

那姑娘把拿铁递给奥利维亚，奥利维亚付了钱。

“有很多活动，有游行，还有车尾派对[①]——”

“还有车尾派对？”

“就在沙滩那边。”

---

① 车尾派对（tailgate party），是发源于美国的一种派对活动。一般在体育比赛的停车场中进行，人们打开自己皮卡的后挡板或汽车的后备厢盖，摆开折叠桌椅，与大家分享自带的食物和饮料。

“是有橄榄球比赛吗？”

那姑娘大笑起来。

“不好意思，你买好了吗？后面还排着很长的队呢。”奥利维亚后面的人说。

“对不起，这就好。”

奥利维亚走到一边，最后一次绝望地环视整个店，还是没发现座位。她挤过源源不断涌进来的顾客，回到车上。在主街的鹅卵石上颠簸，然后驶入平坦的硬路面时，她第一次注意到所有的水仙花——种在花园和窗台花盆里的水仙花，沿着篱笆和前院生长的水仙花，点缀在路边的“野生”水仙花。它们无处不在。她以前怎么就没注意到它们呢？

水仙花和车尾派对。出于好奇，奥利维亚决定绕近道去沙滩。曾经，每次在波士顿学院主场进行橄榄球比赛前，她和大卫都会和他们的朋友一起去参加车尾派对。每个人都穿着波士顿学院的运动衫和夹克，戴着学院的帽子。总有人会带上烧烤架和几个小桶，里面装着烤得焦香的芝士汉堡以及用塑料杯装的密尔沃基啤酒。大卫和他的朋友们会热烈地谈论球员的细节，总会有人拿四分卫和弗鲁迪作比较，他们会争论谁的球技更好。到开球之前的上午，他们都会吵吵嚷嚷地喝得酩酊大醉了。

随着她接近沙滩的主干道，奥利维亚看到了，车尾派对的参与者一个接一个地停在迈尔斯通路和自行车道之间的草地上。她现在处于拥挤的车流中，但是为了看得更清楚，她放慢了车速。一辆停在前面草地上的车子在她靠近时驶离，于是她占据了那个位置。

奥利维亚拿起她的偏光太阳镜，从吉普车上下来，开始步行。主干道被车辆堵住了，她沿着马路中央走。参加车尾派对的车基本都是古董车或者昂贵的敞篷车，肯定是得到特别许可才来到这里的。大多数车牌显示它们来自纽约州或康涅狄格州。这些人绝不是整年在一处定居的人。

所有的车上都装饰着水仙花——巨大的花束被绑在镜子、车顶架和引擎盖上。人们也用水仙花打扮自己，大家把水仙花插在帽子上编成花环，装饰在腰部或肩部，或者做成胸花。大多数人都穿了迎合这个节日的衣服，比如黄色衣服和带有水仙花配饰的某种套装，休闲舒适又富有节日气氛；但有些女人穿着优雅的春装和高跟鞋，一些男人穿着泡泡纱西装、打着领带，仿佛他们是在英国乡村，准备出门喝茶。这感觉像肯尼迪家族举办的狂欢节游行。

这里没有啤酒，但有红酒、香槟和马天尼，还有搭配青橄榄和芹菜条的血腥玛丽。这里有草坪躺椅和带装饰的卡座，当然还有插满水仙花的花瓶。桌子上堆满了食物，不是汉堡和热狗，而是精美的食物——一篮篮的面包、奶酪条、油炸蛤蜊、寿司、沙拉和杂烩汤，足以供一场婚礼的宾客享用。

一切都很文明。虽然每个人似乎都在公共场合喝酒，而且她确信这些人中有很多人会喝到微醺，但不会有谁醉到足以成为公害的程度。这里没有人会找校园警察，没有人想再做出传球、倒立或者呕吐的动作，也没有人会脱下衬衫，用手指在胸前写上“加油老鹰队[①]”或者“你真烂”的字样。

这些人来这里不是为了给他们心爱的主队加油，也不是为了庆祝一个胜利的赛季。这些人收拾行李，搭乘飞机、驾驶汽车或乘坐渡轮，跨越数百公里，准备了装满饼干、奶酪、龙虾和葡萄酒的野餐篮子，穿上古怪的黄色服装，在 4 月寒冷的一天开车到沙滩，只为坐在路边庆祝水仙花的盛开。这些人都疯了。

奥利维亚避免与他人发生眼神交流，在马路中间以轻快的步伐走着，好像她正在去某个特定地方的路上，在寻找她认识的人，而没有

① 老鹰队，即亚特兰大老鹰队，于 1949 年加入美国男篮职业联赛。——编者注

时间停下来看看。空气中弥漫着潮湿的泥土、奶油般香甜的花朵、海洋和大蒜的味道。她的肚子咕咕叫着。她真希望能吃到蓝莓司康，或者咬一口某个女人的龙虾卷。奥利维亚已经了解清楚这个奇怪的路边假日的所有情况，于是她满意地掉头回到她的车上，朝岛的另一个方向出发，一边开车，一边欣赏装饰周围风景的令人愉快的黄色花朵。回到自家的车道上，她发现自己的前院里也有六朵水仙花，三朵金色、三朵白色，已经完全盛开了。它们在风中摇曳，仿佛在向她点头示意，表示很高兴见到她。她想知道这些花是谁种的。她不禁露出笑容，现在她不仅感到饿了，还产生了某种灵感。

奥利维亚用微波炉热了一碗海鲜杂烩汤，在上面撒了一堆牡蛎饼干。她拿起勺子、拿铁、沙发上的一条毯子，还有她在图书馆借的书，坐在门廊的摇椅上。冷咖啡、放了三天的杂烩汤，还有三百万朵水仙花中的六朵，这些都是她一个人的。她举办了自己的私人车尾派对来庆祝水仙花节，或者随便他们怎么称呼的这个节日。这很完美，或者，至少还不错。

她喝了一勺海鲜杂烩汤，端详着在风中摇曳的花朵，在楠塔基特岛 4 月的寒冷灰暗之中，她的花是如此不可思议的明亮鲜艳，柔弱却勇敢。在这里当水仙花一定很辛苦吧。它们可能希望自己能在地下多待一个月，但它们在这件事上没有发言权。它们体内的一些生物钟触发了萌芽开关，指示每个球茎发芽并开始生长，不管是在天气晴朗、春天气温有二十摄氏度的佐治亚州，还是在 4 月仍像冬天般寒冷的楠塔基特岛上。它们年复一年地发芽、生长和开花。

奥利维亚又喝了一勺汤，想着在沙滩举办派对的那些人。他们来这里庆祝水仙花开，可这里的天气一点也不欢迎他们前来，起码还要过几个月才会转暖，但这有什么大不了的？她喝完杂烩汤，又喝掉拿铁。她继续坐在门廊的摇椅上，面对着鲜花和阳光，在寒冷的空气中感受着面颊的温暖。她闭上眼睛，沉浸在这种小确幸之中。

也许这是夏天的承诺。在经历一个直接延伸到春天的漫长而凄凉的冬天之后，也许水仙花的开放预示着夏天再次到来。地球会自转，会围绕太阳公转。时钟会滴答作响。即使奥利维亚没有重置她的时钟，时间也会继续消逝。冬天就要结束了。这一切也会过去。这是一个重新开始的承诺。上百万朵水仙花将一起绽放，生机将重新回到岛上。

不管奥利维亚愿不愿意，生活也会回到她身边。她坐在门廊上，目光紧紧跟随着她的水仙花，她还注意到太阳已经从她的卧室窗户划过天空。现在一定快到下午三点左右了。时间过得可真快啊。

人们总说，时间会治愈一切。

奥利维亚看了看从图书馆借来的那本书的封底。她完全准备好再次阅读有关孤独症的东西了。她觉得自己已经准备好去面对发生的一切，去回忆所有事，去试着理解安东尼的人生以及他为什么不在人世了，然后开始愈合内心的伤口。但如果她觉得自己有足够的勇气再次面对孤独症，那就不应该去看小说。她把借的书拿回屋里，很快又拿着别的东西回到门廊。

奥利维亚休息好了，也吃饱了，她觉得今天这个水仙花日可能就是重新面对过往的最佳时机。她打开她的一本日记，翻到第一页，开始读起来。

2001 年 3 月 19 日

我们今天去给安东尼做一周岁的例行检查。他现在身高七十四厘米、体重十九斤，个子在同龄孩子里算中等。他被扎了好几针，我可怜的宝贝儿子。我全程都在和他一起哭！我不忍心看到他遭受任何痛苦。我很自豪地四处炫耀他已经会走路了。哈维医生说我们现在可以给他换成全脂牛奶了。不用再烦恼买配方奶粉实在是太好了。

我都不敢相信他已经一岁了！他长得实在是太快了。他现在总是四处摸索。他只让我扶着他喝奶，其他时候都想下地探索世界。他已经不再是我可爱的小婴儿，而是正式成为一个蹒跚学步的幼儿了！

这就是必然会发生的事。他已经开始漫长的成长过程，松开父母的手，成为一个独立的小人儿。他应该这样做，但我希望这不要开始得这么早。

这就是母亲要生好几个孩子的原因。我们忘记了怀孕和分娩时的痛苦、不适和极度的不便，因为这样，我们就能再次感受抱着一个温暖的婴儿，还有他们依偎在我们胸前的那种仿佛身处天堂般的感觉。那是这个世界上无与伦比的体验。也许大卫和我应该再开始试试。我们想要一个大家庭，而且我也不再年轻了。

我告诉哈维医生安东尼还不会说话，并询问是否应该担心此事。他说不是所有的婴儿都会在一岁时说话，我们应该会在他十五个月大时听到安东尼说一些词，所以他开口说话的时间不会晚太久。可是，姐姐玛丽亚的孩子全都不到一岁就会说话了。我记得贝拉在她一岁生日前就会说“妈妈”“爸爸”“月亮”，还会表达“更多”和“全部完成”。

哈维医生说，女孩一般比男孩说话早。他让我不必担心。但那种担心，它就在那里，我就是忍不住。这就像告诉我不要长棕色的眼睛，但我的眼睛就是棕色的一样。我就是很担心。为什么安东尼还不开口说话?

大卫一点也不担心。他说我总是对一切太过担心。我知道他是对的。我确实非常担心，但这种感觉与平时的精神过度紧张不同，比如我平时担心开关保护器不够安全，担心没有给他的奶嘴消毒，担心他的配方奶粉可能会被虫子污染。

我想知道他的听力是否正常。安东尼似乎听不到我说话，每次我叫他的名字，他都不看我。事实上，他真的几乎从来不看我。有一天，我尽可能大声地拍手，而他甚至没有转过头来。他只是一直坐在地板上，望向玻璃滑门外，看叶子飘落到露台上，就好像我并不存在。

他是聋人吗？他不是。我知道他不是，所以我才没有告诉哈维医生。我看到他在我们放音乐的时候蹦蹦跳跳。他喜欢雷鬼音乐。还有一天，我在厨房掉了一个平底锅，我看到他被吓了一跳，然后开始哭。所以他绝对不是聋人。那为什么我内心的一部分总希望他是呢？这种想法也太疯狂了。上帝啊，安东尼究竟是怎么了？请告诉我他一切都好。

我究竟在担心什么？哈维医生说他一切正常。大卫认为他一切正常。我确定他一切正常。

我就是个自欺欺人的大骗子。

第7章

贝丝已经模模糊糊地盯着她卧室的衣柜看了二十分钟，比通常多花了十九分半。她的衣柜是嵌在墙上的一个不太大的长方形柜子，由两扇滑门围起来。一根挂衣杆贯穿整个衣柜，挂衣杆上方有一个单层置物架。没什么花哨的装置。贝丝的衣服挂在左边，吉米的挂在右边。或者说，曾经挂在右边。

她拉开门，露出衣柜的内部——挂衣杆光秃秃的，置物架也空荡荡的，底部还有需要用吸尘器清理的讨厌灰尘。多年来，她一直向吉米抱怨他们的衣柜空间不够，对米奇为吉尔做的步入式衣柜垂涎三尺。吉尔的衣柜中间甚至还能放下一张搁脚凳！现在，贝丝终于得到了她梦寐以求的两倍的衣柜空间，但是她没办法让她的衣服占据他那边的挂衣杆，也没办法把她的鞋子放到他那边。她就是做不到。

贝丝再次拉开门，回到眼前的问题上——她要穿什么衣服。和房子里的其他东西一样，贝丝的衣柜也井然有序。所有衣架都是一样的——白色的塑料衣架，朝向同一个方向。从左到右依次挂着背心、短袖衬衫、长袖衬衫、半裙和连衣裙。一小沓叠好的卫衣和毛衣放在挂衣杆上方的单层置物架上，两排鞋子沿着柜底摆放。每种鞋子各一双——运动鞋、雪地靴、皮靴、木底鞋、低跟鞋、凉鞋以及人字拖。除了曾是白色、经过多年磨损现在变成灰色的运动鞋外，她所有的鞋子是黑色的。

她衣柜里的大部分东西都是黑色的。不是前卫的黑色，不是纽约的那种都市时尚黑，甚至连哥特黑都算不上。所有的东西都是安全而乏味的黑色，属于“这没啥可看的”黑色，是让人隐形的黑色。如果不是黑色的，那就是灰色或白色的。

贝丝用拇指拨弄着她的衬衫、棉质的方格圆领衫和高领套头衫。这些衣服版型不好，还很长，能盖住她的屁股。她把一件中性的黑色 T 恤举到脖子那里，这件 T 恤配上牛仔裤也许不错。但去绍特酒吧的话，她的牛仔裤还不够时髦。她的牛仔裤属于宽松、实用、舒适的那种，适合开小货车接孩子、打扫房间、坐在沙发上或打理花园，但不适合去绍特酒吧，完全不适合。

贝丝拿出她仅有的两条连衣裙，把它们并排放在床上。它们都是黑色的，但都不能被称为“小黑裙”。第一条是她参加守夜和葬礼那种场合穿的裙子——高领、长袖而且无腰，下摆长至脚踝。这条裙子最初是她为参加吉米父亲的葬礼买的，因为它看起来比较保守、不显眼，而且她喜欢这种不会以任何方式引起人们注意的衣服，但现在再审视这条裙子，却让她很尴尬。因为它看起来就像用来参演校园剧的戏服，而且还是关于 17 世纪教会的老处女教徒的剧。

于是贝丝把注意力转向另一条裙子，希望它能是她的救星。这是一条圆领、短袖、高腰的裙子，裙摆飘逸，刚好到膝盖以下。这条裙子还不错，应该能穿得出去。其实它还挺漂亮的。她举起裙子，对着卧室门后面的全身镜打量自己，试图弄清楚穿上这条裙子是否会让她看起来很漂亮。但她突然想起她最后一次穿这条裙子是在什么时候，随后，任何感觉自己漂亮的可能性都从窗口飞走了。贝丝看了看商标，果然是咪咪妈妈牌孕妇裙。她上次穿这条裙子还是格蕾西九个月大的时候。她不能穿着孕妇装去绍特酒吧，即使这是她拥有的最性感的衣服，而且也不会有人看到商标。

她一边咬着指甲，一边仔细翻检她仅有的两条裙子，贝丝讨厌它们。她把它们放回衣柜她那一侧的挂衣杆上，然后在她的黑色衣服中翻找。她的过时的、寒酸的、愚蠢的黑色衣服。她做不到。她没法去绍特酒吧。她不能。

贝丝抓起放在床头柜上的手机，拨通了佩特拉的电话。

“我去不了。”她对佩特拉说。

“为什么？”

“我没有合适的衣服。”

“你是十六岁的小姑娘吗？套件黑色的套头衫，穿条裙子就行了。”

“我必须先去买衣服。我们下周末再去吧。”

她要去海恩尼斯购物中心大采购，而这是一次需要轮渡票和公交时刻表的烦琐而昂贵的旅行。即使贝丝能买得起市中心的衣服——而她肯定买不起，她八成也不想被人看到自己穿着那些衣服，哪怕免费送给她，她也不会穿。她永远也搞不明白，为什么那些什么都买得起的女人竟然会选择穿印有菠萝图案的连衣裙、带亮片和刺绣狗图案的粉得和胃药的颜色一样的上衣，以及印有海星和鲸鱼图案的短裙。

“下周是费加维周[①]，我们根本进不去。拜托，你已经拖了一个月了。你戴些首饰，再化个妆，就会很漂亮了。”

她说得对。下周有阵亡将士纪念日[②]，又是费加维周，届时岛上

① 费加维周（Figawi），费加维公司会在费加维周主办年度慈善活动和帆船比赛。

② 阵亡将士纪念日（Memorial Day），美国政府为纪念在南北战争中阵亡的将士，在 5 月 30 日或 5 月最后一个星期一设定的节日。——编者注

将举行一场国际知名的帆船比赛，从海恩尼斯港口穿过海湾到达楠塔基特岛。这也是楠塔基特岛盛大而正式的夏季的开幕式。岛上到处都是烤蛤蜊，会举办高档的筹款会、颁奖典礼和聚会。所有餐馆都会挤满人。

“我不知道该不该去。”

“你究竟想不想去看那个女人？”

“我想去，但是——”

“那我们就去。”

“她长什么样？”

在接下来长长的停顿中，贝丝把手指放在唇边，屏住呼吸，等待着令她恐惧的答案。她的太阳穴突突地跳。自从上个月的读书会后，她无数次想问佩特拉这个问题，但对于能想到的所有答案的恐惧总是令她将问题推到一边，闭口不言。如果安吉拉很漂亮，那么贝丝一定很难看。难看这个词已经算客气的了。奇丑无比才是贝丝一直在尝试使用的形容词，她觉得这个词可能非常适合她，比挂在她衣柜里的任何黑色衣服都要适合她。如果安吉拉不漂亮，那她一定是甜美的、有趣的，或者在其他一些引人注目的方面很有吸引力，而贝丝没有这些，不然吉米就不会出轨。所以，如果安吉拉漂亮，那贝丝就难看；如果安吉拉难看，那贝丝就让人讨厌，不管怎样，吉米在另一个女人身上看到的东西都会重新定义贝丝。

“那就是我们今天晚上要查明的事情。”

“是的，但你见过她。你怎么想？”

“我觉得她比不上你的一根手指头。”

贝丝笑了，但随后她的视线又回到她的衣柜。“我们在费加维周之后去怎么样？”

“那今天晚上去怎么样？”

“佩特拉，我根本不需要去。”

“的确如此。”

“但我还是很想知道她是谁。”

“那就去。”

贝丝咬着她的大拇指指甲。“我能借你的绿松石项链戴一下吗？”

“没问题。我会在七点前过来，你来得及吗？”

“来得及。”

“现在还不到中午。你应该出门走走。远离你的衣柜。”

“我会的。等我决定好穿什么，我就出门。”

“黑色上衣，半身裙，再戴上绿松石项链。你会很漂亮的。今晚见。”

佩特拉建议她穿黑色上衣和半身裙。于是贝丝抽出她的白色宽摆裙，想象着穿上它的效果。她走进走廊，在墙上他们最近的全家福照片前停了下来，这张全家福是去年夏天在米亚康美海滩拍的。当时她就穿着这条裙子。她、苏菲和格蕾西都穿着白色裙子和黑色上衣；吉米和只愿意穿裤子的杰西卡穿着白色短裤和黑色上衣。这张照片很漂亮。他们都坐在沙滩上，沙滩上长着簇簇沙滩草，身后是柔和的蓝天，蓝天中点缀着丝丝缕缕的白云。吉米的手放在她的膝盖上，抚摸着她的裙子。这条裙子现在就在贝丝的手里，他曾轻轻地、自然地抚摸过它。

她还记得更早的那些日子，就是他们约会和新婚的时候，他抚摸她时，即使是不经意的触碰，她都能感受到那种感觉。贝丝真切地感受到吉米的手在她身上留下的那种磁性的、酥麻的电流。那是一种无形的、神奇的化学感应。但那种感觉去哪儿了？

拍这张照片的时候，他已经出轨了。贝丝用双手捂着紧闭的眼睛，强迫自己接受这个事实，努力保持清醒。在抚摸安吉拉的时候，吉米是什么感觉？他是否也产生了那种无形的、神奇的化学感应？在抚摸贝丝的时候，有什么东西是他感觉不到的？哦，是他曾经抚摸她的时候。她睁开眼睛，往后退了几步，看着整面墙——墙上挂着七年来所有的全家福照片，还有一张她和吉米结婚当天拍的黑白照片。她看着每个人的微笑，这就是她的幸福家庭。这就是她的美满生活。她咬紧牙关，强忍住眼泪。她的生活就是一场骗局。

贝丝扶正了两个稍微向右倾斜的镜框，回到她的卧室，爬到床上。这张床感觉不错。这张床让人很有安全感。

而且她知道穿什么衣服睡觉。贝丝正穿着她的粉色法兰绒旧睡衣，上面起了很多小球，这是她最艳丽的衣服。她应该穿睡衣去绍特酒吧，这样她才能真正给别人留下深刻的印象。尽管这不是她想要的那种印象。

那她究竟想给别人留下什么样的印象呢？其实，贝丝根本不希望给别人留下任何印象，她可以乔装打扮一下自己，戴上假发和墨镜，这样她就可以观察别人而不被人发现。但她也幻想过自己以令所有人瞩目的形象前往那里。她会昂首阔步地走进绍特酒吧，看起来自信而性感（是有品位的性感，而非俗气的性感），她虽然羞于这样做，但至少要比安吉拉性感；不过，这是一个很难设定的目标，因为她不知道安吉拉的外形。她害怕让这个女人觉得她自己比贝丝更优越。不幸的是，现实点看，这种可能性非常大。贝丝觉得自己既不自信也不性感，而且她从来不会昂首阔步。她看了看她那可怜的衣柜，翻了个身，闭上眼睛，把毯子拉到下巴处。

在紧闭的眼睑后面，贝丝想象着吉米摇晃着一杯马天尼，然后停下，被她和她的朋友们昂首阔步走进餐厅的景象所震撼。她想象着他把她拉到一边，告诉她他觉得自己就是白痴，竟然会离开她。她想象着他在酒吧里乞求她让他回家，就当着安吉拉的面。

她在脑海里导演着在绍特酒吧发生的所有剧情，微笑着看着它们在脑海里上演。她甚至还虚构了一个被完全击溃的安吉拉，她留着一头光滑的黑发，描着黑黑的眉毛，浓妆艳抹，穿着一件氨纶连衣裙（俗气的性感）。在这个短暂的幻想中，她唯一看不到的人就是她自己。

该死的，我究竟该穿什么？

她突然想到，在这个荒谬问题的另一端，她每周至少都要和她青春期的女儿苏菲“探讨”一次这个问题。其他两个孩子会穿好衣服，做好准备，在前门等着；而苏菲仍然在她的房间里，衣衫不整，发疯地大叫，把衣服扔得到处都是。“我没法去上学！我没有衣服穿！”

比起苏菲的时尚危机，贝丝更担心女儿们上学迟到，她通常会提供一些仓促而太过草率的建议。

“你看起来很漂亮。”“做你自己就好，别太在意你的穿着。”“快点，我们要走了！”

现在，贝丝终于明白苏菲为什么会对她的话翻白眼，并更加大声地抗议了。她欠女儿一个道歉，还有一趟海恩尼斯购物中心购物之旅。

她试着采纳自己的建议——做你自己，她尝试了一会儿。

但她是谁呢？她是吉米的妻子，还是一个母亲。要是她离婚了，要是她不再是詹姆斯·埃利斯的夫人[①]，那她就只是一个母亲了，然后她会失去一部分的自己吗？贝丝害怕这一点，并且已经感觉到了，具体而言，就好像外科医生拿着手术刀在她的腹部划了一刀，切掉了她身体必要的一整个部分。没有了吉米，她就不认识自己了。这怎么可能呢？那她变成了谁？

贝丝翻了个身，看向自己的衣柜，里面的东西摆放得井井有条。这就是她。但除此之外，这也不是她。她坐起来，看着镜子里的自己，她长到下巴的金发乱蓬蓬的，蓝色的眼睛深陷而呆滞。她穿着

① 吉米，詹姆斯的昵称。——编者注

起球的粉色睡衣。镜子里的那个女人不是我。

她从床上下来，回到走廊上，面对墙上的照片。最近的照片呈现的只是她作为妻子和母亲的形象。贝丝一直认同自己在这些照片中的样子，她的头发没有因为空气湿度而太卷曲，她的妆容精致，指甲鲜亮，服装熨帖。但是，现在仔细端详照片中的自己时，她发现自己的笑容显得很勉强，不够自然，姿态也很僵硬，就像她是自己的一个纸板立牌。她将时间轴往回拉，翻看了最早的全家福照片和她的婚礼照片。在这些照片中，她看到了那个更像认知中的自己的女人。她的微笑带有一种不经意的自由，她的眼神明亮而快乐。可那个女人去哪儿了？

出于某种原因，贝丝抬头看了看天花板，就是那里，好像答案是从上面传递给她的。答案就在阁楼里！

贝丝踮起脚尖，拉起悬挂的白绳，展开木楼梯，爬了上去。在楼顶，迎面而来的是一堵空气厚重而凝滞的闷热墙壁。临近 5 月底，近来一直阳光明媚，但天气依然很凉爽，只有十几摄氏度，而被困在这里的热量令她感觉夏天已经来了。

她停顿了一下，然后才走了进去。屋顶是倾斜的，低矮的木质天花板上布满了突出的钉子，让人无法站直，还很危险。阁楼的地板也没有完工，只有几块木板从中间穿过，就像一座横跨粉红色隔热材料海洋的桥。

贝丝不喜欢来这里，因为她害怕要么忘记低矮的天花板，然后被钉子刺穿脑袋；要么不小心踩空木板，然后穿过松软的玻璃纤维板掉到客厅里。正因为如此，她每年通常只会去阁楼两次——一次是在感恩节后的第一天，她要把圣诞节装饰物品从阁楼上搬下来；另一次是在元旦那天，她再把它们放回阁楼。爬上爬下，一进一出，她从来不会在这里滞留。

一堆吉米的东西散落在远处：钓鱼竿斜靠在倾斜的天花板上，

其中两根倒在地上；缠在一起的渔网；钓具箱，其中一个还是打开的；一堆高尔夫球杆像捡来的棍子一样纵横交错地散落在地板上，旁边还放着一个空的高尔夫球袋和一只高尔夫球鞋；还有一块冲浪板、一个蛤蜊耙和一个水桶。

“该死的吉米。”

她双手叉腰，在心里骂他，拼命忍住想要整理这些东西的冲动。她可不是为了整理东西才来的阁楼。

除了他的一堆垃圾外，阁楼里还有三台立式风扇和两台窗式空调。剩下的六个塑料储物桶都贴着她手写的标签，那是她用黑色记号笔在纸胶带上写下的字。储物桶两个一组，整齐地排成一排：“圣诞节”“万圣节”“冬天”。

“冬天”的储物桶都是空的。她和孩子们在早晚仍然穿着冬衣，冬靴穿的次数也不少，大地终于完全解冻了，这是泥泞的高峰期。每年，从现在开始大约一两个星期后，在贝丝的指示下，吉米会把所有的冬季装备搬到阁楼，然后带着风扇和空调下来。她叹了口气，意识到从现在开始，以后这些都将是她的工作了。

最后一个储物桶单独放在更靠后的位置，上面贴着“贝丝”的标签。盖子上蒙了一层灰尘。她至少有十年没有打开过这个储物桶了。她对在里面可能发现的东西感到既兴奋又害怕，她盘腿坐在储物桶旁边，打开盖子。

首先，贝丝拿出一个红色的飞盘，上面有她所在的终极飞盘队每个成员的签名，她一边看每张字条和签名，一边将飞盘放在手里翻转。竟然有约翰尼 · C 的签名！这是她在里德大学暗恋了四年的对象。她已经很多年没有想起他了。约翰尼是个非常可爱的家伙，是医学院的预科生。她想知道他现在在哪里。他也许在某个地方成了成功的医生，对妻子忠贞不二。

她还找到了一沓用橡皮筋捆在一起的票根。有滚石乐队、废铁乐队的演唱会票根，《吉屋出租》音乐剧的演出票根，太阳马戏团、大都会艺术博物馆的票根，一张从波特兰到纽约的机票，另一张是到新墨西哥的，甚至还有电影票的票根，每一张票根和机票上面都标有和她一起去的朋友或男朋友的名字。她已经不记得上次去看演唱会（可能是滚石乐队的）是什么时候了，而且她最后一次坐的飞机航班是从纽约飞往楠塔基特岛的单程航班。她怀念去新地方度假、看百老汇演出和参观博物馆（和每个女儿在三年级时去捕鲸博物馆的旅行不算）。

贝丝整理着她的大学校园卡，还有聚会和暑假的照片。她对着自己当时浓密的头发和水蓝色的眼线哈哈大笑——经典的九十年代打扮!

之后她发现了一叠生日卡片，她犹豫了一下，才鼓起勇气打开它们。这是她妈妈寄来的八张生日贺卡。她从十六岁的甜蜜时刻开始读起，珍惜地看着每一个手写的字，每一个“爱你的，妈妈”，每当这些字因为眼泪变得模糊不清，她就用睡衣袖子擦一下眼睛。

在贝丝搬到楠塔基特岛之前的那个夏天，她母亲做了乳腺肿瘤切除手术。她的医生说癌变部位全都被切除了。手术后，她母亲接受了放疗和化疗。一切都是标准流程。一切看起来都很好。

而到了 9 月份，贝丝搬到纽约的时候，她母亲的头发已经全没了。那时她找到了她大学毕业后的第一份工作，在《悦己》杂志社担任编辑助理。母亲坚持要贝丝去开启她自己的生活，并向她保证，自己会好起来的。

但母亲的情况并不好。癌变部位并没有被全部切除。11 月，她又接受了手术，这次是为了切除整个乳房和一些淋巴组织。贝丝的心揪得紧紧的。要是他们一开始就这么做就好了。医生再次声称病情得到了控制。母亲和贝丝庆祝了感恩节周末，如释重负又心怀感恩。

但是她们不该庆祝任何事，因为在医生切除乳房之前，一小部分癌细胞已经从乳房中扩散出来，在母亲的体内移动，寻找新住所。它们先是找到了她的肝脏，继而是她的肺。母亲在次年 1 月去世了。

贝丝拿着最后一张生日卡片，最后一张“爱你的，妈妈”。那是她二十三岁时的生日贺卡，她从来没有想过她的母亲不会陪她庆祝她的二十四岁、三十岁和三十八岁的生日。

她常常在想，要是母亲没有去世，自己还会不会嫁给吉米。在母亲的葬礼之后，她几乎没办法起床和工作。她记得自己完全无法工作，即使只是接电话、检查传真和安排会议等这些不需要动脑筋的办公事务。她还记得，在许多个不专业的时刻，她努力憋回自己的眼泪。她需要休息一段时间。6 月辞职离开纽约市，之前的每个星期她都在艰难度日。辞职后，她就去了楠塔基特岛。

贝丝从母亲那里继承了一点钱，足够她和三个朋友租一间小屋过完夏天，在秋天去念硕士研究生。她那时已经被波士顿大学的创意写作专业录取了。除此之外，她没有别的计划。她并没有打算遇见吉米然后爱上他。她当然也没有打算嫁给他并组建一个家庭，而不回去上学。

但她却这样做了。劳动节那天，当她的朋友们登上飞机飞回现实世界时，贝丝留了下来。一年后，她和吉米结婚了，又过了一年，苏菲出生了。

贝丝经常在想，母亲会怎么看待吉米。她之前可能不会喜欢他。她现在肯定也不会喜欢。母亲对男人的评价从来不高。贝丝三岁的时候，母亲和父亲就离婚了，贝丝四岁后她们就再也没有见过他。贝丝不记得妈妈曾经约会过。她全身心地投入谋生和抚养她唯一的女儿的事业之中。

贝丝在储物桶里翻找着，想要找到某张照片。她知道它就在这里。她在所有东西的底下找到了它，这是她手里唯一一张父亲的照片。他穿着一件男式白汗衫，戴着一副黑框眼镜，浅棕色的头发有了谢顶的迹象。照片中的他在微笑。他的手臂看起来很结实。他把贝丝抱在膝上，而她扎着小辫子，穿着一件粉红色的派对礼服。这是贝丝的第二个生日。她也在微笑。他们在一起，看起来很幸福。她对这个男人以及这个小女孩毫无印象，但她相信这就是他们。这张照片的背面有字，是她母亲的字迹，上面写着：丹尼和贝丝，1973 年 10 月 2 日。她深深地叹了口气，把照片丢回储物桶底部。

贝丝把母亲寄来的一叠生日贺卡按在胸口。她很想念妈妈，尤其是现在。她微笑着，用袖子擦了擦湿润的眼睛，沉浸在对自己女儿苦乐参半的感情之中。她母亲可能不会在意吉米，但她一定会爱她的外孙女。

贝丝把卡片放回储物桶，抽出一本平装书，这是纳塔莉·戈德堡的《写到骨子里》。这本书让她相信自己有朝一日也会成为一名作家。为什么这本书会被放在这里，而不是放在她客厅的书架上或床头柜上？

刚搬到这里的时候，贝丝为《昨日之岛》写过一些报道，虽然不是什么惊天动地的大事，但她至少在坚持写作，还有稿费拿。生下杰西卡之后，她找到了一份更好的工作——担任《询问者和镜》的特约撰稿人。但生下格蕾西之后，她发现要兼顾工作和养育三个女儿实在是太难了，于是她辞去了报社的工作。但在一段时间内，她仍然坚持笔耕不辍。

贝丝找到了她的散文、诗歌和短篇小说。她还找到了自己的笔记本，就是普通的线圈笔记本，它松软而破旧，每一厘米都被蓝色墨水填满——那是她留下的写作练习、对短篇小说的想法、撰写的小品文，而她的想象、思想和情感，她温柔而赤裸的内心，都陈列在这些横格页面上。她翻阅着这些内容，开始全神贯注地阅读其中一篇文章。这是一个关于奇怪男孩的短篇故事，他生活在一个奇异而美丽的想象世界里。贝丝还记得她是什么时候写的这个故事。那是大约六七年前的一个早晨，她和孩子们在海滩上玩耍，她的灵感来自一个在沙滩上玩石头的小男孩。她过去经常在日常生活中寻找灵感，并把它们写下来。她是什么时候停止写作的？她的生活又是从什么时候开始变得乏善可陈的？

另外，她找到的笔记本中竟然有一本是全新的，原封未动。她拿着这个笔记本，对自己做了一个承诺，然后将它放在一边。

接下来，贝丝来到她的衣服前：她母亲的仿豹纹大衣，摇滚明星才会穿的黑色皮裤，还有她那件戈尔迪·霍恩风格的粉橙色连衣裙，上面印着几何图案。她以前很喜欢这条裙子，去哪儿都穿着它，不管是去派对、舞厅、婚礼还是第一次约会。她和吉米第一次真正的约会，她也是穿这条裙子去的。

贝丝小心翼翼地脱下起球的睡衣，把连衣裙套在头上，但没有碰到天花板。奇迹啊，竟然很合身！她不用去照卧室里的镜子就知道这条裙子很漂亮。

她还发现了一堆廉价珠宝：巨大的银耳环，粗而明艳的塑料手镯，许多水钻，以及一堆缠在一起的项链，很像麦当娜会佩戴的饰品。贝丝将一枚月光石戒指戴在右手的中指上，欣赏着，纳闷自己为什么要把它收起来。

她不知道为什么要把这些东西都收起来。这应该与从纽约搬到楠塔基特岛以及想要融入这里有关。在楠塔基特岛，大家一年四季穿的都是大号的羊毛夹克和长筒靴，而不是连衣裙。另外，应该就是因为怀孕三次导致的身材臃肿和体重增加。贝丝已经很多年没穿过摇滚明星才会穿的紧身皮裤了。但除了皮裤，这些东西——笔记本、衣服、照片和卡片等，都是她自己、她的过去、她的冒险精神和风格的体现，以及她梦想的碎片。

这就是我，她想，注视着储物桶。

过去，她和吉米经常在家里开即兴派对，尽管除了一袋薯片、半打啤酒和一瓶便宜的葡萄酒，家里什么也没有。来参加派对的每个人都会带着东西，他们总会带很多东西过来。他们总能玩得很开心。但现在，她和吉米已经很久没有开过派对了。派对不知怎么地就变了，不再会因为一个突如其来的有趣想法，比如“嘿，我们今晚为什么不邀请一些朋友过来玩呢”而自发地举行了。相反，他们需要事先计划、做饭和打扫房间。一切都必须如此，派对成了工作。贝丝已经不记得派对带来的欢乐，只记得吉米和她之间因为准备工作带来的压力而爆发的争吵，即使在最后一位客人离开之后，愤怒和怨恨也在她的肋骨间经久不散。

贝丝过去经常穿蓝色、绿色和橙色的衣服。以前，她很勇敢，常常在胖女士海滩裸泳，随着喜欢的音乐跳舞。现在，她在海滩上总会在泳衣外面套上一件宽松的外衣，她只听孩子们想听的东西，通常是小甜甜布兰妮的歌，或者迪士尼频道某个长着小鹿斑比般大眼睛的少女的歌。

她过去还写作。

她不敢相信她竟然把这么多的自己塞到储物桶里，放逐到阁楼里这么多年。不过，至少她没有把自己捐给慈善机构，没有把自己扔掉，那样就更糟糕了。贝丝继续在桶里翻找，跳过由一件件物品铺设而成的回忆小径，直至拿起那个吊坠，那是吉米送给她的第一件礼物。她打开那颗光滑的、已经失去光泽的银色爱心吊坠，把它捧在手心。吊坠里放着她和吉米接吻的照片，他们那时还爱着彼此。她看着自己和吉米的这张照片，就好像在看别的两个人，仿佛他们是她曾经非常喜欢的老朋友，是她早已失去联系、搬到远方的老朋友。她的心沉了下去。这个吊坠她曾经很喜欢，戴了好几年，每天都戴着它。

然后，在某个时刻，贝丝不记得到底是什么时候了，银色的爱心吊坠开始失去光泽，曾经在她看起来新奇、浪漫、精致的东西突然变得老旧、无聊和幼稚。她渐渐厌倦了它，于是把它收了起来。贝丝小心翼翼地站直身子，也不往边上走太远，她把储物桶拖到楼梯口，然后把储物桶搬下楼，进入卧室。她用屁股顶着储物桶，拉开衣柜门，把储物桶扑通一声扔在吉米那边的衣柜里。她把《写到骨子里》、她的旧笔记本（包括那本未开封的）收好，将它们放到床头柜上。她点点头。然后，她把银色爱心吊坠戴到脖子上，手指摩挲着那颗吊坠，转身对着门上的镜子打量自己。

我准备好了。

准备好去绍特酒吧了。

第8章

还有一个小时就可以看日落了，奥利维亚拿着相机在胖女士海滩漫步。现在，她每天晚上都会来这片海滩散步，她已经开始理解为什么摄影师会把每天的这个时候称为魔法时刻了。在落日时分，太阳从地平线而不是直接从头顶照亮这片土地，将一切都笼罩在一种柔和、四射的光芒之中。夕阳的颜色看起来更加饱和、金黄和浪漫，也更加不可思议。

整个春天，奥利维亚都没有带着相机散步，因为一切都是灰色的，让她毫无拍照的冲动。然而这个周末，无处不在的灰色似乎永远消散了。似乎是因为天气终于变得足够暖和，使得楠塔基特岛拉开拉链，脱下灰色的冬衣，展现出这个地方超凡脱俗的美丽，尤其是日落的时候。天空中令人惊叹的蓝色融化到海洋里，沙滩上脆嫩的苹果绿草叶，闪闪发光的沙子，以及很快就会出现的令人叹为观止的日落——越来越鲜艳的血橙色太阳渐渐消失，空出的位置逐渐被桃红色和淡紫色浸透的天空代替，比几秒钟前更壮丽，令人难以置信。所有这一切都应该被镜头记录下来。

奥利维亚喜欢拿着尼康相机到处走。她承认，那种扑克牌大小的袖珍相机携带起来很方便，而且从技术上讲，它们也可以满足她对相机的大部分要求，不过它们总让人觉得像是廉价玩具。她更喜欢自己这台笨重的尼康相机，她喜欢用食指按下按键发出的响应式咔嗒声，喜欢手动对焦的动作，喜欢它在手里的分量。

这让奥利维亚想起过去她是多么喜欢一本书刚出版时的那种感受。那是作者经过多年写作和她经过数月编辑才面世的巅峰之作。新书有光滑而闪亮的封面，也许还有字母凸起的印刷工艺，以及拿在手里令人满意的分量。奥利维亚仍然喜欢新书带来的感觉。她虽然很欣赏轻薄电子阅读器带来的便利，但它们无法为她提供实体书带来的感官体验。

她沿海边走着，不时停下来用广角镜头拍摄地平线，或一个贝壳、一只矶鹞的微距特写，一个在远处遛狗的女人的侧影。在过去的几个月里，奥利维亚可以在这里想走多久就走多久，几乎一直是一个人独处，而现在，海滩上总有别的人。这个小岛恢复了生机，奥利维亚走着走着，意识到她和周围的世界是多么格格不入。她周围弥漫的灰色还没有消散，她心中的冬天依然还在。她感觉她是在见证自己的生活，而不是在真正地生活；她看着这个住在楠塔基特岛上的女人喝咖啡、读日记、散步和拍照，就好像在观看一部电影。这还是一部关于一个生活波澜不惊的无聊女人的无聊透顶的电影，一部让她想关掉或者换频道的电影。但出于某种原因，她的视线总是盯着屏幕不放，似乎只要她继续看下去，就总会有事情发生的。

从某方面来说，有些事情的确需要尽快发生。她需要在这里找份工作。尽管生活俭省，但她还是有必不可少的日常开销。大卫同意支付她前六个月的费用，这意味着她只能靠他给的救济金生活一段时间。奥利维亚要么在这里找到谋生的工作，要么就得卖掉房子、搬回佐治亚州，离她的母亲、姐姐玛丽亚和她的其他家人近一些。或者她可以卖掉房子，逃到更偏远的地方，比如南太平洋的某个小岛，这样她就可以彻底消失。

她考虑过的，彻底消失。自从奥利维亚搬到这里后，报纸上就报道了几起发生在楠塔基特岛的自杀事件。心理咨询师和心理学家也讨论过，为什么自杀在楠塔基特岛比在其他地方更常见。他们指出，抑郁症和季节性情绪失调再加上灰蒙蒙的冬季，就形成了一个促使自杀的极端深渊。她想象着自己的名字出现在报纸上，成为一篇类似的文章的主人公。她这么想着。每天早晨，在她面前展开的都是一种几乎令她无法忍受的空虚，随之而来的就是各种问题。

为什么？

为什么安东尼要来到这个世上？

他短暂的一生有什么意义？

没有答案。

我又为什么来到这世上？

为什么？

还是没有答案。

从来都没有任何答案，无论是在她祈祷时或睡梦中，还是在她的日记中，或者是在她过去对上帝的信仰中，抑或是在胖女士海滩的日落魔法中，全都没有答案。一部分的她已经接受了事实，接受了这些问题永远找不到答案，这种生活没有任何意义；但另一部分的她仍在继续寻找，一遍又一遍地追问这些问题，怀着最深切的诚意，坚持不懈地每天重复很多次这个求索的过程。

就像患有孤独症的人。

伴随着一天中最后一个“为什么”而来的沉默总是在空中盘旋，在飘向无尽的虚无之前总会回响很长一段时间，留下如此彻底而痛苦的孤独，以至于奥利维亚常常希望自己能就地消失，带着她的问题一起消失在那片虚无之中。但是她内心深处的某些东西却坚持要继续下去、忍耐下去，见证着，等待着。相信很快，她就能找到工作。不过是什么工作呢？她在这里能干什么？

我为什么要来这里?

为什么?

奥利维亚蹲下来，透过取景器取景，调整焦距，“咔嗒”一声按下快门，拍下了一张集合海岸、白色泡沫、潮湿的金属色沙子和层层蓝色海水的照片。她抬起头，看到一只海豹光滑的黑色脑袋在海浪里若隐若现。她放大焦距，按下快门。继续放大，她现在可以看清楚海豹圆圆的黑眼睛，它似乎正在直视她。她放下相机，他们互相凝视了很长一段时间，直到海豹潜入水中消失不见，留下她一个人。

在她身后，海滩上传来一阵嬉闹声。奥利维亚转身看去。两个男孩笑着朝大海、朝她奔来。他们的母亲肩上挎着一个大大的沙滩包，怀里还托着一个蹒跚学步的幼儿，她没法去追他们，只好在他们身后大声喊着，警告他们不要下水。起初，他们的父亲在母亲身边走着，随后他开始奔跑。他们都光着脚，穿着配套的浅蓝色衬衫和卡其色裤子。

就在他们的脚趾即将碰到海浪之前，父亲抓住了两个大男孩，一手一个地把他们抱在怀里。男孩们笑着尖叫起来。父亲把他们都转晕了，父子三人一起倒在海滩上，玩起了摔跤游戏。

“你是丽贝卡吗？”

“谁？”奥利维亚问。这不是因为她没有听到母亲的问题，而是因为她无法处理这个问题，她非常不习惯有人在这片海滩上和她说话，不习惯有人穿透紧紧包裹着她皮肤的灰色外壳。

“你是那个摄影师吗？”那个母亲问，对着奥利维亚的尼康相机点头。

“我吗？不是。”

“抱歉。我把你认成她了。”这位母亲回头看了看停车场，叹了口气，把怀里的幼儿往上又托了托。“真不知道这三个孩子能安分多久，一下子就又脏又湿了。麦克斯！不要！”

麦克斯是第二个男孩，奥利维亚猜他大概五岁，他现在正在海滩上追一只海鸥。他跑得很快，没有理会他母亲。他父亲追上了他。

最大的男孩差不多八岁，他朝母亲走来，没人和他比赛了，他便丧失了对冷水的兴趣。他站在母亲身边，握着她空出来的那只手。

这三个男孩对奥利维亚来说既熟悉又陌生，他们是同一把剑的两面，每一面都能把她劈成两半。他们的年纪、身形都和安东尼一样——他两岁时的脚、五岁时的腿和八岁时的手。

麦克斯，那个不听父母的话、沿着海滩奔跑的男孩，简直和安东尼一个样。然而，他也一点都不像安东尼。这个男孩跳起来，眼里闪着光，脸上带着淘气的微笑。他在玩游戏，而且想让他的父母也参与其中。“来追我啊！”要是被抓住了，他会很高兴的。

而安东尼在沙滩上奔跑时，他是为了感受坚实的地面压迫他关节的冲击力，感受凉爽的风吹在他皮肤上的感觉，感受脚趾间滚烫的颗粒状沙子，感受他最爱的水。他就这样奔跑着，并不理会奥利维亚或者大卫叫他停下来的呼喊，在他的世界里，这个游戏从来都不会让他们参加。

摄影师到了，父亲带着老二回来了，把他像足球一样夹在胳膊下面，母亲把他们聚在一起，鼓励孩子们微笑。

“看向我。”摄影师说。意想不到的寒意颤抖着穿过奥利维亚的内心。

看向我。

这三个字，她曾听到过无数遍。有她自己说的，有大卫说的，有医生说的，还有一连串应用行为分析和言语治疗师说的。

“安东尼，看向我。”她把品客薯片放在鼻子前。

“安东尼，看向我。”她屏住呼吸。

“安东尼，看向我。”但他并没有看她。

那个蹒跚学步的小宝宝向后仰着头，四肢直挺挺地伸着，哭闹着，脸涨得通红，眼睛闭得紧紧的。母亲把他交给父亲。她从沙滩包里拿出一个还未拆封的玩具递给摄影师——那是一辆玩具卡车，一个贿赂孩子的玩具。她好聪明。

“宝宝，看那辆卡车。”

这个办法奏效了。宝宝的注意力被卡车吸引，摄影师聪明地把卡车放在她的头顶上。宝宝停止了哭泣，用手指着卡车说：“那是我的。”

在那一刻之前，奥利维亚一直在想安东尼是不是有孤独症。她已经认定另外两个孩子是正常的，但是她不确定这个坐在妈妈屁股上的幼儿是否正常。在安东尼被确诊患有孤独症之后，对于看到的每一个男孩，不管学龄前儿童还是青少年，她认识的人的儿子还是陌生人的儿子，教堂里坐在她前面的男孩还是在游乐场上玩耍的男孩，奥利维亚都会在他们身上寻找孤独症的迹象。即使是现在，她也无法单纯地看着一个男孩。她必须观察他们是否患有孤独症。就像看一个单词的字母和阅读这个单词一样，她必须两者兼顾。因为它们之间有着千丝万缕的联系。

与有类似情况的孩子母亲产生一种心照不宣的联系、一种富有同情心的亲切感时，奥利维亚经常会对拥有正常孩子的父母产生各种不好的情绪：嫉妒、恼怒、仇恨、愤怒和悲伤。他们正常、幸福、安逸、不知感恩的生活就在她面前炫耀着。

看看他们多幸运。她通常会这么想，而嫉妒、恼怒、仇恨、愤怒和悲伤正在吞噬她、毒害她。

但是今天，出乎意料的是，她对这一切毫无感觉。相反，她感到如释重负，还希望这位母亲至少能拍到一张全家人对着镜头微笑的照片。那个蹒跚学步的宝宝坐在妈妈的屁股上，继续指着卡车，他的哥哥在喊“茄——茄子”，父亲用胳膊搂着妻子，另一只手搭在大儿子的肩膀上。摄影师则一边“咔嗒咔嗒”地拍着照片，一边不停地说：“看向我。”

奥利维亚把尼康相机举到眼前，通过取景器看着这一家人。太阳快下山了。洒在他们脸上的阳光温暖而令人愉悦。咔嗒、咔嗒、咔嗒。她低头看着相机的液晶显示屏，看着她捕捉到的最后一张照片。她查看了照片的饱和度、亮度和对比度，还有构图，她很满意，这是一张好照片。有些东西变了，也许是围绕在她身边的一些灰色消散了，于是她忘记了摄影技巧。她看着显示屏上的图像，她只看到了快乐、亲密、家庭和爱。真是不可思议的抓拍。

我可以做摄影师。

“我希望我能告诉妈妈和爸爸，虽然我不能说话，但我的大脑很正常。不过我没法告诉他们，因为我不能说话。我希望他们能自己想办法弄清楚这一点。”

第 9 章

贝丝和佩特拉在绍特酒吧前与等她们的吉尔会合，吉尔总是到得很早。科特妮没来是因为她今晚有两节瑜伽课，而乔治娅不能来是因为她要在街上的蓝牡蛎酒店督办一场婚礼。幸好，有佩特拉和吉尔陪在她身边，就有足够的力量支持着贝丝，穿着戈尔迪·霍恩风格的裙子也让她胸有成竹。佩特拉走上台阶，在前头带路，贝丝随即意识到她的心脏跳得太快了，催促身体做出某种幅度比较大的动作来配合急速跳动的脉搏。快跑！她盯着佩特拉的脖子后面，盯着她的绿松石项链的扣子——那条贝丝向她借了却没有戴的项链，缓慢而小心地跟着她朋友，她强迫自己向前踏出的每一步，都是在违背自己内心的本能，好似在进入狮子的巢穴。

“你们好，欢迎来到绍特酒吧。”

在贝丝注意到其他事情之前，她就在那儿了，她对着佩特拉微笑。就是她，绍特酒吧周六晚上的女招待，安吉拉。

她比贝丝年轻，可能快三十岁了。她有一头深棕色的长卷发，穿着一件普通而乏味的黑色上衣，但衣服很紧身，领口还是 V 字形的。这种 V 字形领口和一个挂在长金链子末端的小金十字架把贝丝的视线引到了那对大得令人血脉偾张的乳房上，也许这也吸引了其他所有人的目光。怪不得吉米会出轨。面对这样一个二十多岁的年轻姑娘，还有一对大胸，当然了。

贝丝将肩膀向前内收，双臂交叉放在胸前，她的胸部已经被她的戈尔迪・霍恩风格裙子的厚聚酯布料严实地裹住了。即使是在怀孕前，在母乳喂养没有毁掉她乳房的弹性之前，在她的“维多利亚的秘密”胸罩也推到最合适的位置时，贝丝的胸部看上去也绝不会如此丰满。安吉拉的眼睛又大又黑，美得让人不安，看到吉尔的时候还在微笑，然而在看到贝丝时它们却躲闪了一下。

原来她已经知道我是谁了。

安吉拉清了清嗓子，重新戴上她虚假、职业的微笑面具。“三人桌吗？”

“不用了，谢谢。”佩特拉说，“我们准备坐吧台。”

我们要坐那里吗？贝丝想纠正佩特拉的说法，说她们更想坐临街的桌子而非吧台，但是贝丝的喉咙里涌出了酸涩的恐慌，她只能勉强吞咽下去。她像一只被带到屠宰场的羔羊，跟着佩特拉和吉尔来到吧台，坐在她们中间的空座位上。吉米出现了。

一开始，他以一种礼貌性的愉快态度向她们打招呼，就像他对坐在他酒吧里的任意三个女人打招呼一样，很明显，他并没有真正看清她们。但随后他就认出她们了。他对贝丝的笑容变得柔和而真诚，只不过这种变化转瞬即逝，继而就被紧张的笑容取代，嘴边保留着惊讶和意外，最后他咬紧牙关，不让自己说出他可能正在想的话：噢，真见鬼。

“晚上好，女士们。”

“嗨，吉米。”佩特拉说。

“嗨，贝丝。”吉米说。

“嗨。”贝丝说。

“那么，女士们，你们今晚有什么安排？”

“这个嘛，”佩特拉说，“我们是来监视你的。”

吉米笑着摇了摇他正在调制的马天尼，明显多了几分力气。贝丝用裙子擦了擦手。她之前都不知道她的手会出汗。

“佩特拉，你是从来都不会拐弯抹角吗？”吉米问。

“从来都不会。”佩特拉说。

佩特拉直率而无所畏惧，要是用大锤敲一下钉子就可以完成工作，那她绝不会用橡胶锤轻轻地敲一百下。贝丝虽然很欣赏佩特拉的这种品质，但她一直对这种品质不以为然。她太害怕砸偏了，害怕在旁边的墙上砸出一个巨大而丑陋的洞。

“你们想喝点什么？”他问。

“你都有什么推荐的？”佩特拉反问。

“你更喜欢哪种酒，啤酒还是葡萄酒？”

“来一点烈的吧，你自己调的。”佩特拉说。

吉米把他刚调好的饮料倒在一个小杯子里，放在佩特拉面前，佩特拉抿了一小口。

“味道不错。这是咖啡马天尼？”

他点点头。

“那我就喝这个。”佩特拉说。

“我也是。”吉尔说。

“你要不要尝一点？”佩特拉问，把她杯子里剩下的酒递给贝丝。

“不，不用了，我——”贝丝说。

“她四点以后不能喝咖啡，”吉米提前说出了她想说的话，“不然她整晚都会睡不着。”

贝丝在座位上动了动。

“来点更甜一点的怎么样？”他说着，已经开始拿瓶子了。

看他调制这些花哨的酒水真的很奇怪。吉米是那种喝瓶装啤酒的人，啤酒也不是那种加了肉豆蔻、南瓜或蓝莓的新型啤酒。他喜欢“真正”的啤酒，比如百威啤酒和库尔斯啤酒。他不情不愿地承认喜欢思科的“鲸鱼传说”，但那只是因为这个啤酒厂离他们家不远。

而且这里也不是吉米喜欢的那种酒吧。他喜欢更男人一点的地方，不一定是体育酒吧，不过大屏电视上最好放着红袜队、爱国者队、棕熊队或凯尔特人队的比赛[①]。他喜欢又黑又脏的酒吧，柜台上会放着一罐煮鸡蛋和几碗花生，木地板因为多年浸泡在溢出的啤酒里而变形，点唱机上会放威豹乐队的歌。菜单上可能有马苏里拉芝士条和水牛鸡翅，但肯定不会有鹅肝酱或松露油这样的东西。酒吧里还要有台球桌、飞镖靶和保安，因为至少会有一个邋遢的醉汉会在关门前向某人挥拳。

绍特酒吧这个地方与吉米喜欢的酒吧截然相反。铜橙色的球形吊灯在锡质天花板上闪闪发光，散发出浪漫的光芒。在酒吧落座的女性顾客多于男性顾客，有当地人，但大部分都不是，每个人都穿着得体、外表优雅，他们来这里只为度过一个惬意的夜晚。贝丝看着酒水单上的鸡尾酒，对其价格感到吃惊：一杯就要二十美元。这里的每个人都是为了出来享受一个惬意而昂贵的夜晚。她低头看了看吧台的长度，看着坐在她们旁边的男男女女，试图弄清楚谁会来这里。她没有注意到任何值得一提的地方，直到她看到吧台上那个庞大的楠塔基特岛篮子钱包，钱包的主人是一位金发女郎，她坐在穿着泡泡纱西装夹克的秃头男人旁边。对真正的楠塔基特岛人来说，这个钱包太贵了，贝丝见过比它小得多的楠塔基特岛篮子钱包，售价都不止一千美元。

---

① 红袜队，即波士顿红袜队，隶属于美国职业棒球大联盟。爱国者队，即新英格兰爱国者队，是美国橄榄球联合会的创始球队之一。棕熊队，即波士顿棕熊队，是位于美国波士顿的国家冰球联盟队伍。凯尔特人队，即波士顿凯尔特人队，是美国男篮职业联赛的创始球队之一。——编者注

吧台本身是一块磨光的粗犷石板，上面嵌着琥珀色的海玻璃。贝丝的手在冰凉的吧台表面滑过。它很美，是一件艺术品。音乐是电子乐，很吵闹。没有人会在这里唱《给我一些甜蜜》。

“尝尝看，”吉米说，递给贝丝一个装满粉红色液体的马天尼酒杯，“这是酒水单上最好的饮品。”

贝丝喝了一口。这种酒又甜又辣，给人一种强烈却不会令人反感的刺激，这种酒很容易就能让她喝醉。

“很好喝，这是什么？”贝丝问。

“伏特加加朗姆酒，再配上辣椒、酸橙和姜。名字是火热激情马天尼。”

火热激情？他这是在干什么？贝丝感到很尴尬，还觉得受到了冒犯，然后又奇怪地感到了被恭维。

“你的胡子是怎么回事？”佩特拉问。

“只是试试新造型。”吉米说，用手指挠着他新长出毛发的凹陷脸颊，“你喜欢吗？”

“不喜欢。”佩特拉说。

他留胡子已经有一个月了，贝丝觉得他留胡子很好看，显得他气质粗犷，很有男子气概。胡子还掩饰了他干瘪的下巴。而且她了解他，知道他并不是在尝试。每当他遇到困难，吉米就不会刮胡子——比如他父亲去世的时候，扇贝资源枯竭的时候，他们没钱付账单的时候，杰西卡在波士顿做耳朵手术的时候。还有现在。贝丝对自己微笑，高兴地意识到，至少他们的分居可以和他父亲的去世相提并论，她对他来说仍然很重要。他不再刮胡子，不只是因为他过于心烦意乱，被生活中的压力压得喘不过气，更主要是因为胡子让他觉得受到了保护，他好像被隐藏起来了。吉米留着胡子，就像贝丝之前穿着她那没有腰身、足以遮住她屁股的黑色大毛衣一样。

她今晚没有穿那种毛衣。她穿的是裙子，而吉米留着胡子。这种对比和反差很有意思。她没有想过的是，没有她，吉米可能会过得很艰难，也许这并不是他想要的生活，也许他也很痛苦。

安吉拉在吧台后面扭动着身子，对吉米说了些贝丝听不到的话。安吉拉大笑起来，他也笑了，露出了那些歪歪扭扭的、迷人的牙齿。这个笑容出现得很快，随后就警惕般地消失了，但他确实露出了微笑。安吉拉让吉米露出了笑容。

继续痛苦吧，继续躲藏吧，我希望你最后看起来像灰熊亚当斯[①]。

吉尔靠近贝丝。“我想他现在已经尝试了足够多的新东西了。”

吉米把注意力转向吉尔旁边的那对夫妇，开始为他们开一瓶酒。贝丝啜饮着她的马天尼，意识到安吉拉就在她身后不远，意识到与她分居的丈夫就在她面前，意识到自己就坐在他们之间。这真是太奇怪了。贝丝喝下她的饮料。安吉拉现在正看着她，在她装作不知情的情况下打量着她。贝丝讨厌这个想法，这让她感到很不自在，觉得整个人暴露无遗。贝丝摩挲着自己的手臂，仿佛觉得很冷，然后看了看手机。没有孩子们的信息。

她无法去观察安吉拉，而这正是她这次出行的全部意义，相反，她在坐着观察吉米。她已经不记得自己上一次看他是什么时候了。在他搬出去之前，他们睡觉的时候都是背对着对方，这个习惯始于他的鼾声和他身上臭烘烘的雪茄味。因为他的日程安排，他们很少在一起吃饭，即使在一起吃饭，通常也是在客厅里，盘子放在大腿上，眼睛盯着电视。而每当闹矛盾时，她总是当他不存在，在过去的几年里，这种情况经常发生。

现在她坐在前排，除了看着他，什么也不用做。她以前从未见过他调酒。他在那里不停地做出各种动作，轻而易举地掌控全局。

---

① 灰熊亚当斯（Grizzly Adams），电影《灰熊亚当斯的一生》（*The Life and Times of Grizzly Adams*）的主人公，长相粗犷，有一脸浓密的胡子。

他用手打开酒瓶，倒出马天尼，搅拌柠檬汁，动作自信、高效而优雅。他知道所有酒瓶和调酒工具的位置。他仅凭记忆就能调制出每一种酒水。他很擅长这份工作，他也很享受这份工作。

而她对此一无所知。看到吉米身上她不了解的一面，她既惊讶又感到一阵阵心痛。他这个人并不复杂。除了工作、睡觉，也就是看电视、陪孩子和抽雪茄。虽说调酒的难度比不上脑外科手术或者驾驶赛车的，但他仍然很有技巧和天赋。吧台是这个地方的中心，一切都围绕着它转，吉米则维持着齿轮的有序转动，让顾客满意。

这和扇贝捕捞有很大的不同。捕捞扇贝是一项单人的户外工作，原本她认为这项工作很适合他。但是现在，吉米在一个拥挤的酒吧里，被限制在一个狭小的室内空间里，和陌生人聊天，调制“性感”的饮料，而且他看上去很喜欢这份工作。他看起来很自在。

但是他现在的穿着和他在家里的不一样。在家里，他穿的是牛仔裤或者用牛仔裤改制的短裤——短裤底部被剪刀剪断的地方总是破损不平，T 恤，红袜队的帽子，工作靴。在这里，吉米穿的是有纽扣的蓝白竖条纹衬衫，甚至还是熨过的。他把袖子卷到胳膊肘，比大多数男人多解开一颗纽扣，露出了锁骨。他的胸部肌肉发达，非常迷人。他的胡子、他的微笑、他的前臂、他肌肉发达的胸部——他看起来很放松，而且，她竟然生出了要命的念头，她觉得他性感极了。至少，在“火热激情”的一定程度的推动下，她不可救药地被他吸引，但同时又彻底地被他惹恼了。

为什么他能在这里表现得如此专注、如此能干，而在家的时候却拖拖拉拉、疲惫不堪，除了躺在沙发上什么也不做？为什么他能在工作时振作精神，英俊潇洒，干净清爽，但在家里却只穿正面沾着烧烤酱、腋下流着汗水的 T 恤？他怎么能把这充满活力、有趣的部分留给工作，而不分享给她和女儿们呢？

“吉米，这里一直都这么忙吗？”佩特拉问。

“现在吗？这根本不算什么，再过一个小时，会有三个人排在你后面等座位。”

“哦。”佩特拉说。

她的迪仕餐厅生意也很好，但绝不会出现三个人挤在吧台后面等位的情形，反正每年的这个时候都不会。

“你的饮品好喝吗？”他问贝丝。

“还行。”

“要再来一杯吗？”

“不用了，谢谢。”贝丝说，她已经受够他的火热激情了。

“你不喜欢吗？”

“喜欢的，只是我现在想喝点别的。”

“那来杯红酒怎么样？你会喜欢——”

“我能决定自己想要什么，不需要你的帮忙。”

“好吧。”

“我要一杯咖啡马天尼。”

“你确定吗？”吉米问。

“当然确定。”

他耸了耸肩，算是默许。他抓起两瓶酒，将它们倒在一个不锈钢的马天尼调酒器内。“孩子们怎么样？”

“挺好的。”

“杰西卡的比赛比得怎么样？”

“时间拖得太长了，他们输了。”

“苏菲呢？”

“她在为一个数学测试发愁，她觉得自己考砸了，但我肯定她考得很好。”

“格蕾西还好吗？”

“还不错。”其实贝丝想说，格蕾西很想你，她们都很想你。

“那很好。”

“你难道不想知道贝丝怎么样吗？”佩特拉问。

“当然想。你怎么样，贝丝？”

“还行。”

“你看起来很漂亮。”

“谢谢。”

“我喜欢你的项链。”

她把手放在吊坠上，脸涨得通红。她几乎忘了自己还戴着它。在她作出反应之前，安吉拉又回到了吧台后面，这次她给吉米看的是她手机上的东西，吸引了他的注意力。她笑着摸了摸他的前臂。安吉拉的手搭在吉米的胳膊上。贝丝可以忍受那些大笑、微笑、调情和大胸，但那些轻柔的触摸、那种亲密感，让她崩溃了。

“你还好吗？”吉尔在贝丝耳边问，“你的脸色看起来有点苍白。”

贝丝点点头，咬紧牙关，吞咽着。她没办法开口。要是她现在开口，她会哭出来的。不管她今晚原来的目的是什么，她现在的目标都是不要在吉米和安吉拉面前哭着离开这里。

“你可能只是需要吃点东西。”

贝丝再次点头，手指摩挲着她的银色吊坠，开始厌恶几个小时前戴上吊坠的那个愚蠢女孩。

吉米给贝丝上了她的咖啡马天尼，然后三个女人一起吃晚饭。佩特拉点了石斑鱼；吉尔点了辣味金枪鱼寿司，自从4月的读书会后，吉尔就一直对寿司情有独钟；而贝丝点了汉堡和薯条，是松露炸薯条。

“味道怎么样？”几分钟后，吉米问。

“很不错。”佩特拉说，“这些饭菜真的很好吃，吉米。你们的主厨是谁？”

佩特拉和吉米讨论起了餐厅生意，吉尔给她的孩子发短信，贝丝则专注于吃东西和喝酒。喝完第二杯马天尼后，她发现自己不再想哭了。她现在几乎麻木了，仿佛被一层厚厚的、毛茸茸的静电像茧一样裹住了，她被裹得密不透风，比胡子或黑色毛衣更有效。

贝丝正在喝第三杯，又是一杯咖啡马天尼，这时她听到有人在她身后喊她的名字。她转过身，原来是乔治娅，她在人群中挥舞着双手，迂回着穿过人群，撞到了其他人的身体和酒杯。她朝吧台挤过来，身后的酒水溅了一地，留下一张张充满怒意的面孔。

“我真高兴你们还在这里！”她上气不接下气地说，“情况怎么样？那个绍特小三在哪里？”

贝丝、佩特拉、吉尔面面相觑，然后看向吉米，他肯定听到了。佩特拉大笑起来。

“你是说女招待？”佩特拉问。

乔治娅笑了。“哎呀，是的！我还没点喝的呢。她在哪儿呢？”

“你进来的时候没看到她吗？”佩特拉问。

“没有。她在哪儿？”

“在你身后，靠近门那儿。”

“哪里？”

“那个黑色卷发的。”

乔治娅踮起脚，眯着眼睛寻找着。

“那个穿黑色短裙的。”佩特拉说。

乔治娅摇摇头，仍在到处找。

“那个胸很大的。”

“啊，找到她了！”乔治娅说，“好一个胸大无脑的女人。我从来没想过吉米竟然会是喜欢大胸女的男人。”

贝丝用手捂住自己的胸部。没错，贝丝的胸部并不引人注目，可吉米更喜欢长腿。贝丝有一双美腿，又长又匀称。在她搬到这里之前，她经常在海滩、巴特利特农场和纽约街头散步。

她突然想到，她从来没有听说过一个男人被称为“眼睛男”“头脑男”或“性格男”。她把剩下的马天尼一饮而尽。男人真是太差劲了。也许这是一种祝福。也许没有吉米，她会过得更好。没有男人，她的家会保持干净整洁，味道也会很好闻。而且，不会再有争吵。自从他离开后，一切都很平静。在她脑海中的某个地方，玛丽莲·麦库正在吟唱“少开一次门”，这是贝丝小时候她母亲很喜欢的一首歌，但贝丝后来再也没有听过，也不曾有意识地想起过。

“这并不是说你的胸有问题。”乔治娅说。

吉尔说：“等她有了孩子，她的胸就会像我们的一样垂下来了。”

贝丝的马天尼盔甲营造的模糊麻木城墙肯定是有了一道裂缝，因为那句话穿透了她的心，让她喘不过气来。要是安吉拉怀孕了怎么办？贝丝想到自己总是轻而易举地受孕。每一次，都会一击即中——进球！她感到头晕目眩，视线变得模糊。她必须离开这里。

“你好，乔治娅。”吉米说。

“我看到你可不高兴。”乔治娅说。

“我知道。”

“但是如果贝丝愿意，我会原谅你的。”

“有道理。”他说。他看着贝丝，好像在寻找窗户上的开口，哪怕是最轻微的裂缝。

“贝丝，你脸色又苍白了。”吉尔说。

吉尔就坐在贝丝旁边，但她的声音听起来却像是从遥远的地方传来的。

“贝丝，你没事吧？”佩特拉问道。

“我觉得不舒服。”贝丝有气无力地说。

“那我现在送她回家。”佩特拉说。

“我留下来和乔治娅喝一杯。”吉尔说。

佩特拉付了她和贝丝的那部分账单，贝丝起身时乔治娅拥抱了她。

“她只是个胸大无脑的女人。”乔治娅说。

“谢谢。”

“而你是女王。”

贝丝笑了。

“我喜欢你的裙子。”

“谢谢。”

吉尔站起来抱了抱贝丝。

“你做得很好，我明天给你打电话。”

贝丝点点头，在转身离开之前，她又抬头看了看吉米。

“晚安，贝丝。”吉米说。

“晚安，吉米。”

佩特拉拉着她的手，她们穿过人群，离开了绍特酒吧，离开了吉米，把他留给了安吉拉。离开他的感觉很不好。在静止的模糊声音之下，玛丽莲·麦库的歌声还在贝丝脑海中的某个地方回响，一个声音在尖叫：不要离开他！不要走！但是已经很晚了，她已经吃饱喝足了，她也受够了安吉拉的大胸和吉米的笑容，所以除了离开，她别无选择。“晚安。”安吉拉的声音从身后传来。

听起来安吉拉似乎在笑，甚至有点幸灾乐祸，但贝丝并不知道。她已经出了门，头也没有回。

佩特拉把车停在贝丝家的车道上。房子一片漆黑。孩子们忘记开门廊上的灯了。至少他们去睡觉了。

“你还好吗？”佩特拉问。

“还行。”

“你太沉默了。”

“我很好。”

“你不需要在我面前伪装得很坚强。”

“我没有伪装，我很好，”贝丝有点困难地吐出“伪装”这两个字，“我只是有点醉了，但我很好。我醉了，但挺好的。”

“你们俩真的需要尽快谈谈，搞清楚你们都在做什么。”

“我知道。”

“喝点水，然后上床睡觉。”

“我会的。”

“我爱你。”

“我也爱你。”

贝丝顺着佩特拉车前灯的光束走到前门。这一定是一个多云的夜晚，因为贝丝看不见天上的月亮和星星。除了佩特拉的车前灯，整个世界一片漆黑。空气凉爽，弥漫着盐、鱼和连翘的味道。春雨蛙鸣叫着，在她周围出现的洪亮而烦人的大合唱，听起来就像仍在她耳边回荡的绍特酒吧的电子乐。当她打开前门、打开走廊上的灯时，她听到佩特拉开车走了。

贝丝走上楼，推开每个女孩的房门，查看她们是否在床上睡觉。真是乖巧听话的女儿们。她关掉苏菲的电脑，把脏衣服扔进篮子里；她把杰西卡的湿毛巾挂到浴室的挂钩上；她给格蕾西盖好被子。她下楼，走进厨房，给自己倒了一大杯水。

回到楼上，贝丝在走廊里停了下来，盯着墙上的照片。她看着吉米摸她裙子的那张照片，又想起了安吉拉抚摸他的胳膊，一种满怀羞辱的愤怒在她的心中喷涌而出，不断地膨胀。在另一张照片中，她戴着吉米送给她的吊坠，就是今晚他注意到她戴的那个。

她再也受不了了。她再也不能在走廊里走了，再也不能看着他微笑时的牙齿、他放在她身上的手、挂在她脖子上的吊坠，他们完美婚姻的谎言。每次她从客厅走到卧室、从卧室走到浴室，他的背叛都在嘲笑她。她受够了这一切。已经够了。

贝丝从她的结婚照开始，松开相框的卡齿，取下背板和纸板衬，抽出照片，把空相框放回墙上。她有条不紊地做着这件事，呼吸急促，直到把每一张照片拆下来，整理成完好、整齐的一沓。

她坐在走廊的地板上，快速地翻看着照片。她找到时间最近的一张照片并认真研究了一下，那是去年夏天拍的。她体内某些理智的部分，没有受到伏特加、朗姆酒、马天尼以及被羞辱的愤怒影响的部分，催促她把这些照片放进抽屉，不然她就会后悔她即将准备做的事情。但是她太愤怒了，又喝醉了，大脑因为摄取过多的咖啡因而兴奋得不受理智控制，而且她也厌倦了那种像个受气包的感觉。

撕第一下的时候，贝丝的动作缓慢而犹豫，之后就变得顺理成章了，她直接把吉米的笑脸撕成两半。然后，她撕得越来越快，一张接一张。停不下来了。她哭啊哭，直到照片被撕成碎片，碎得不能再碎。现在的她正在抽泣，恨他让她这么做。她听到其中一个女孩在打喷嚏。贝丝停下哭泣，倾听着，害怕吵醒她们。她仍然能听到绍特酒吧的电子乐在她耳边嗡嗡作响，还有外面春雨蛙鸣叫的声音，她还能感觉到、听到自己的心脏在胸膛里怦怦跳动，在她的手指间搏动，但孩子们都很安静。她擦了擦眼睛，吐出一口气。

贝丝将成堆的碎纸、她幸福家庭的碎片收拢，扔进卧室的废纸篓里。然后她回到走廊，看着墙，见证她所做的一切。好了，现在墙上只有八块有框的、衬好的硬纸板。他彻底离开了。现在终于是覆水难收了，就像他的不忠。这才是真实的一切。

她调整了其中两个相框，让它们保持水平，然后关掉走廊的灯，回到卧室。贝丝脱下戈尔迪·霍恩风格连衣裙，穿上粉红色的法兰绒睡衣。她爬上床，忘了摘下挂在她脖子上的吊坠，面对着吉米曾经和她一起睡觉的那一侧，她的双脚无处安放，眼睛睁得大大的。

彻夜未眠。

第10章

一切都会在6月改变，而对小岛的这个时节一无所知的奥利维亚，根本没有预见变化的到来。改变是从阵亡将士纪念日的那个周末开始的，她封闭而又宁静的简单生活遭到从四面八方涌来的入侵者迅速而持续地轰炸。这些入侵者就是来消夏的游客。她花了好几周才让自己觉得不需要躲在家里，不再觉得他们的存在构成了威胁或侵犯，她重新恢复了镇定，重新建立了日常生活的秩序。几周后，她终于松了一口气，心想，好吧，情况也没那么糟。

然后就到了7月。6月为7月做的铺垫还是太少了。如果说6月是伯克希尔地区[①]的一座缓坡，那7月就是珠穆朗玛峰。现在，道路上挤满了轻便的摩托车、耐用的吉普车和巨大的越野车，发动机尾气和收音机的噪声污染了夏天的甜美空气。之前像是私人独有的荒凉海滩现在挤满了以家为单位的人们和他们的椅子、遮阳伞、冲浪板、野餐垃圾以及连续不断的叽叽喳喳声，每个出租屋都是满的，每间卧室和每条车道都是满的，租客用夜复一夜地户外派对和野餐来庆祝他们一周的假期。

---

① 位于美国的马萨诸塞州。——编者注

这些人才是真正来消夏的游客，成千上万的游客来到这里，使岛上的人口增加了五倍。他们搭乘飞机或轮船来这里，他们还带来了孩子、宠物、保姆、助手、私人厨师和客人。而且，每个人（除了宠物）都带了手机。奥利维亚担心楠塔基特岛所在的大陆架，它脆弱而不稳定，她想象着它可能会在所有游客和他们携带物品的重压下崩溃，导致该岛沉入海底。这里就是一个当代的亚特兰蒂斯[①]。

甚至连天空也变得拥挤起来。来自波士顿和纽约的通勤飞机和私人飞机每隔几分钟就从头顶呼啸而过。整天都是如此。

如果说奥利维亚适应了 6 月的生活，那她在 7 月只能说是对付。她对其他当地人有一种亲切感，虽然她知道这种感觉只是她的一厢情愿。当地人很容易辨认，他们与来消夏的游客截然不同，就像是从马戏团的斑马里挑出野马一样。她虽然只在这里生活了部分冬季和整个春季，获得了一定程度的尊重，但尚未在岛上住满一年。她不是这个族群真正的成员。她还没有投入足够的时间。但即使在这里生活一整年，事实上，即使在这里生活五十年，她也只会被看作是一个外地人、一名移居者，永远不是一个真正的当地人，也绝对不会成为一名当地人（一个人必须在这里出生才能拥有这个称号）。

鉴于岛上的情况，她已经做了一些相应的调整，这已经成为她的夏季生活准则：

上午 10 点到下午 3 点之间绝不去海滩。那是游客们去的时间。

不惜一切代价避免去镇中心。如果一定要去，也不能在午餐时间或下午 6 点后的任何时候开车去，那里已没有停车位。

从周五到周日，不能去便利店。

处理每件事都要多留出三十分钟的时间。

她把这些准则写在一张纸上，贴在她的前门上。这是一个可爱

---

① 亚特兰蒂斯，Atlantis，传说中拥有高度文明的地域，被海洋包围着。——编者注

但严肃的提醒，以防她变得健忘或过分自信。这也正是她现在在心里咒骂自己的原因，此刻正是周六下午，她站在意大利面货架过道的边缘，排在便利店里令人沮丧的长长的结账队伍的末尾。

奥利维亚需要更多的咖啡和鸡蛋，想着晚餐吃点沙拉会很好，却没有考虑日期或她的夏季生活准则。她没有意识到今天是什么日子，等到她把车开进拥挤的停车场，她才立马意识到今天是周六。她犹豫了一下，觉得她应该忘记沙拉回家去，但这时后面开路虎的女人按了一下喇叭，催促奥利维亚继续前进。于是她照做了，心想，情况又能有多糟呢？

但那已经是一个多小时前的事了。她数了数她篮子里的物品，一共十四件。若是她把面包和卫生纸放回货架（她可以靠现有的东西撑到周一），那她可以移到快速结账队伍上，但那列队伍更长，而且队伍中似乎蕴藏着更多的敌意。

“这是要排到天荒地老吗？”排在奥利维亚后面的女人嘟囔着，“我肯定要迟到了。”

奥利维亚庆幸自己至少不赶时间。她今晚没有海滩人像拍摄的工作。她原定今天晚上拍摄的家庭早上取消了这一安排。

成为一名专业的海滩人像摄影师最终比她想象的要容易。首先，她做了一些研究，给岛上的其他人像摄影师打了电话，问了他们的报价。然后她算了算，如果从 6 月到劳动节，她每周能接到四次拍摄工作，她就能赚到足够的钱来生活一整年，而且还绰绰有余。

但随后她遇到了一个问题，即如何让客户来雇用她这个没有接受过专业训练或没有摄影经验的无名小卒，而且还是一周四次。她的优势只在于她有一双善于发现美的眼睛和一架便利的相机。为了解决这个相当重要的问题，她做了两件小事。首先，她印制了传单并在全镇范围内张贴，游客中心、杨氏自行车商店、咖啡馆、图书馆、商会和轮船管理局码头都没有落下，甚至还有便利店。其次，她确保她的报价比“最便宜”的价格还要再便宜两百美元。

电话和电子邮件纷至沓来，她接到的拍摄计划比她想象的要多，每周可以安排四到六次，经常是一个晚上要拍两次。她已经把一家人安排到了劳动节那周的周末。所有的照片打印服务都是通过一家独立公司在网上订购的，所以她只需要用她的数码相机拍摄，在她的电脑上用 PS 软件编辑照片，然后再把图片上传到订购网站。付款方式是用信用卡在线上支付。不需要寄送纸质发票，也不需要等邮寄来的支票。除了互联网服务外，她没有别的开销。这简单又利落。

排在她前面的女人们一直在平静地聊天，似乎没有被长长的队伍和周围越来越不耐烦的气氛所影响。其中一位是金发女郎，未刻意修饰，穿着一件没有商标、没有装饰的黑色棉质背心和一条普通的棉质白裙，脚上穿着人字拖；另一位则穿着瑜伽服。没有华丽的珠宝，没有设计师的标签，她们的指甲没有经过精心护理，拎的手提包看起来成本不到五十美元。她们是当地人。

“我不想找罗杰，这很奇怪吗？”

“不会啊，当然不会。”

“他给其他所有人都拍过照片，一直拍得很好。我不知道，我觉得是我不够坦诚，只是吉米不露面会显得很奇怪。”

“我明白你的意思了。”

“他会问‘吉米怎么没来’，然后我就不得不承认他不来了，那就太奇怪了。”

“那就不要找罗杰了。他应该不知道。”

“这里的每个人都知道一切。”

“那倒是。这样的话，他可能已经知道你和吉米的事了。”

“应该吧。”

“而且你知道的，他应该不在乎。他刚离婚没多久，是不是？”

“我不觉得。”

“他确实刚离婚没多久。他老婆从岛上搬走了，去了得克萨斯。”

“哦，是的。”

“这就对了。那你准备用谁呢？”

“我不知道，你应该问问吉尔。他家去年夏天请过一个人。”

“他家请的就是罗杰。”

“好吧。我知道我不应该花这个钱，但我需要这些照片。它们会成为一种视觉上的提醒，我的生活没有他也很好，我还有我的漂亮女儿们，我不需要他就能生活得很幸福。”

“视觉提醒这个想法不错。”

“这是我真正开始新生活的第一步。”

“你是想将你设想的生活用照片呈现出来。”

“是的，而且我需要尽快做到这一点。走廊里的那些空相框看起来很压抑。”

“要不你让格蕾西画些漂亮的图画，暂时把那些图画放在相框里？”

“我问过了，她不愿意，她们全都不愿意。她们都在生气，因为我撕了我们的全家福。我不怪她们。这种事情实在是太愚蠢了。”

“吉米对你不忠才更愚蠢。你做什么都可以。”

“嘘。”

“怎么了？”

“我们在便利店，有人会听到的。”

“哦，看在上帝的分上，凯文·培根早就知道吉米出轨了。”

“你说得对，我知道。”

奥利维亚摸了摸她的钱包，知道里面装着一张海滩人像摄影的传单。她应该拍拍这个金发女人的肩膀，把传单递给她，但当她想象自己这样做时，感觉这种行为侵略性太强了。而且她不想打断或承认听到了她们的私人谈话。她决定保持沉默，希望金发女郎在离开时能注意到她钉在公告板上的传单。

他们的队伍终于从意大利面货架过道出来了，奥利维亚现在可以看到商店里的每支结账队伍。在她的左边，她注意到一个女人和她的儿子。她的儿子大约六七岁，坐在购物车的幼儿座位上，晒黑的长腿垂了下来，几乎碰到了地板。他正在旋转一个风车，风车被他压在鼻子上。他有孤独症。

男孩完全沉浸在一个模糊的金属色的旋转世界里，似乎根本不受长长的队伍、周围烦躁的人群、刺眼的灯光，或是扬声器里迈克尔·布雷翻唱的托尼·班尼特的歌的影响。然后，有什么东西发生了变化。也许他意识到饿了，或者觉得很无聊，或者他讨厌迈克尔·布雷，又或者他衬衫后面的标签让他痒得受不了。谁知道是为什么呢？他把风车扔到地上，随后开始尖叫，大拇指堵住耳朵，眼睛紧闭。

他的母亲捡起风车，让风车再次旋转起来，然后把风车举到他面前，试图引诱他回到风车的魔咒中，但男孩不愿意睁开眼睛。她试图安抚他，努力保持冷静，向他保证他们很快就会回家，但他用大拇指堵住的耳朵听不到母亲的安慰或哄骗。她并没有试图去碰他。奥利维亚知道那样可能会使一切变得更糟。非常糟糕。

然后，她看起来好像什么都没做。她在无视他。

奥利维亚看到周围人脸上露出的表情，听到队伍中传来小声的指指点点，就像薄荷一样刺激。

他已经很大了，不应该再有这样的行为。

我绝不会允许我的孩子们有这样的举动。

他真是被宠坏了。

他妈妈怎么这样啊？

他们不明白这是怎么一回事，但奥利维亚明白。那位母亲不好意思抱起他离开这里，正在做任何一位有个得了孤独症的孩子的母亲都会做的事情，更何况她还推着一辆装满生活用品的购物车。她在努力呼吸，紧紧抓住她的购物车并鼓起勇气，向上帝祈祷。

上帝，求你让他平静下来。

上帝，求你在我也失去理智之前，让我们离开这里。

上帝，我求求你了。

“我不会怪他，”穿着瑜伽服的女人说，“要是这条队伍再不能移动得快一点，我也要开始尖叫了。”

“你不像一个练瑜伽的人。”她的金发朋友说，她是需要摄影的那个人。

“没错，但那样应该能释放我在这个地方吸收的所有负能量。便利店完全堵塞了我的第四脉轮。”

金发女人笑了。奥利维亚笑了。在男孩和他母亲排队等候时，金发女人盯着他们看。而她在看他们的时候，她脸上的表情似乎不带一丝一毫的品头论足，反而是一种强烈的兴趣，甚至是好奇。奥利维亚很想知道她在想什么，但什么也没说。

奥利维亚终于到了结账处。她向收银员友好地打了个招呼，把自己的东西装进袋子里，把她的帆布手提包背到吉普车上，然后开车回家。

三十分钟后，她到家了。

在家里，奥利维亚煮了两个鸡蛋。她把西红柿、黄瓜和一个红辣椒切成片，把生菜切成丝，再把它们都放到一个大碗里，然后加入橄榄、维达利亚洋葱、帕马森干酪、油炸面包丁，把它们搅拌好后，再加入鸡蛋。她又在碗里淋了一点橄榄油和红葡萄酒醋，加了一点盐和胡椒粉。她给自己倒了一杯冰凉的白苏维翁葡萄酒，再来一片意大利面包，晚饭就做好了。

她把晚餐、香茅蜡烛和一本日记带到后院的露台上。她坐在那里，享受着她的盛宴，打开她的日记本，从上次看到的地方继续阅读起来。

2003年7月5日

我现在的生活都是关于沟通，或者说，缺乏沟通。我把所有醒着的时间都花在了强行与安东尼沟通上。安东尼，说“果汁”。果汁。果——果——果汁。说出这个词。告诉我你想要什么。说“我要喝果汁”，说“秋千”，说“我想去外面，在秋千上荡秋千”。求你了。看着我，安东尼，告诉我你想要什么。告诉我你的感受。告诉我你为什么尖叫。我通常能分辨出这是快乐或兴奋的尖叫还是沮丧或恐慌的尖叫，但现在，我太累了，我分辨不出来。你为什么要尖叫？

如果你不告诉我你想要什么，我又该怎么帮助你呢？

然后是我和大卫。我们也不知道如何沟通。我们不再看对方了。我无法忍受看着他的眼睛，看着他眼里的绝望、他的疲惫，有时甚至是责备。而且我常常希望他在办公室多待一个小时。也许那个时候我已经躺在床上了，他就不必面对我和我眼中的东西了。

我们不再交谈。其实，也并非如此。我们说了很多关于必须做的事情。你买了安东尼喝的果汁没？我准备去杂货店，我们要买果汁吗？你能为安东尼推秋千吗？他在尖叫，因为他想出去，坐在秋千上荡秋千。你能不能把垃圾倒掉，去商店买东西，把衣服洗了，把账单付了？账单、账单，我们有数不清的账单要付。

我们说了这么多话，但我们什么也没说。

这些都是毫无意义的废话，全是无关紧要的废话。

我没有告诉大卫我在想什么，我们是一个永久残疾的孩子的父母，我们的婚姻是残缺的。我每天都在想这些，但我从来不会说这些。我也不会告诉大卫我的想法。

我们不再有性生活，我也不再想要有性生活，但我怀念过去与大卫有联系的那部分的我，那部分的我会渴望亲密，会想要有性生活。但我们不谈这个。

而且在过了这么多我过的这种日子后，谁还会想要有性生活呢？由于担心，还有照顾安东尼的体力活，我已经筋疲力尽。我身上有被他捏出和踢出的伤痕，还有遍布全身的咬痕。我看起来像是受到了虐待。我也感觉受到了虐待，但我并没有告诉大卫我的感受。

我并不是觉得自己受到了安东尼的虐待，而是觉得受到了这种生活的虐待。我的生活究竟发生了什么？我的生活全是关于孤独症的。若是我没有生活在其中，我就只会读到它或谈论它，而我现在对它只有深深的厌恶，我都想吐了。我很害怕这就是我的全部生活。安东尼有孤独症，他不会说果汁或秋千，也不会说他为什么尖叫。而大卫和我也不说话，我们只是生活在同一间牢房里的室友。

或者说，我们充其量只是同事，是治疗同一个病人的自学成才的治疗师，我们的病人是这个叫安东尼的漂亮男孩，我们竭尽全力地想要治好他。只是我们失败了，我们没能治好他。他的孤独症不会消失，它就是我们客厅里的那只巨大的粉红色大象，我们没有谈论什么是真相，我们将与孤独症一起度过余生，我们需要接受这个事实。尽管我想尖叫、想大哭、想破坏这个世界上的一切，尽管我想乞求、想斗争、想反抗，但我们需要接受安东尼得了孤独症这个事实。

为什么我们不能谈论这个问题？为什么我们不告诉对方我们的感受、我们的欲望、我们的恐惧，以及我们仍然爱着对方？我们还爱着彼此吗？我们真的还爱着对方吗？

我们对安东尼来说是多么好的榜样啊，嗯？嘿，安东尼，谈谈吧。看看妈妈和爸爸是怎么不交流的。我们让安东尼每周接受三十五个小时的治疗来学习沟通。我真想知道大卫和我每周需要多少个小时……

奥利维亚和大卫从未做过婚姻咨询，也许他们应该这么做。但是，所有治疗安东尼的专业治疗师、行为和言语治疗师、父母互助小组，还有悲伤辅导，全都没有用，他们已经饱和的治疗生活，没办法再邀请另一个咨询师，再花一笔费用。奥利维亚合上她的日记，闭上眼睛思考。

她每天都会翻阅一下她的日记，阅读她的过去，试图接受这一切，寻找内心的平静。但今天不行。她睁开眼睛。

她叹了口气，回到厨房又倒了一杯葡萄酒。打开冰箱门时，她听到一阵刺耳的叮当声。她停了一下，试图辨认那是什么声音。她在这栋房子里总是能听到一些怪异的、无法解释的声音。刚搬到这里的时候，她常常被这些声音吓到，但现在她更多的是好奇而不是害怕。

经常笼罩在岛屿上空的雾气通常会隔绝声音。在楠塔基特岛，浓雾笼罩下的寂静是可以触摸的。但有时候，她也不知道为什么，雾会放大、扭曲、分散声音，把声音送到离声源几公里远的地方。她发誓，她在卧室听到过渔民在船上的谈话。有时她还会听到一种令人毛骨悚然的、有旋律的萧萧声，她觉得那是海上传来的海豹的吠叫。

今晚大雾弥漫，所以叮当声可能是邻居家的风铃、周围邻居家孩子的自行车铃或者海滩上的冰激凌车发出的声音。但是它听起来更响亮、更直接、更近。她从冰箱里拿出一瓶红酒，她又听到了那个声音。是门铃声吗？

她把红酒放到柜台上，在短裤上抹了抹，擦干湿手，走到前门，打开门。

“嗨，丽芙[①]。”

她目瞪口呆，她并没有料到会有人在那里。她当然也没料到会是他。

“大卫。”

---

① 丽芙，奥利维亚的昵称。——编者注

第 11 章

现在是上午 9 点 15 分，贝丝已经把孩子们送到了社区中心。格蕾西和杰西卡喜欢那里，但苏菲很讨厌那里。去年夏天快要结束的时候，她就已经表现出不喜欢那些游戏、手工和活动了，十二岁的她抱怨夏令营很“无聊”。好吧，如果说去年的夏令营是无聊的，那今年的夏令营就是纯粹痛苦的了。但是，那里是所有其他还太小的孩子参加夏令营的地方，贝丝宁愿她在社区中心痛苦，也不愿她整天在家里虚度时光，无聊加痛苦。

贝丝把车开进社区中心的停车场，对三个人说：“玩得开心！”杰西卡和格蕾西微笑着挥手，但苏菲回答：“别担心，我不会的！”然后用力关上车门。啊，叛逆的十三岁。

夏令营的活动一直持续到下午两点。吉米晚上休息，主动提出去接她们，和她们一起度过下午的时光，然后带她们去兄弟会吃晚饭。他说他会在晚上 8 点前送她们回家。

在接下来的近十一个小时里，贝丝可以做任何她想做的事情。完全自由的一天。一周前，她会利用这段时间来打扫卫生，这是一项浩大的工程，比如清洗所有的窗户、漂白露台家具上的霉菌或者除草。不过，她最近一直在重读《写到骨子里》，翻阅笔记本、旧诗、短篇小说、许多未完成的小故事，欣赏它们。而且她再次开启了作家梦。

所以她任由霉菌、花粉斑点和讨厌的杂草继续存在。相反，她去图书馆找了个安静的地方写作，不会受到任何干扰。今天，她感觉已经准备好打开她多年前被封存起来的那部分创造力，看看它是否还能发挥作用。她终于给了自己空间和时间，去追寻她内心深处那个富有表现力的声音。这个声音在不知不觉中被扼杀了，先是被年轻母亲的需求所迷惑，然后又被她的日常生活所诱惑，陷入了沉闷。

贝丝走上二楼，在一张没有扶手的夏克尔风格木椅上坐下，桌子很大，比自家餐厅里的那张大得多。桌子对面是一扇很大的窗户，至少有两米高。窗户是开着的，房间里充满了清新的晨风。桌子周围还有九把配套的椅子，全都空着。

她拿出多年前买的那本空白线圈笔记本，打开第一页。除了开支票付账单外，贝丝已经很久没有写过东西了。她感到兴奋和紧张。她拿出她最喜欢的笔，盯着那一页，努力想怎么开头。对她来说，开头总是很困难。她用笔敲着自己的牙齿，这是她十几岁时养成的习惯，每当被作业题难住时她就会这么做，然后她就能听到她妈妈的声音在她脑海里回荡："别这样做，伊丽莎白[①]。"她就停下了。她抬头看向墙上的钟。现在是上午 9 点 25 分。

和窗户、桌子一样，这口钟也比大多数的钟大。钟是橡木的，象牙色的表盘上标注着罗马数字，木头上雕刻着精美的图案，看起来像是翻滚的海浪。这口钟看起来很古老，可能它的确很古老，也许它是有故事和有历史意义的，但是贝丝不知道。今天的图书馆很安静，安静到她能听到时钟的滴答声。

---

① 贝丝是其他人对她的昵称，贝丝本名为伊丽莎白 · 埃利斯。——编者注

滴答，滴答，滴答。

为什么今天的图书馆人这么少？她向窗外望去。蔚蓝的天空，万里无云，清风徐徐。这个天气最适合去海滩。这才是她打发空闲时间可以做的事。她可以去海滩！她把椅子推开，但在她盖上笔帽之前，她意识到这个冲动想法背后的真正动机——恐惧。她害怕她面前的这张白纸。而且这个想法愚蠢又冲动，在 7 月的中午去海滩，你就得为了一平方米的沙滩而与来消夏的游客或居民战斗。那是所有人都会去的地方。她知道最好不要让自己经历那种疯狂。

她把椅子往后推了推，把腿塞到桌子下面，努力让腿舒服一点。好了，开始吧。但开始什么呢？她是想续写她未完成的某个短篇小说吗？那她应该把那些短篇小说带过来。故事应该发生在楠塔基特岛，还是纽约？问题接踵而至，在她的脑海里回响，令她的手瘫痪。

她抬头看了看时钟。现在是 9 点 45 分。滴答，滴答，滴答。

也许她应该先从《写到骨子里》的练习里挑出一个来练笔，让笔动起来，让墨水流动起来，就像给生锈的车轮上点油。她现在记起来了，她以前就是这样开始写作的。

她拉开手提包的拉链，她的手提包是一个笨重、破旧的黑色大尼龙袋。这个手提包是别人送她的，似乎是乔治娅？时间太过久远，她已经记不清了。这是婴儿洗礼时的礼物，她的手提包其实就是一个尿布袋。吉尔觉得这个手提包实在是太丑了。

贝丝承认这个手提包不好看，而且，是的，孩子们现在已经接受了一段时间的如厕训练，但她喜欢这个手提包的宽肩带，喜欢它的防水性，而且大部分污迹都可以擦掉，包里还有很多实用的口袋。现在，装奶瓶的口袋是她放水瓶的地方，装湿巾的口袋装着她的钱包，她用来放奶嘴的拉链口袋用来放手机，中间的袋子则是她放其他东西的地方。

似乎除了《写到骨子里》，其他的东西都不在包里。她忘记带了。

该死的，也许她应该回家去拿。她低头看了看她的笔记本。

一片空白。

她得回去拿那些东西。但若是离开，就不会再回来了，这一点她心知肚明。如果离开，二十分钟后，她就会戴上黄色的乳胶手套，提着一桶漂白剂。她把双脚像两个锚一样重重地平放在地板上，呼吸。她要留下来。

贝丝想继续写她的短篇小说，故事讲的是一个男孩在一个想象的世界里找到了安慰和意义。在这个世界里，颜色有感情，水可以歌唱，男孩可以隐形。但她又想起了她曾经在海滩上看到的那个男孩，他表现出的好奇和快乐，即使对一个孩子来说也太过夸张。他创造了一条白色的岩石线，他们分享了最短暂的时刻，感觉就像他们之间有了一个微妙的秘密。她被这两个男孩俘获了。也许她可以把他们俩结合起来。但要怎么做呢?

她轻敲牙齿，想着那句话“写你知道的”。她知道什么呢？她低头看着空白的纸张。

她抬头看了看钟，叹了口气。现在已经 10 点 25 分了。也许她应该去咖啡馆喝杯咖啡，吃点东西。也许这才是她所需要的——一些咖啡因、一些食物以及换个环境。也许这里的气氛完全不对。她环顾四周——许多书架被漆成了乳白色，放满了精装书；地上铺着波斯地毯；墙上挂着著名作家的油画肖像，比如拉尔夫·沃尔多·爱默生、亨利·戴维·梭罗和赫尔曼·梅尔维尔；还有那该死的时钟。这一切都太严肃、太学术、太吓人了，令人压力太大。

贝丝有充分的理由离开，借口荒谬而合理，但她还是留了下来。她想写作。她环顾四周，看着书架上的书。书架上摆放着几百本书，每一本都出自同一个人。她选择受到鼓舞而不是被吓倒。为什么她不能成为这样的人?

她的目光落在离窗户最近的书架上的一本书，就在从上往下数的第二层架子上。书名是《无处可逃》，封面是灰白色的，上面有一张小女孩的黑白照片。女孩看起来有点像蹒跚学步时的苏菲，但这一点点的相似之处并不是吸引她注意的原因。对她来说，所有这些——书名、封面甚至是女孩的照片——都没什么不同寻常或特别有趣的地方，但她却被它奇异地吸引了。

她强迫自己移开视线，在座位上浏览其他书柜。别的书架上没有一本书是正对着她的，一本也没有。她的视线又回到《无处可逃》上，再次感到自己似乎无法转移视线，不是因为像墙上的时钟或她的手提包一样让她分心，也不是为了避免看到自己空白的笔记本，而是因为一种奇怪的感觉迫使她去看它。

这种感觉和她遇到吉米时一模一样。那是一个深夜，在楠塔基特岛颇为传奇的潜水酒吧，她目不转睛地看着他。这不是因为他有魅力，尽管他确实有。那个夏天，无论她的视线转到哪里，楠塔基特岛上到处都是魅力四射的单身男人。这也不是因为她喝多了啤酒和即饮果冻酒，尽管她确实醉了。那天晚上，她只看得到吉米。整个酒吧都是静止的，只有吉米是清晰的。她几乎为他着了魔，仿佛他是一块磁铁，把她吸引到他身边。

现在书架上的这本书也给了贝丝同样的感觉。她盯着它，被它平淡朴素的封面迷住了，想知道它讲的是什么。凭借强大的意志力，她摆脱了魔咒，回到自己空白的纸上。

一片空白，一片空白，该死的，还是一片空白。

时钟滴答、滴答、滴答，走个不停。

贝丝抬头看着这本书，感觉封面上的女孩正盯着她看。

噢，该死的，我投降。

她走到书架前，把书拿回座位。《无处可逃》的作者是克拉拉·克莱伯恩·帕克。她看了封面和封底。这是一个真实的故事，是一位母亲写的关于她患有孤独症的女儿的故事。贝丝很喜欢《深夜小狗神秘事件》，但孤独症并不是她通常会自行阅读的主题。但显然，她不会在今天开始创作伟大的美国小说。她也不会回去打扫房间。她盖上笔帽，打开书，开始读起来。

几个小时后，有人拍了拍她的肩膀，吓了她一跳。她抬起头，原来是图书管理员玛丽·克劳福德。

“对不起，贝丝。我不是故意要吓你的，但我们还有五分钟就要关门了。”

贝丝抬头看了看钟，现在是下午 4 点 45 分。她朝窗外望去，射进来的光线更加柔和、分散，暗示着更长的阴影和夜晚的来临。她看了看手表，4 点 45 分。怎么回事?

她低头看向自己的笔记本。

一片空白。

“对不起，我完全被这本书迷住了。”

“那你要借走吗？”

“是的，谢谢。”

贝丝什么也没写，什么也没打扫，但至少她找到了一本好书来读。

回到家，在孩子们回家之前，贝丝还有很多空闲时间。她可以洗东西或者吃点东西。她选择了第二个，因为她饿坏了。自从早餐后，她今天就没吃过东西。

她给自己做了一个火腿奶酪三明治，为了庆祝她的自由日，她决定给自己做一杯真正的饮品。她把伏特加、酸橙汁、蔓越莓汁和少许姜汁啤酒倒进格蕾西的午餐保温瓶——因为她没有马天尼调酒器。她加入冰块，摇了摇，然后倒了一些到酒杯里。她抿了一小口，笑了。味道不错。看到没，她不需要吉米，她能创造自己的激情。

房子里的空气又热又污浊。今天没有人在家开空调或开窗。贝丝把她的饭菜、饮料以及她从图书馆借的书拿到外面的露台上，然后坐到了一张发霉的椅子上。

其中发霉最严重的那把椅子——吉米用来抽雪茄的椅子——被推到一边，面对着露台的角落，好像它是因为行为不端而被送到了那里。几个星期前，贝丝让吉米把它扔掉。以前的情况已经够糟了，现在她肯定不会在他和另一个女人同居的时候还把他的雪茄椅留在这里。贝丝把自己的椅子调整了一下角度，这样就看不到吉米的椅子了。她边吃晚饭边看书。

听到前门打开和关上的声音时，贝丝仍然沉浸在阅读《无处可逃》和喝第三杯激情鸡尾酒中，她觉得这款鸡尾酒现在更完美了（少一点酸橙，多一点伏特加）。

“谁呀？”她喊道。

苏菲和杰西卡出现在露台上。

“格蕾西在哪儿？”贝丝问。

“在厨房里，正忙着弄一个夏令营项目。”杰西卡说。

“哦，什么项目？”贝丝问。

“我不知道。”杰西卡说。

“你们晚饭都吃了什么？”

“热狗。”杰西卡说。

“汉堡。”苏菲说。

这让贝丝很沮丧，他们住在一个岛上，而她的孩子没有一个吃鱼。她喜欢海鲜，但在家里做海鲜的时候，孩子们总是捏着鼻子，抱怨海鲜的味道。

“你们的爸爸呢？”

“他走了。”苏菲说。

“知道了。”贝丝说，对他没有进家门有种奇怪的失望。肯定是伏特加的副作用。

“今天的夏令营怎么样？”

“很差劲。”苏菲说。

“能不能麻烦你换个态度，别毁了你妹妹们的乐趣行吗？你在她们这么大的时候也很喜欢夏令营的。”

“好吧。真是棒极了！”苏菲说。用尖声说出“棒极了”这个词时，她的脸绷得紧紧的，露出甜到让人觉得虚假的笑容，是秀兰·邓波儿的那种笑容。

“好吧，好吧。晚餐怎么样？”

苏菲不发一言，看着杰西卡。

“真是棒极了！”杰西卡说话的语气与方式和她姐姐一模一样。

“真是烂透了。”苏菲说。

“嘿！注意你的言辞。”贝丝说。

“那个女人也在那儿。”苏菲说。

“噢，老天。”贝丝说。

“我不喜欢她。”苏菲说。

“我也不喜欢。”杰西卡附和道。

贝丝试图召唤某种母性智慧或政治正确的建议，或者至少对她女儿积极的话，但是贝丝的激情鸡尾酒对她很不利，所以她选择了坦诚。“我也不喜欢她。”

“嗯，但你不必像我们一样花时间和她在一起。我真希望我们不必见她。”苏菲说。

“我希望爸爸能回家。”杰西卡说。

贝丝的心都碎了。

“他不会再回来了，是不是？”苏菲问。

“是的，我觉得他不会。”贝丝说。

泪水盈满了杰西卡的双眼，苏菲的眼里满是怒火。

“我很抱歉，亲爱的。我真的非常抱歉。这一切太糟糕了。”

“我很想他，妈妈。”杰西卡说。

“我也很想他。”贝丝说。

“我以为你恨他，”苏菲说，“所以你才撕掉了那些照片。”

“不是因为这个原因，有时，我确实恨他。我又想他又恨他。这种心情很复杂。”

“那你是恨他多一点，还是想他多一点？”杰西卡睁着大大的、湿润的、充满希望的双眼问她。贝丝用手擦掉杰西卡脸上的泪水，吻了吻她的脸颊。

“还是想他多一点。”贝丝说，对她敏感的二女儿充满了怜意。

“好吧，我恨他。”苏菲说。

“苏菲。”贝丝用一种要长篇大论的语气说道。

“为什么你能恨他，我就不能？”

这个问题问得好，但贝丝什么也没说。她没有说，是因为即使他不再是她的丈夫，他也永远是苏菲的父亲。她没说是因为恨谁都不好。但如果苏菲的感受真是如此的话，她可以恨她的父亲吗？压抑这些真实的感受是不健康的。贝丝应该和学校的指导老师约个时间，让这三个女孩一起聊聊这件事。

“因为我是母亲。”她最后说。贝丝挥舞着那根令人恼火的模糊的、全能的家长魔杖，结束了这场讨论。“天色不早了。去准备睡觉吧。”

苏菲翻了个白眼，走回屋里。她的妹妹紧随其后。在进屋看格蕾西的情况并监督她上床睡觉之前，贝丝又读了几页书。

女儿们刚睡着，贝丝就带着她的书上了床，在享受了这么奢侈的悠闲一天后，她感到非常疲惫。她希望能读完下一章，甚至是整本书，但是还没读完一页，她就闭上了眼睛。

进入深度睡眠后，贝丝正在读的那本书中关于孤独症女孩的未经处理的想法，找上了她几个月前在《深夜小狗神秘事件》主人公身上了解到的类似元素：远离人群，受困于情绪，沉迷于重复，拥有不为人知的智慧，对秩序的极致渴求，专注于一排积木或一串的数字，对声音和触觉很敏感，坚持不懈，沉默，诚实，勇敢，以及被世人误解。

这些元素在她睡觉的时候结合在一起，融合成一些新的东西，既不属于《无处可逃》中的女孩，也不属于《深夜小狗神秘事件》中的男孩。这是一个预案，一个想法形成的影子。

影子穿过她的脑海，聚集能量，与她过去写的一个奇特男孩的想象世界的短篇故事交织在一起，与旋转的风车图像和尖叫声融合在一起，吸收着一个小男孩的记忆和他在沙滩上排列岩石时眼中的喜悦。现在，通过一种尚未在任何书籍中描述过的神经学炼金术，贝丝集结了所需的元素和力量，在她脑海的阴影中，这些图像和声音首先汇集成一段合唱，最终汇集成一个声音。影子不再是影子，它已经成为一个灵感。

那天晚上，一个棕色头发、棕色眼睛的男孩出现在她的梦中，这个男孩以一种几乎难以想象的方式来看待、聆听和感受这个世界。她不认识他，但她的心却认识他。她眼中的他很清晰，生动而真实。她懂他。当她早上被闹钟吵醒时，她还在梦着这个男孩。

9 点时，她把女儿们送到社区中心，对她们说今天玩得开心，苏菲用力甩上车门。随后贝丝直接开车去了图书馆。

她上楼时看了看钟。现在是 9 点 15 分。她坐在昨天的座位上，打开笔记本，打开笔帽，深吸一口气，开始用梦中男孩的声音写作。

第12章

我躺在后院的露台上，仰望着天空。仰望天空是我最喜欢做的事情之一，尤其是在没有云的日子。在没有云的日子里，我凝视着蓝天，我爱蓝天。我盯着蓝天看了很久，我非常喜欢蓝天，以至于我离开了我的皮肤，散落到蓝天中，就像雨水在大热天回到天空一样。

我离开躺在露台上的男孩，我变成了蓝天。我是蓝天，我高高在上，而男孩躺在露台上，我自由自在地漂浮着。我是蓝天，我是空气，我在风浪中滑翔、旋转和吹拂，在太阳下，在地面和露台上的男孩之上，轻盈而温暖。

我是蓝天，我是空气。我无处不在。

我是蓝天，是吹进肺里的空气。我是呼吸。我是空气，在松鼠、鸟、我的母亲和父亲以及树上的绿叶之间进进出出。我是空气，在身体里变成能量，成为生活在生物体内的东西的一部分。我是心脏、骨骼和思想，是躺在露台上的男孩脑海中未说出口的话，是我父亲的肌肉、我母亲的悲伤。我是蓝天、空气、呼吸和能量，是我周围每个生物的一部分。

我仰望无云的天空，我无处不在，我与所有生物相连。我低头看着躺在露台上的男孩，他很快乐。

第 13 章

大卫跟着奥利维亚走进厨房，一边走一边四处打量，可能是在检查地板和窗户外框的情况，评估这个地方的价值。这是他的职业病。奥利维亚倒了一杯酒递给他。

“这栋房子看起来不错。”

“谢谢。你饿不饿？我做了沙拉。”她说。

“不用了，我在来的路上吃了龙虾卷。酒不错。瞧，我给你带来了这个。”他递给她一个白色的小纸袋。

“莉亚姨妈的软糖。”奥利维亚微笑着摇了摇袋子，打开袋子前，她就知道里面装的是什么了。一大块巧克力软糖。

“你看起来不错。”他说。

“你也是。”

他看着确实过得还不错。大卫穿着一件棉质的格子衬衫，衬衫没扣扣子，也没掖进裤子里，里面套着一件灰色 T 恤，下身是牛仔裤，脚上穿着黑色的意大利皮鞋。他的头发是黑色的，但太阳穴和鬓角处有些发白，比之前长长了不少。他短发时头发又粗又直，而现在这种长度的头发没有经过打理，显示出了其自然的卷曲和蓬乱。她喜欢他现在的发型。

其他的还和以前一样，还是那个熟悉的大卫：橄榄色的皮肤，黑框眼镜，明显的喉结；棕色眼睛跟她的很像，但颜色更深，安东尼的眼睛更像他的。然后她注意到他的手，他光秃秃的双手，戒指已经不在了。

“抱歉没先给你打电话，但我觉得我真的需要见你，我想你可能会叫我不要来。”

“我们去客厅里坐吧。”

他跟着她去了客厅，他们在沙发上挨着坐下，保持一个礼貌的距离。大卫抬头看向壁炉上方的墙壁，看着安东尼的照片。爱、喜悦和悲伤冲刷着大卫的脸，仿佛所有的情绪一下子都涌来了，每一种情绪都在争相占有他。他长长地吐出一口气，试图甩掉这些情绪。他应该是喝了一些酒。

“我要搬家了。”

“搬到哪里？”奥利维亚问，立马就担心他要说“这里”。

“芝加哥。”

她还在尝试接受这次突如其来的来访，适应大卫来到这里并和她一起坐在客厅的沙发上。现在又来这出。大卫在波士顿南岸出生并长大，在波士顿学院接受教育，从那时起就和他的父母、兄弟一起经营房地产生意，他与波士顿的联系非常紧密。如果说奥利维亚在门口见到大卫时感到的是惊讶，那现在就是震惊了。

“为什么是芝加哥？”

“还没定下来。萨利在那里，他总说我可以去为他工作。主要是因为那里不是欣厄姆。我得离开欣厄姆，那里的一切都在提醒我安东尼不在了。”

他抬头看了看壁炉上方的照片，好像把安东尼也纳入了谈话的范围，然后又看向奥利维亚。“还有你，丽芙。那里的一切都在提醒我失去了安东尼和你。”

客厅突然变得很安静。奥利维亚没有喝酒，也没有吃软糖。她盯着大卫的眼睛，等待着，一动不动，希望不要吓走他最终准备说的话。

“我得去一个新地方，一个我不会在每个房间都看到你和安东尼的地方。只要我路过他的卧室，我这一天就完了。那种感觉真是太糟糕了。不仅是房子的问题，我身边的每个人都是如此。爸妈和道格都用那种悲伤、小心翼翼的语调跟我说话，用担心的眼神看着我。我如果是他们，我可能也会这么做，但我再也受不了了。我不能老是做那个悲伤的人，你明白吗？”

她点点头。她明白。

“我不能每天都做那个人。我想成为大卫·多纳特利。”当说出自己的名字时，大卫的声音消失了。他擦了擦眼睛。“我几乎不记得曾经的自己了。我以为事情会慢慢变得轻松起来的，可是没有，半点都没有。”

“我知道的，大卫。我明白。”

“我甚至不得不换掉洗衣粉，因为我的衣服闻起来有你们的味道。是不是很疯狂？”

她摇了摇头。这一点也不疯狂。她也做过同样的事。

“所以，我想搬到芝加哥。”他说，仿佛这是显而易见的答案。就像四等于二加二。

“搬家帮到我了，它也会帮到你。”

搬家来楠塔基特岛令奥利维亚不必再见到她过去认识的任何人，不必接受每个人善意但带有破坏力的祝福和怜悯的目光，不必闻到安东尼的枕头的气味，不必把他的鞋子拿在手里，不必住在本应是他们幸福家园的漂亮的彩色墙壁房子里。她和大卫竟然体验到了这么多相同的感受，这让她很惊奇。但更令她惊奇的是，大卫现在坐在这里，能够如此清晰地表达这些感受，和她进行交流。

要是他们以前能这样交流就好了。

“另外，我是个单身汉，却住在郊区的一个四居室的房子里。是时候开始更有意义的生活了，对吧？”

“你要卖掉那栋房子吗？”

现在不适合卖房，她猜测大卫会留着，把房子租出去，等待行情好转。

“我已经把房子挂在道格那里了。如果你愿意，我可以把你的东西暂时留在他那里。”

“行。”

“那你呢？你觉得你会搬家吗？”

“我应该搬到哪里？”

“我觉得，也许你可以回佐治亚州，离你妈妈和姐姐近一点。”

奥利维亚曾经以为她最后会回家，回到她母亲的怀抱和她童年的卧室，特别是在 3 月头几个寒冷的星期。但现在，她知道她不会了。她会去佐治亚州看望她们，但她永远不会搬回去。因为她最终也会遇到大卫现在正在逃避的事情——善意的怜悯，对悲伤和丧子之痛的无情提醒。

“不，我喜欢这里。”她说。

“你过得怎么样？钱还够用吗？我知道我们之前说的是六个月，但如果你需要更多——”

“我很好。我又开始拍照了。我在拍海滩人像照。我现在赚的够用。”

“你确定吗？”

“嗯嗯，赚得挺多的。”

他又抬头看了看安东尼的照片。“你肯定很擅长这份工作。”

她笑了。“至今还没有人要求退款。”

大卫再次用他房地产经纪人的眼光环视客厅，但可能也是为了避免看旁边的奥利维亚和墙上的安东尼。“我以为你会对这个地方做更多的改动。”

“嘿，你说什么呢。”

“现在这样也很好。我的意思是，这里看起来还不像你的风格。”

在欣厄姆，一搬进新家，奥利维亚就把每个房间都重新粉刷了一遍，刷成了金黄色、鸟蛋蓝、海绿色。温暖舒适的墙壁拥抱着每个房间。而这里，所有的墙壁都是未曾重新粉刷的白色。家具、艺术品和小玩意不多，而且是中性风的，他们在买下这个房子后只仓促地配置了这些必需品和装饰品，以便及时迎接第一批租客。

“我喜欢这个。”他说，指向咖啡桌上的玻璃碗，里面装满了白色的圆石头。奥利维亚发现它们无处不在。

“谢谢。”

“我喜欢这里。我一直以为我们会在这里终老。我们一起，在未来的某一天。”

“我也是。”

“我们有过各种伟大的梦想，要不是……”

要不是。这个词独自悬在空中，拒绝在后面接上其他的词。

大卫俯身向桌子，从石头堆的顶部拿起一块石头。他把它握在拳头里，闭上眼睛，仿佛在许愿。然后他睁开眼睛，松开手，把石头放回碗里。

“时间不早了，”他看了看手表，“要想赶上最后一班渡轮，我现在就得走了。”

“如果你愿意，你可以留下来。”

他微微低乎下头盯着她，不太明白这个邀请。

“客房的床已经铺好了。这没有问题。”

他看起来似乎是松了一口气，同时也很失望。“你确定要我留下来吗？”

“我确定，在你走之前，我们可以早上去咖啡馆喝咖啡，就和以前一样。”

他笑了。“挺好的。如果你还有酒的话，再给我倒杯酒。”

现在已经很晚了。奥利维亚已经在床上躺了几个小时，可还是没睡着。她听到客房的门打开了，大卫走进了客厅。然后她听到后门打开的吱吱声。她听到纱门砰的一声关上了。她等着，听着。她等着，什么也没听到。她站起来，穿过客厅，打开后门走到外面。大卫正躺在草地的毯子上，望着天空。

“大卫？”

“嗯。”

“你这是在干吗？”

“我睡不着。”

奥利维亚走过去，在他旁边的毯子上躺下。这条毯子很窄，她发现很难躺下而不碰到他。她把胳膊肘夹在身旁。

“这里的星星太美了。”他说。

“嗯，我喜欢这里的天空。”

“我从未见过这样的星星。还有那个月亮，真是不可思议。”

快满月了，明亮的黄白色月亮散发着莹莹清辉，其表面的“人脸”清晰可见，紧挨着它的天空被映照成白日般的蓝色。其余的天空一片墨黑，到处点缀着明亮的白色星星。她先是找到了北斗七星，然后是小北斗七星，还有金星。她只知道这些。她真应该多了解一些星体。

他们继续凝望着天空。奥利维亚的眼睛适应了这种亮度，更多的星星出现了。然后，令人难以置信的是，越来越多的星星出现了，还有星星后面的星星、星尘弥漫的光晕，以及遥不可及的、层层叠叠的星体，正燃烧着，闪耀着。她在脑海中想象从天上看向大卫和她自己——两个小小的、有呼吸的身体躺在草地的毯子上，就在离海五十公里的小岛上。两个小小的身体曾经梦想着一起生活，一起拥有一个美丽的男孩，现在并排躺在草地的毯子上，观察着无穷无尽的宇宙。

“看到那个了吗？”大卫用手指着天空，比画了一个字母 W 的形状，“那是仙后座。”

“太神奇了。”

楠塔基特岛晴朗的夜空确实令人惊奇。这里的夜美到足以引起人们的注意，令人抬头欣赏。可欣厄姆的夜空就是平平无奇，芝加哥的也是如此。她想象着大卫住在那里，被摩天大楼和城市灯光包围。他沿着密歇根湖散步，在一个晴朗的夜晚抬头仰望天空，却只能看到黑暗，而奥利维亚可以看到这一切。

这是一个凉爽的夜晚，因为持续有风，所以没有蚊子。奥利维亚打了个寒战，她那件无袖的棉质睡袍还不够保暖。大卫朝她靠近了些。这样一来，他们的肩膀、臀部和腿就贴在了一起。他把他没有戴戒指的手指穿过她的手指，她的手扣住了他的。他身体的触碰、他手的温度，熟悉而令人安心，温暖了她的身心。

“我很想你。”他说，仍然盯着天空。

“我也很想你。”

“我签了协议。”

正如她以前所见证的那样，大卫需要更长的时间来接受现实，但他最终还是做到了。而他现在就在这里。

她捏了捏他的手。

“我需要来看看你，在我走之前得确定你没事。”他说。

“我很好。”

“确实不错。”

“你也会好起来的。”

他们手牵着手，望着夜空，望着月亮、星星、天空和宇宙。这片天空几乎可以让她再次相信上帝，相信不可理解的东西实际上是神圣的秩序，相信一切都应该是这样的。

要是真的这样就好了。

第 14 章

贝丝被惊醒了。她猛然在床上坐直了身子，屏住呼吸，睁大眼睛，仔细听着。那是什么声音？她朝闹钟看去。现在是凌晨 3 点 23 分，又是这个声音。她的神经跳动着，身子坐得更直，眼睛睁得更大。

楼下有人在走动，还是一个脚步沉重的大个子，不是女孩们。自从搬到这里后，贝丝就没有锁过任何东西，不管是房子还是车子。她认识的人也都是如此。任何人都可以直接走进来。在楠塔基特岛，只有来消夏的游客才会给房子和汽车上锁。又是那个声音。有人在这里。是小偷，还是强奸犯？

难道是吉米？

贝丝离开卧室，心怦怦直跳。她真希望自己不是家里唯一的成年人，能派其他人去调查这个声音。她在楼梯口停下，仔细倾听楼下的动静。没有任何声音。也许这是她臆想出来的。她最近老做非常生动的梦。也许是她梦到了那个声音。转身准备回到床上时，她又听到了地板的吱嘎声。这个声音不是她臆想出来的，她也不是在做梦。

在鼓起勇气下楼梯之前，贝丝注意到杰西卡的网球包放在走廊上。她拉开拉链，拿出女儿的网球拍，把网球拍像剑一样举在身前。她不确定要是房子里真有一个小偷或强奸犯，网球拍究竟能有什么用（她的发球能力向来都不强），但抓着东西至少让她觉得安心。

贝丝把球拍对准前方，蹑手蹑脚地下了楼梯，穿过黑暗的客厅，进入厨房。在心里数到三时，她打开灯，他就在那里，微笑着，看起来像是被抓了个现行，而且喝得醉醺醺的。

“吉米，你究竟在干什么？”

吉米眯着眼睛，不停眨眼，用手挡住眼睛，努力适应从完全黑暗的环境转换到明亮的厨房。他的脸汗津津的，头上的红袜队帽子歪歪扭扭地反戴在头上，他身上散发着雪茄和酒的味道。

“我是来给你送这个的。”他拿出一个贺卡大小的白信封。

“哦，不必了。你可以去告诉你的女朋友，我的生日是在 10 月，我不想再从她那里收到任何卡片，永远都不想。”

“这是我送的，她不是我女朋友。”

贝丝的心跳停止了。要是他说“她是我的未婚妻”，她一定会用网球拍把他打死。她向上帝发誓，她一定会这么做。

“我们分手了。我搬出来了。”

血液重新回到贝丝的大脑。她松了松紧握的球拍。“好吧，真遗憾你们分手了，但你不能就这样回来。”

“我不是想回来。我只是想给你这个。”他把卡片朝她递了递。

出于不想碰信封的恐惧，她小心翼翼地伸出球拍，吉米把卡片放到球拍上。她把球拍稳稳地举在身前，离自己尽可能地远，就像是在举着一只死老鼠或者什么恶心的、可能有毒的东西一样。她把卡片送到厨房，把它从球拍上翻落到桌子上。

“好了，我收下了。你现在可以走了。”贝丝用球拍指着门。

“我们能先谈谈吗？”

“不行，你现在的状态根本不适合谈任何事情。”

“我很好。”

“但你闻起来可不好。”

“求你了。”

“现在可是半夜三更。”

“我需要和你谈谈。”

“你本来有几个月的时间可以和我谈谈。你现在想谈，只是因为你的女朋友把你扫地出门了。”

“她不是我的女朋友，她也没有把我扫地出门。是我自己离开的。我自己了断了这段外遇。”

“你现在必须走了。”贝丝在不提高音量的前提下尽可能强势地说。她不想吵醒孩子们。

“那在我走之前，你能打开卡片吗？”

“不能。”她转身走出厨房。如果他还是不离开，她就要走了。毕竟现在是半夜，她想回床上睡觉。

“贝丝，”他一把抓住她空着的那只手，拽住了她，“看着我。”

她照做了。

“我很想你。”

“嗯。”

“我真的很想你。”

“你现在会想我，只是因为你是一个人。”

“这段时间我一直在想你。”

“你必须走了。”

吉米仍然抓着她的手，他一把将她拽到怀里亲了起来。他的味道像汗水、啤酒和雪茄的混合物的味道。贝丝本应觉得反感和被侵犯了，本应把这个可怜的醉鬼扫地出门，本应用球拍敲他的脑袋，但由于一些不合逻辑的原因，她放下了武器，融化在他的吻中。

现在他扯下了她的睡衣，而她竟然默许了。他仍然在亲她，用胡子刮她的脸，而她也在回吻他。在她的大脑某处，她愤怒的那一半正在尖叫："你在做什么？！"但她的另一半相当镇静地回答："嘘，这个我们过会儿再谈。现在安静，脱掉他的裤子。"

接下来他们俩躺在了厨房地板上。贝丝全身赤裸，而吉米的裤子也褪到了膝盖下面，鞋子和衬衫还穿着。在过去的十五年里，他们对彼此非常了解，但从来没有在厨房的地板上亲热过。事实上，除了卧室和浴室，贝丝还从来没在家里的其他地方裸体过。

整个过程急切而饥渴，而且直奔主题，尽管硬木地板把她的脊椎磨得很疼，但这个大概持续了一分钟的过程却出奇的美妙。虽然这整件事可以说是非常愚蠢，还可能让她后悔莫及，但却出人意料的、不可否认的美妙。

她的耳朵突然感到刺痛。她刚才是不是听到了楼上某个孩子的声音？哦，天呐，她和吉米太吵了，现在其中一个女孩可能正在下楼查看发生了什么事。贝丝把吉米从身上推开，急忙穿上她的内裤和睡衣。

"快点，我想孩子们听到我们的动静了，"她低声说，"把裤子穿上。"

吉米听到她的话了，但却没有动。"我什么都没听到。"

他是对的。家里很安静。

"你必须得走了。"

"好吧，但我们能谈谈吗？"他的裤子还挂在他的膝盖上。

"现在不行。换个时间吧。等白天，等你没有喝醉，还穿着裤子的时候吧。"

他对着她微笑，那种傻笑仍然令她无法自拔。"好吧。"

"现在你走吧。"

"好的，好的。我的帽子在哪儿？"

"那里。"贝丝指了指柜台，她把帽子扔在那儿了。

他把帽子戴到头上，这次没有戴反。“我一直很想你。”

“走吧。”

“好，”他走到前门，“以后我还能见你，对吧？”

贝丝点点头，然后他就离开了。她希望他可以清醒地开车去他住的地方。她想知道他住在哪里。她想知道他想谈些什么。她想知道到底发生了什么事。

一部分的她将不得不面对佩特拉和其他朋友，甚至乔治娅，还对刚刚发生的事情感到羞愧和愚蠢；而一直感到威胁的那部分她，仿佛被迫卷入与那个不正经的女人安吉拉的不公平竞争中的她，则认为刚刚发生的事情让她获得了胜利；而其余部分的她则不知道究竟该如何看待刚刚发生的事情。

她走到厨房的桌子旁，拿起那张卡片，打开了。

贝丝，我很抱歉。我爱你。求你让我回来。

爱你的，

吉米

第15章

现在是早上十点半，贝丝已经在图书馆开始了写作。她正在写的东西起初只是一个短篇小说，灵感来自一个梦，但它正在迅速变成别的更有价值的东西，也许是故事集或者中篇小说，甚至还可能是一部长篇小说。她现在还不知道。

她正在写一个患有孤独症的男孩的故事，但他的故事与《无处可逃》《深夜小狗神秘事件》，还有她现在读的关于孤独症的其他故事都不同。贝丝写的是一个患有孤独症的不能说话的男孩，但她从他的角度来讲述这个故事，为这个不能说话的孩子赋予了声音。

今天早上，贝丝在笔记本上写作，而不是用苏菲的笔记本电脑。她手写的速度明显快于打字的，但即使是用笔，她也很难及时把脑海中的文字快速记下来，她握笔太用力，她的手指开始抽筋。她停下来，甩了甩手，浏览她写的主角介绍自己的大脑如何运转的内容。

我总是听到有人说我的脑袋不正常。他们说我的脑袋坏掉了。我母亲为我脑袋坏掉而哭泣，她和我父亲为我脑袋坏掉而争吵。人们每天都来我家，想治好我坏掉的脑袋，但我没觉得它坏掉了。我觉得他们是错的。

我在外面的车道上摔倒后擦破了皮，而我脑袋里的感觉并不像是我的膝盖摔破了。摔破的皮肤会流血，会疼，有时会变成粉白色或蓝紫色。我摔倒、擦破皮的时候，伤口很疼，我就哭了，妈妈会给我擦伤的地方贴上巴尼图案的创可贴。有时巴尼图案的创可贴在浴缸里失去黏性就会掉下来，我的皮还是粉红色的，还有伤口。我就会再拿一个巴尼图案的创可贴。但是，泡几次澡之后，巴尼图案的创可贴就会脱落，破损的皮肤就会被治好。

我的脑袋不疼，我的脑袋也没有流血。所以我的脑袋不需要巴尼图案的创可贴。

而且它也不像昨天那个被我从桌上撞到地上摔碎了的白色咖啡杯，那个杯子掉到地板上，碎成了三块。我父亲说他可以把它粘起来，但我母亲说“算了吧，它已经毁了”，然后她把这三块曾经是白色咖啡杯的碎片扔进了垃圾桶。东西摔碎了，就会被扔进垃圾桶。

我的脑袋没有掉在地上，也没有碎成三块，它不属于垃圾桶。

它也不像我踩到的蚂蚁那样，蚂蚁被我踩得裂开了，被我的脚压扁了，所以它没法再动了，它死掉了。死掉的东西永远是坏的。那只蚂蚁是坏的，但我的脑袋没有。我的脑袋仍然可以思考那只蚂蚁，我记得它的身体在我鞋子下破裂的声音，所以我的脑袋仍然在工作。

我的脑袋并没有像那只蚂蚁一样死掉。

我真的很希望我能告诉他们我的脑袋没有坏掉，这样他们就可以停止哭泣和争吵，人们也可以停止来我家治疗我。他们让我觉得很累。

我的脑袋是由不同的房间组成的。每个房间用来做不同的事情。例如，我有一个用来看东西的“眼睛房间”和一个用来听东西的“耳朵房间”。我还有一个“双手房间”，一个“记忆房间”（就像我父亲的办公室，满是抽屉、文件夹和装有文件的盒子），一个“新事物房间”，一个“数字房间”（我的最爱），还有一个“恐怖房间”（我希望这个房间能坏掉，但它运转得很好）。

这些房间互不相连。每个房间之间都有长长的环形走廊。如果我在想昨天发生的事情（比如我打翻了白色咖啡杯），我就在我的记忆房间里。但如果我想看电视上的巴尼视频，我必须离开记忆房间，进入眼睛房间，有时是去耳朵房间。

在走廊上前往不同的房间时，有时我会迷路，感到很困惑，被困在中间，觉得自己无处可去。这时我的脑袋会觉得自己也许有点坏了，但我知道我只需要找到路，进入其中一个房间后关上门就好。

但如果同时发生太多事情，我就会陷入麻烦。如果我在数厨房地板上的方砖（有一百八十块），我就在我的数字房间，但如果我妈妈开始跟我说话，我就得去我的耳朵房间听她说话。但我想留在数字房间，因为我在数数，我喜欢数数，但我母亲一直在说话，而且她的声音越来越大，我感到了必须离开数字房间去耳朵房间的压力。于是我就走进走廊，但她突然抓住了我的手，这让我很惊讶，迫使我进入了双手房间，但这不是我想去的地方，她在和我说话，但我听不到她在说什么，因为我现在在双手房间而不是耳朵房间。

如果她放开我的手，我就可以进入耳朵房间。她在说“看向我”。但如果我看向她，我就得离开耳朵房间，进入眼睛房间，然后我就听不到她在说什么了。所以我不知道该怎么做，我在大厅里徘徊，不知道应该去哪个房间，我在中间，这时我就会遇到麻烦。

如果我在走廊里徘徊太久，不能安全地进入房间，我就会被吸进恐怖房间，而且很难从那里出来。我有时被锁在恐怖房间里很久，唯一的出路就是尽可能地大声尖叫，因为有时我只有很大声地尖叫才可以弹开门，把我直接推到耳朵房间里。

我的尖叫声是唯一能摆脱其他一切的东西。

我只能发出尖叫和一些声响，但不能说话。但我脑袋里的房间没有坏掉。我在脑袋里用文字和自己说话就很正常。我想我可能是嘴巴坏了或者舌头坏了，不然就是喉咙坏了。我希望我能告诉妈妈和爸爸，虽然我不能说话，但我的大脑很正常。但我没办法告诉他们，因为我不能说话。我希望他们能自己想办法弄清楚这一点。

第16章

2004年1月25日

昨天不是个好日子。我经历了一次巨大而难堪的崩溃。这种情况变得越来越频繁。我的心理医生认为我应该吃抗抑郁药，我觉得这是某种令人厌恶的玩笑。我一直在祈祷、乞求和寻找能有一种解决一切问题的药物，而这就是我祈祷得来的该死的答案吗？安东尼有孤独症，所以给我一种抗抑郁药——问题解决了！

那怎么不给他开点药？拜托给他开一种真正有效的药物吧。能不能给他开个处方，让他可以开口说话、堆积木，不要再反复按电灯开关，不要再呻吟、尖叫和磨牙，可以吗？不然给他开一个不会把他变成嗑药的僵尸或者发狂的疯子的处方可以吗？这样行不行？开一种不会让他吐在床单、地毯和我身上的药行吗？有这样的药吗？

但是，没有这样的药。给我吃药吧。好了，现在一切都好了。

安东尼每天至少会崩溃一次，而现在我每天也会至少崩溃一次，我们没办法处理他的崩溃，所以就让我们来处理我的吧。让我们解决我的问题，然后每个人都能应付安东尼的孤独症。

上个月，我的心理医生给我开了处方药西酞普兰。我把它扔了。我明白她的做法，但我讨厌这背后的逻辑。我努力不去恨她。我如果真有抑郁症，那就这样吧。感觉这才是我对现在的生活的正常反应。如果她是我，她也会抑郁的。任何人都会。她可以坚持用她漂亮、干脆的办法来解决我所有的问题。不过，谢谢了，我还是喝酒吧。

所以，昨天的崩溃之后，我独自去了杂货店，而大卫和安东尼留在家里，我的心情很好。我喜欢一个人去杂货店。等我回到家，打开前门，我第一眼看到的就是安东尼站在客厅的中间。他侧头瞥了我一眼，然后开始上蹿下跳，胳膊肘抵在肋骨上，拍打双手尖叫着。这是安东尼在表达很高兴见到我。而我想的第一件事也一样：嗨，安东尼，我也很高兴见到你。

然后我想，也许我应该试试。如果他不模仿我们，也许我应该试着模仿他。我放下手中的杂货袋，强行发出一声响亮的尖叫，然后我跳了起来，拍打着双手。

就这样，大卫坐在沙发上看足球预赛，安东尼和我尖叫着、蹦跳着，拍打着双手。这种感觉很不自然、很奇怪，好像我在取笑他。很不对劲。这不是人们表达喜悦、兴奋或爱的方式。我想，这就是弱智的模样。一想到“弱智”这个词，我就觉得很羞愧。我讨厌这个词。

他为什么就不能像正常人那样微笑着说：“嘿，妈妈，很高兴你回来了”呢？因为他就是不能，因为他有孤独症。我讨厌孤独症。他尖叫着，拍着双手，看起来像个智障，而这是安东尼表达喜悦的方式，我不能加入其中，和他一起感受喜悦。

然后我想，我这辈子就这样了。这就是我这辈子能获得的一切了。不会有拥抱和亲吻，不会听到“嗨，妈妈”“我爱你，妈妈”这样的话，也不会收到他制作的母亲节贺卡。他只会蹦跳、拍手和尖叫，这就是他表达快乐的方式。这就是他表达爱的方式。就是这样。

有时候，我会对此心存感激。我真的心存感激。但在昨天，我突然就受不了了。我只是单纯地生气。理智上讲，我知道这是他能做出的最好的举动了，而且我爱他。我不是在生他的气，我是在生上帝的气。

我丢下安东尼和那几袋日用品，然后给福利神父打电话，向他述说这一切。究竟怎样可怕的上帝才会让一个男孩得孤独症？什么样的上帝竟然会让一个小孩子遭受这样的痛苦？为什么？为什么安东尼不能和我们说话？为什么他不能看着我，微笑着叫“妈妈”，然后像别的小男孩那样跑到我的怀里？为什么他要像现在这样生活？他究竟干了什么才要让他这样活着？

我又是干了什么才让我活成这样？为什么？

福利神父说了一堆废话，什么上帝宽容的意志、邪恶的显现和原罪。我真的不知道。这一切都变成了毫无意义的杂音。我没有说什么。我仍然把“为什么”这个词挂在嘴上，等待一个真正的答案。

然后他说：“继续祈祷吧，奥利维亚。如果你向他祈祷，上帝会听到你的心声的。”

就在这时，我崩溃了。我说：“我不想让他听到我的心声。我希望他能做点什么。我想要知道答案。我讨厌祈祷。去他的祈祷。我已经受够了祈祷，我也受够了上帝。”

然后我把电话扔到房间的另一头，尖叫着，号啕大哭，就好像我正在被谋杀一样，就好像这正在要我的命一样。而且你知道的，我觉得这就是在要我的命。

这真的要我的命。

为了让我冷静下来，大卫错过了足球比赛的上半场。他看下半场时，我喝了一瓶酒，然后没吃晚饭就上床睡觉了。

今天醒来的时候，我头疼得厉害。我吞下了四片布洛芬，喝了一大杯水。到午饭时，我这辈子最严重的头痛就消失了。

我们有治头痛的药。我们有治疗悲伤的抗抑郁药。我们有庇佑信徒的上帝。

而对于孤独症，我们却一筹莫展。

奥利维亚已经完全忘记了那次崩溃，她把它塞进一个盒子里锁起来，埋在了心灵的地下室里，但今天早上读了日记后，她又想起了那次崩溃，仿佛就发生在昨天。六年前的那一天，那些被记忆唤醒的强烈而丑陋的情绪，再次在她体内激荡，但现在它们变得柔和与不合时宜了，就像是属于别人的阴影。

现在是深夜，她和镇上的游人一起行走，试图分散自己的注意力。她心里没有一个明确的目的地，也许是咖啡馆，也许是图书馆，也许是去莉亚姨妈的店再买一些软糖，也许只是出来走走。她的计划就是出来走走。

想散步时，奥利维亚通常会去胖女上海滩或巴特利特农场，她可以在那里自由活动，让自己沉浸在大自然中。所以选择来这里是很奇怪的，她被限制在狭窄的砖砌人行道上，她自由自在的步伐被前面龟速前行的游客所阻碍，被四面八方的购物者和手机通话声所轰炸。

奥利维亚感到手机在手提包里震动，于是她停下脚步找手机。在第四声铃响时，她找到了。

“喂？”她等待着，“哪位？”

她看了看区号，不熟悉，但这并不奇怪。人们从世界各地来到楠塔基特岛。她已经为远在加利福尼亚州和德国的家庭拍摄了海滩人像照。她开始担心自己是不是忘了今早的拍摄，而那家人正在某个海滩上焦急地等着她。但这种担心毫无必要。她知道自己今天没有工作。

奥利维亚抬起头，注意到她正站在圣玛丽教堂前。这是一座漂亮的教堂，有白色的木板外墙，锃亮的柚木大门，以及一个没有钟的两层塔楼。一座由白色大理石雕刻而成的圣母像矗立在教堂前的草坪上，张开宽大的臂膀迎接教区居民。

但奥利维亚不是教区居民。圣玛丽教堂并不欢迎她进去。奥利维亚在崩溃的那天就发誓，她再也不去教堂了。如果上帝要背弃她，她也会以同样的方式对待他。这是双向的游戏。但即使奥利维亚不再参加周日弥撒和接受圣礼，即使她再怪罪和憎恨上帝，她仍然会祈祷。她只是不再表现出来，也不再在胸前画十字，但她仍然小声为安东尼祈祷。她会在洗澡、刷牙、等红灯、为六岁的安东尼买尿布而在好市多超市排队的时候祈祷，在晚餐前、在睡觉前祈祷。她一直坚持祈祷，因为即使她背弃了上帝，她的抵制更多只是一种姿态而非真正的想法。她仍然相信上帝。

直到去年，她真正再也不相信他了。

奥利维亚继续沿着联邦大街走。大街上到处都是人，占据了所有可以想到的户外空间。人们在户外的桌子上吃饭喝酒，蹬自行车、遛狗、坐在长椅上喝冰咖啡，边走边逛时用手机聊天。每条路上都是络绎不绝的车，只有在允许成群结队的行人过马路的人行横道前，车流才会被暂时切断。

她停了一会儿，犹豫是回到吉普车上、转去人少的地方，还是继续在这里散步。正当她考虑要不要去巴特利特农场徒步时，有人撞了她，把她撞得东倒西歪。

“嘿，小心点，女士。”一个高大瘦削的男人从她身边走过，甚至没有停下脚步。

是你撞了我，奥利维亚心想。

她走到了人行道的中间，一方面是为了表示抗议，另一方面也是因为她不知道该往哪里走。当几十个人从两个方向绕开她时，奥利维亚坚守着自己的位置，仿佛她是一块被湍流包围的石头。奇怪的是，她觉得自己被困在了这个地方，同时感到越来越焦虑。

她本该去海滩的。

然后她注意到了自己所在的位置。她又一次站在了圣玛丽教堂的前面。

奥利维亚知道她曾发誓不再回到教堂，但她也曾发誓要爱和尊重大卫，直到死亡将他们分开。而现在她要离婚了。所以她已经是一个违背誓言的人了。

也许她确实仍然相信上帝。自从大卫去了芝加哥后，她发现自己又开始和上帝说话了。她来到这个岛上是为了独自生活，远离所有人和事，而这种自我隔离对她饱受打击的灵魂来说是一种必要的救赎。知道大卫仍留在欣厄姆，是她双手紧握的生命线。她可以随时回去。也许不是回到大卫的身边或挽回他们的婚姻（虽然老实说，这种可能性也是存在的），而是回到他们的房子、她曾经的家和她过去的生活。但现在大卫在芝加哥，她已经没有地方可回了。她和过去的生活、过去的经历已经再无联系。过去的一切都消失了。

别的家庭将住进他们的房子，而安东尼本应该在那里长大，成为最好的安东尼。不管怎样，大卫和她本应该在那里白头偕老。也许有人会在那里过上这样的生活。那应该是比她幸运的人，受到上帝保佑的人。

大卫还在欣厄姆的时候，奥利维亚可以把她在楠塔基特岛的生活当成是一次试运行、一次访问、一次休假或一种暂时的与世隔绝。那是一种练习、彩排和试练。现在，这成了现实。这就是她的生活。她在楠塔基特岛上是孤独的，而且没法挽回。

她的生活已经成为一个空洞，尽管她悲痛又抗拒，上帝还是游荡回来了。在厨房里做饭时、在洗衣服时、在海滩上散步时，奥利维亚都发现自己在和上帝交谈。她意识到，她不仅仅在跟自己说话，还在和上帝说话。所以，就这样吧。如果她在和上帝说话，那她就必须相信他存在。

她还在追问那些熟悉的问题，在沉默中等待答案。而在那些沉默中，孤独感太尖锐了，仿佛能把她劈成两半。这不是思念大卫，甚至不是思念安东尼而引发的孤独，也不是思念老家或朋友而感到的孤独。这是因为苦苦追寻却得不到答案而感到的孤独。答案就是她一直在寻求的同伴。

不管她是否仍然相信上帝，她总是相信有神迹。有人或某种存在在召唤她进入这座教堂。她快速走过大理石雕刻的圣玛丽像，跨上台阶，带着几分不情愿，推开一扇锃亮的柚木大门，走了进去。

这座教堂比欣厄姆的圣克里斯托弗教堂还要小，如果周日正午举行弥撒大概只能容纳三百人。教堂里灯光昏暗，眼睛适应这样的亮度之后，奥利维亚才注意到一切看起来都是崭新的——红色的地毯、抛光的座椅、华丽的管风琴，还有编织的楠塔基特募捐篮。而且，这里还装了空调。这个岛真是富到遍地都是钱。

教堂里没人。日常弥撒会在上午早些时候进行，周六下午是忏悔会。走向教堂前面之前，奥利维亚先在一张放满祈祷蜡烛的桌子旁跪下了。这里的蜡烛并不是真的蜡烛，而是装电池的塑料蜡烛灯。楠塔基特镇曾经被烧毁了很多次，以至于这个岛上的人多少对火也有点迷信，不管他们有没有公然表现出来。甚至，似乎天主教的牧师们也是如此。

奥利维亚把一个蜡烛灯转过来，按下开关，然后把它放在桌子上。蜡烛灯发出橙色的光，但没有真正的火焰那么令人感到舒适。接着，她像以前一样为安东尼“点”了一根蜡烛，然后她又点了一根，这根是为大卫点的。奥利维亚闭上眼睛试图祈祷，但她不知道该说些什么。她已经很久没有在教堂里向上帝祈祷了。她把手掌合在一起又试了一次，依然无话可说。

也许她应该用别人的话，就是那种现成的祈祷词，比如万福玛丽亚或我们的父。她开始低声念诵万福玛丽亚，但在“主与你同在”之后就噤声了。这些话就是烂熟于心、毫无意义的颂词，她就像在背诵一首童谣。她不是因为这些话才来这里的。离开她“点燃”的三根蜡烛，她徘徊到教堂前面，在祭坛后面发现一扇关闭的门。她在那里站了一分多钟，才鼓足勇气敲门。

“什么事？请进。”

奥利维亚打开一间小起居室的门。一位牧师坐在棕色沙发的中央，就在墙上的铜质十字架下。他手里拿着一本合上的书，左手边的阅读灯是亮着的。他右手边的小木桌上放着一个白盘子，盘子里放着一块未动过的饼干，盘子下面铺着一块象牙色的餐巾。

“很抱歉打扰你。”她说。

“没事。请进，过来坐吧。”

房间里有两把椅子：一把不太起眼，还套着印花的椅套，另一把是用明亮的孔雀蓝装饰的安妮女王椅。奥利维亚选了安妮女王椅，坐下来后，她把双手交叉放在膝盖上。她盯着地板看了一会儿。地板铺的是黑白相间的六边形瓷砖。安东尼会喜欢这种地板的。

“我是奥利维亚·多纳特利。我以前没有来过这个教堂。”

“欢迎来到圣玛丽教堂。我是多伊尔神父。”

多伊尔神父满头银发，脸色红润，是那种由内而外的健康的红润，而不是晒伤造成的。他穿着黑短袖 T 恤、黑裤子和黑运动鞋，没打领带。

“我不太清楚我为什么在这里。”

多伊尔神父等着她说下文。

“我五年前就不去教堂了，但我一直在祈祷。”

“如果你一直和上帝交流，你就没有离开过教堂。”

“呃，我也不能称其为交流，因为根本没有对话。我就是一直在问上帝问题，但没有得到任何答案，感觉全都是我在自言自语。”

“你的问题是什么？”

奥利维亚把双手紧紧握在一起，深吸一口气。“我儿子有孤独症。他不会说话，不能进行眼神交流，也不喜欢被人触碰。然后他在八岁时死于癫痫发作后的硬膜下血肿。所以我想知道这是为什么。为什么上帝要这样对待我的儿子？为什么他会出生，却又这么快就离开了？我为什么要生下他？他生命的意义是什么？”

“这些都是非常难的问题。”

她点点头。

“但它们都是很好的问题，是非常重要的问题。我很高兴你没有放弃追问它们。”

“那你对这些问题怎么看？”

“我不太了解孤独症，但我知道每个人都是作为上帝之爱的表现而存在的。”

她以前也从欣厄姆的牧师那里得到过这种天主教教科书式的回答，而这总是谈话的结束语。含糊地提及上帝的博爱对她并没有什么帮助。如果有，那也只是加剧了她内心已经百般肆虐的猛烈风暴。在听到“上帝之爱的表现”这样的话后，她通常会起身朝门外走去。但出于某种原因，也许是因为多伊尔神父舒缓的语调没有让她感到被冒犯，也许是因为今天她拥有更多的耐心而不是愤怒，也许是因为她喜欢现在坐的这把孔雀蓝椅子，奥利维亚没有离开，而是留在了座位上。

“在他生前的每个夜晚，我总是为他掖好被子，对他说：‘晚安，安东尼。我爱你。’我不知道他是否明白这是什么意思。我是说，他并不是不理解我们。他懂的东西很多，但对于爱，我不知道他懂不懂。他擅长具体的事物，比如非黑即白的规则和程序。他非常喜欢秩序，但那些沟通上的事、人和情感，他似乎从来没有注意到或不关心这些。所以我不知道他对爱有没有概念。”

奥利维亚知道安东尼爱他的石头、巴尼和秋千，但爱东西与爱别人是不同的。相互的爱也是不同的。他不会让她拥抱或亲吻他。他们无法直视对方的眼睛。他没办法告诉她自己的感受。他也不会说：“晚安，妈妈。我也爱你。”

“但不管怎样，你还是爱他。”

“当然了。我爱他爱到了骨子里。”

奥利维亚咬紧牙关，吞咽着口水，强忍住眼泪，但这根本没用，她的眼泪还是流了下来。多伊尔神父递给她一盒纸巾。

“我不知道他是否感到了被爱。”

“失聪的孩子永远听不到或说不出我爱你这几个字，但他们能感受到爱。天生没有四肢或失去双臂而不能拥抱他人的孩子仍然能感受到爱。爱是能超越语言表达和肢体接触而被感受到的。爱是一种能量。爱就是上帝。”

“我知道。我也知道别的父母有天生残疾的孩子，有的孩子还得了癌症或者遭遇了悲惨的事故，我知道我并不特别，也不值得拥有更好的东西，但我仍然不理解。我觉得别的父母至少可以说他们爱自己的孩子，而且这种爱是相互的，这很重要。而这也是一种安慰。”

“至少那些母亲可以拥抱他们的孩子，把他们抱在怀里说：‘没关系，我就在这里。我爱你。’那些孩子可以从母亲的眼睛里看到并感受到爱。我和安东尼从没能这样做过。安东尼如果感到痛苦，他会大喊大叫，但我们不知道出了什么问题，也不知道该怎么解决。我们不知道他是肚子疼还是牙疼，也不知道他是想去荡秋千，还是我不小心把他的一块石头移了位置。我觉得我永远无法接近他、安慰他。”

“那你呢？你也需要爱和安慰啊。”多伊尔神父说。

她点点头，擦掉脸上的泪水。“而现在安东尼走了，他的父亲和我要离婚了。我已经一无所有了，真的是一无所有。”

“你还有你自己，还有上帝。”

“那么，上帝又在哪里呢？在过去的十年里，他都在哪里？”

“我知道保持信仰是很困难的。这些困难可以增强我们的信仰，也可以摧毁我们的信仰。耶稣被绑在十字架上的时候也曾说过：‘上帝啊，我的上帝，为什么你要抛弃我？’我们人类尽管可能难以理解，但他始终陪在我们身边。”

“我觉得非常孤独。”

“你并不孤独。上帝与你同在。”

“我没有听到任何关于我问题的答案。”

“你是无法用你的耳朵听到他的答案的。你必须用心、用灵魂去聆听。他的答案就在那里，在你的心里。”

“我不知道。”奥利维亚摇了摇头。

“继续追问你的问题。继续与上帝交流，努力用灵魂去聆听答案。”

她点点头，但她不确定自己到底赞同了什么内容。她谢过多伊尔神父抽出时间倾听她的烦恼，说她必须走了。神父拍了拍她的肩膀，说她随时可以来找他。

奥利维亚走过祭坛，经过她点亮的三支蜡烛，走出了教堂。明亮的阳光吞没了她的视线，迫使她眯起眼睛适应外面的亮度。在闭上眼睛的那几秒钟里，她想象着安东尼——他未经修剪的棕色头发，他深邃的棕色眼睛，他笑容里的喜悦。奥利维亚笑了，她一直爱着他。

然后，在走下教堂台阶之前，她开始思考。如果她不用眼睛也能看到安东尼，那也许她不用耳朵也能听到上帝的答案。

上帝，为什么安东尼会出生？他为什么会得孤独症？

她睁开眼睛，走入教堂下面拥挤的人行道，努力用她的灵魂去聆听答案。

第17章

贝丝洗了个澡，穿上衣服，做了煎饼当早饭。她准备了三份午餐，将桌子和餐具清洗干净，给植物浇好水。她把孩子们送到社区中心，开车到市中心，在印度街上顺利找到一个停车位，她一直很庆幸游客起得很晚。在进入图书馆前，今天早上的一切都很正常。然后，一切都变了。

有人坐在她的座位上。

一位老妇人，至少有七十岁，留着一头亮白的短发，脖子上挂着一副用珠链串起来的眼镜。她握着铅笔，正在解一个似乎是数独的谜题。毛线球、编织针和一本平装书从放在她旁边地上的一个棉质挎包的顶部探出头来。天哪，这个女人可以在这里待上一整天。她就坐在贝丝的座位上。

当然，贝丝明白，这把椅子并不属于她，这不是她的“专属座位”。但自从夏天来这里写作以来，每天早上她都会坐在这张椅子上。她喜欢背靠着书堆而坐，面向窗户，这样能够看到时钟。她喜欢坐在桌子的左边角落，这样右边有足够的空间来摊开笔记本，放置纸张和笔记本电脑。而且说实话，贝丝相信那个座位有魔力。在那个特殊的座位上，她可以一页又一页地写下去，不用再三思量行文，不会嘲笑自己写的对话，不会被恐惧攫取，也不会停下手中的笔。只要坐在那张木桌旁的木椅上，面朝东方，那个男孩的故事就会不断涌现，贝丝也会不停地把故事记录下来。

而现在，一个视力不好的老妇人正在用它的魔力来做数独。

贝丝开始考虑自己都有哪些选择。她可以坐在那妇人旁边的椅子上，把椅子挪得离她很近，然后时不时地擤鼻涕、清嗓子、嚼口香糖或是用笔敲打牙齿，直到那妇人恼羞成怒，去找一个新位置。她也可以用礼貌而不具威胁性的语气问该妇人是否愿意挪到另一张椅子上。她还可以回家打扫房间。或者她可以像个成熟的成年人，另找一个地方坐下来。

她在桌子的另一边选了一把椅子，与对方保持了足够礼貌的距离，但也足够近。一旦这个妇人决定离开，她就立马收拾好东西，重新占领那个本该属于她的位置。贝丝打开苏菲的笔记本电脑，盯着屏幕。苏菲现在很不情愿与母亲共用一台电脑。贝丝朝西而坐，屁股下的椅子摇摇晃晃。她用指甲敲了敲牙齿，叹了口气，无奈地接受了这个显而易见的事实。这个座位没有丝毫魔力。

过了一会儿，她转过身，抬头看了看钟。她已经在这里待了一个小时了，除了读她已经写好的东西，什么都没做。而正如她所担心的那样，这个女人现在正在织毛衣。也许贝丝应该回家。她盯着电脑光标，希望它能自动写出什么来。可屏幕上没有文字出现，反而出现了一个女人的倒影。贝丝在她的普通椅子上转过身。科特妮正笑着站在她身后。

“嘿，请坐，”贝丝说，非常高兴有人来转移她的注意力，“你来这里做什么？”

“我有事要来城里办，就想着顺便来看看你怎么样了。你进展如何？”科特妮指着贝丝电脑屏幕上空白的文档说。

“我想还行吧，还可以。等我写完就知道了。”

“你想好书名了吗？”

“还没有。”

“等你写完，这本书可以列入我们读书会的阅读书目。是不是很有趣？”

贝丝微笑着点点头，她觉得这个主意不错，前提是她的书真的写得“很好”。要是写得很烂，她就太丢脸了。

“这是给你的。”科特妮递给贝丝一本书。

这是约翰娜·哈米尔所著的《修复你的婚姻》。翻开书页时，贝丝注意到一些段落用钢笔画了线，空白处还有批注。那是科特妮的笔迹。她困惑地看着她的朋友。

“这是我的书。我觉得这本书很好，比其他大多数关于如何挽救婚姻的废话好多了。”

“但是，所以，你读过这本书？为什么？”

“史蒂夫出轨过。”

“他出轨过？”

老妇人停下她的编织活，抬起头来。

“什么时候？”贝丝压低声音问道。

“四年前。”

“什么？我的上帝啊，我以为你会说是‘上周’。”

贝丝呆滞地盯着书的封面摇了摇头，她不知道是史蒂夫的出轨更让她震惊，还是科特妮把这个秘密保守了四年更让她震惊。

“和谁？”

“一个有钱的离异女人。他和米奇的团队在马达克特承包了一个项目，改造她的卧室和主浴室。他说是她勾引他的，这一点我相信。你知道那些富有的夏日女郎是什么行事风格，似乎她们有权得到一切。他说他们只做过一次。”

“所以你能接受？你已经原谅他了？”

“呃，一开始不能。当时我都想杀了他。这种感觉持续了一段时间。然后我不再想让他去死了，但我无法原谅他。我把这方面的书全都读了一遍，或许有一本对你有帮助，但对我来说它们全都毫无帮助。我没法原谅他。我再也无法相信他。权利平等全是骗人的。他拥有所有的权利，而我什么也没有。”

贝丝点点头，她完全明白科特妮的意思，对她的话感同身受。

“所以我也出轨了。”

“你也出轨了？”

老妇人再次从她的针线活中抬起头来，这次她是来真的了，姿态居高临下，似是非常不认同她们的行为。很好。也许这个话题或者她们谈话的音量能把她从这里赶出去。科特妮点点头，笑了笑。

“和谁？”

“一个二十来岁的年轻小伙子。他叫亨利，我在二十一号联邦酒吧认识的，他只是我的一夜情对象。”科特妮咧嘴一笑，她知道自己在轰炸贝丝的认知。“第二天，我把这件事告诉了史蒂夫。然后我说：‘现在我们扯平了。这件事到此为止。’我们承诺这件事到此为止，然后我们就继续往前看了。”

“这也太疯狂了。”

“我知道。是的，但这是我能和他在一起的唯一的办法，我想和他在一起。我爱史蒂夫，也爱我们在这里的生活。我不想失去他。所以我的意思是，如果你想把吉米追回来，就读读这本书，如果这本书对你没用，那就找个属于你的亨利。”

“但吉米出轨了整整一年，我不认为——”

“你只需要做一次。一次就扯平了。”

“书上是那么写的吗？”

“我只是举个例子而已。婚姻不仅仅关系到你们是否爱对方。你们必须相互支持、相互信任。你还信任吉米吗？”

“不信任，但和别人上床有用吗？”

“这对我很有用。”

贝丝摇摇头，在这个通奸方程式的计算中挣扎。她想象背叛吉米会有什么结果，除了给他们两个都留下不忠的坏名声，成为永远都不值得被信任的人渣，根本没有任何好处。“我一直在想，‘出轨只有零次和无数次’这是谁说的，奥普拉吗？还是菲尔博士[①]？”

“我不知道。但我和史蒂夫的情况并非如此。”

“所以你们两个家伙只是一夜情。”

“是的。”

“而且你们很幸福。”

“是的，我们确实如此。”

“而且你们彼此信任。”

“这就足够了。你总是受你恋爱对象的摆布，对吧？任何事情都可能发生。但我足够信任他。”

“如果他再出轨呢？”贝丝问道。

“我会杀了他。”

“得了吧，你才不会呢。”

“我不知道，也许会找另一个亨利。”

“我也不知道，科特妮。我觉得我做不到。”

“那你想让你和吉米的关系好起来吗？”

贝丝曾经认为吉米和自己是灵魂伴侣。第一次见面时，他们就找到了很多共同点。他们都是独生子女，由单亲父母抚养长大。他父亲在她母亲去世的第二年就死于肺癌。他们都很独立，而且有些无所畏惧，他们都有坚定的决心去追寻自己的梦想，做自己热爱的事情来谋生。对贝丝来说，那就是写作；而对吉米来说，那就是扇

---

① 指菲尔・麦格劳（Phil McGraw），美国著名主持人，畅销书作家。

贝捕捞。

吉米在缅因州长大，他的父亲是一名捕虾人。为了让吉米上大学，父亲省吃俭用，希望儿子能找到一种不那么辛苦的谋生方式。吉米上了缅因大学，毕业后在一家小型软件公司找到了他父亲梦寐以求的坐办公室的工作。但吉米讨厌他的办公桌和隔间，也讨厌被困在室内，他羡慕父亲的渔民生活。

第二年夏天，在做了一年“没有灵魂”的工作后，吉米来了楠塔基特岛。这本来是一个长周末，他是和朋友们一起来度假的。像贝丝一样，他爱上了这个地方。他决定留下来，但不是从事他熟悉的捕虾业，而是学习如何捕捞扇贝，那是当时最赚钱的行业。

他们喜欢同样的音乐、同样的食物，喜欢楠塔基特岛，他们还彼此相爱。而现在已经物是人非。吉米放弃了捕捞扇贝的工作，她直到最近才想起来写作，而吉米一直和另一个女人上床，她不知道他们还热爱什么。

她看了看那个老妇人。贝丝还很年轻。她还可以重新开始，而且不一定是要和另一个男人一起。她可以重整旗鼓，重新定义她作为一个单身母亲的生活。她可以写完这本书，也许搬到岛外去报社或杂志社找份工作，也许搬到有山或有城市的地方，还可以回到波特兰。她可以在某个没有沙滩、雾气或者游客的地方，某个没有安吉拉·梅洛的地方，重新开始生活。

这种可能性，甚至只要想到“我可以”这个词，都让人倍感振奋。贝丝可以做任何她想做的事。但她想要什么呢？她很高兴吉米想要挽回，但她不完全相信自己的动机。他选择了她，是她赢了，她打败了安吉拉。所以，也许她只是觉得胜利多于快乐。

而且，谁又能保证他不会在一周后、一个月后、一年后改变主意，不会在某天的凌晨3点出现在安吉拉的厨房里，手里拿着一张卡片，裤子褪到膝盖上？不，她不想被吊在那个悠悠球上。

也许这个世界上根本没有灵魂伴侣。也许丈夫只是个女人最终要忍受的男人，某个把空调从阁楼里搬进搬出、爱他们的孩子、陪伴他们的家伙。但贝丝可以自己搬空调，她的朋友能提供大量的陪伴，而且即使她不爱他，他仍然可以爱他们的孩子。但问题就在这里，她可能仍然爱着他。

“我不知道。”

“听着，吉米现在拥有一切权利。婚姻不只和你们是否能再次相爱或再次信任对方有关，它还和权利平衡有关。”

在思考婚姻的组成成分时，思考爱、信任和权利时，贝丝的思绪总是停留在真相上。她坐到了面朝东的位置上。婚姻应该彼此坦诚。

“前几天的一个晚上，我和吉米发生关系了。”

“我知道，佩特拉和我说了。所以我才给你带了这本书。”

有那么一瞬间，贝丝很生气佩特拉泄露了她的秘密，但她把这个念头甩开了。“但那也不能说明什么，对吧？”

“是件好事，就是人选错了。”

“他想和我谈谈。”

“对吉米来说这可真不容易。”

“我知道。”

“你们可以试试去做婚姻咨询。”

贝丝不知道吉米会不会愿意一起去。

“要是你们决定要去，就去找坎贝尔医生。”

“就是那个养猎鹰的家伙？”

“我知道有点怪，但除了他，你就只能选南希·加德纳了。”

南希·加德纳是一个离过两次婚的婚姻咨询师，她姐姐是格蕾西四年级时的老师。

“我还不确定。”贝丝说。

“坎贝尔医生很厉害。吉尔和米奇也是找他做的咨询。”

“他们也是找的他？”

科特妮点点头，故意挑了挑眉毛。

“为什么，他们怎么了？”

科特妮耸耸肩。“每个人都有自己的秘密，贝丝。”

科特妮看了看墙上的钟，站了起来。“我得走了。看一下那本书，去找坎贝尔医生做婚姻咨询，去寻找你自己的亨利。或者和吉米彻底结束，这也是个不错的选择。”

科特妮走了，贝丝又独自坐在摇摇晃晃的椅子上，盯着空白的电脑屏幕。她看了看那个老妇人，她的毛线正迅速变成一只手套的形状。真是拥有魔力的座位。

她叹了口气，关掉苏菲的笔记本电脑。她把笔记本和笔装进包里，拿着科特妮的书犹豫了一下，然后把它也丢到包里。离开图书馆的时候，贝丝充满了挫败感，她想到了爱、信任和权利，还有真相。走在台阶上时，她思考着她生活中的真相，四个简单而诚实的想法跳了出来，举起了它们的手。

第一，她不打算读《修复你的婚姻》。

第二，她也不打算去找个属于她的亨利，也不会说什么“事情已经扯平了”。

第三，如果吉米愿意去做婚姻咨询，她会预约坎贝尔医生，而且她希望他愿意去。

第四，那个老妇人明天最好不要坐在她的座位上，不然她会生气的。

第18章

贝丝昨天什么也没写，而没有写的那些话在她体内越积越多，声音也越来越响亮，音调饱满而急迫，就像洪水压迫着一个即将决堤的大坝。今天，她在黎明时分醒来，那个男孩的话语已经开始冲刷着她，贯穿着她，一刻不停地纠缠她，直到占据了贝丝的整个脑海。她现在不能再想别的事情了。

图书馆刚开门几秒钟，贝丝就赶到了那里。她急忙上楼，看到楼上没有人后才松了一口气。没有人坐在她的座位上。她坐下来，翻开笔记本，打开笔帽，写了起来。

我醒来时，已经是白天了。我下了床，对着窗外的树，对着我的石头盒子，对着墙上的日历说早安。昨天是星期天，今天是星期一。每个星期一吃完午饭后，丹尼尔都会来。

我一步一步走下台阶，走完十二级台阶，我就到楼下了。我走进厨房，在餐桌边的座位上坐下。我的印有巴尼图案的杯子里装满了紫色的果汁，我的叉子和白餐巾也在桌子上，但我的蓝盘子里只有两根加了枫糖浆的法式吐司条，而我的盘子里之前总是会有三根。我不能吃两根法式吐司条，因为早餐是吃三根法式吐司条的。我不能吃两根，因为三才是完整的，而二是中间，停在中间太伤人了。我不能吃两根法式吐司条，因为那样我就永远吃不完早餐了。如果没有吃完早餐，那我就不能去浴室刷牙，不能在水槽边玩水。然后我就不能在最下面的台阶上穿上干衣服。然后我就不能到外面去荡秋千。如果没有吃完早餐，我就不能吃午餐。丹尼尔也不会来，因为她只会在午餐后才来。

如果我的早餐没有二加一等于三根法式吐司条，我就会永远被困在这张桌子上。

我需要另一根法式吐司条！

我跑到冰箱前，打开冰箱。法式吐司条的盒子已经不见了。冰箱里总会有一盒黄色的法式吐司条，而现在没有了。可怕的事情发生了。我的手开始发抖，我在我的脑袋里乱转，思考如何让法式吐司盒回到冰箱里，但我的呼吸太急促了，我的手刺痛得太厉害，我没办法思考。

我母亲现在就站在我和冰箱之间，给我看一个空的法式吐司盒。空的就是零，而零根法式吐司条就是一场灾难。我拍打着发麻的双手，呻吟着。

我母亲把我送回餐桌，用响亮而假装高兴的声音说了些什么，但我听不清她说了什么，因为我正看着我的蓝盘子。两根法式吐司条中的一根被切成了两半，所以现在变成了两根中等大小的吐司条和一根大的吐司条。这比之前更糟糕，因为二是中间，而一是开始，这些吐司条都不能吃了，因为这不是早餐。早餐是三根一样的法式吐司条。我不能吃这个。

法式吐司盒子里是零，我的蓝盘子里有一根大的吐司条和两根中等大小的吐司条，没有任何东西是三。每样东西都是零，或者是开始，或者是中间，我不能吃早餐，因为如果没有三根法式吐司条就不算吃早餐。我不能穿上衣服到外面去荡秋千，因为穿上衣服到外面去荡秋千是在早餐之后发生的，在我有三根法式吐司条之前我不能吃早餐。

我知道该怎么办。如果我妈妈能把一根大吐司切成两半，并把其中的一半扔掉，那么我就会有3根中等大小的吐司条。然后我就可以吃早餐了。或者她可以把其中一根中等大小的吐司条切成两半，并去掉其中的一半，然后就会有一根大的、一根中等的和一根小的吐司条。这不如三根同样大小的吐司条好，但我能接受。我可以吃一根大的、一根中等的和一根小的法式吐司条作为早餐，因为那是三个，而三个才是完整的、是安全的。然后我就可以吃完早餐、刷牙、在水槽边玩水、穿好衣服、在外面荡秋千，然后见丹尼尔。

但我无法告诉妈妈我的解决方案，因为我不能说话。我也不能自己切大的或中等大小的法式吐司条，因为我的手已经没有感觉了。我不能进入我的双手房间，因为我被困在耳朵房间里了。我被困在耳朵房间里听着某人的尖叫。

每当听到尖叫声时，我就会失去我的身体。我会有一种遥远而梦幻的感觉，仿佛我离开了厨房，在空气中移动。可我不想在空气中移动。我只想吃三根法式吐司条。但我没有声音，也没有身体。我只有一种遥远而梦幻般的挣扎的感觉，先是又热又愤怒，继而是汗津津的、平静的。但大多数情况下，我会在我的耳朵房间里，听着尖叫的声音。

现在，我回到了我的身体里。我正在浴室里看着水槽里流动的水，这时我才意识到那个尖叫的人是我。我叫得更大声了，我又失去了我的身体。我继续尖叫，这样我就能变成尖叫声，然后我就成了我感觉到的声音，而不是一个住在身体里的男孩，一个没有先吃三根法式吐司条作为早餐再进了浴室的男孩。

第19章

贝丝看了看表。还有五分钟，她们就得出发了。格蕾西和杰西卡已经准备好了，她们穿着相同的薄纱白衬衫和褪色的蓝色牛仔裤，在厨房的桌子旁等着，但苏菲还在楼上忙着自己的事情。

“苏菲！”贝丝喊道，“还有两分钟！”

贝丝走进浴室，对着镜子做最后一次快速检查。她用手指抚平了一段有可能卷曲的头发，擦掉额头上的一点油光。她假装笑了笑，牙齿上没有东西。贝丝知道自己应该远离阳光，因为她白皙的皮肤容易长雀斑也容易被晒伤，最近还出现了皱纹，但在过去的一周里，她每天都要在露台上躺一个小时，试图晒出健康的光泽。她的脸颊是粉红色的，眼睛看起来很明亮。任务完成了。

上个月，她在便利店的一张传单上找到了一位价格便宜的海滩人像摄影师，并在购物网站上找到了完美的海滩照衬衫。贝丝买了四件，每人一件，并在几周前就把配套的衣服洗好熨好了。昨天晚上，她们把脚指甲都涂成同样的孔雀蓝色。她们都戴着小珍珠耳环和配套的银手镯，从头到脚都很协调。贝丝笑了，庆幸自己做事这么有条理，考虑得很周到。

“妈妈！”

急切的惊叫声让贝丝跑进厨房。她把杰西卡上下打量了一遍：没有流血，没有眼泪，看起来很好。但随后贝丝把注意力转向格蕾西，发现她身上漂亮的薄纱白衬衫被弄脏了，整个前胸都被红色的水果酒浸湿了。格蕾西眼泪汪汪，惊魂未定，手里拿着一个高高的、几乎是空的玻璃杯。这不好，一点都不好。

"天呐，格蕾西，你都干了什么？"

"是杰西卡干的！我喝的时候她推了我！"

"我没有推她。"

"你推了！"

"那只是一个意外。"杰西卡说。

"你为什么还要喝东西？"贝丝问，"我和你说了，还有两分钟我们就要出发了。"

"但我觉得渴啊。"

"快过来。"

不等格蕾西动，贝丝就把衬衫从女儿的头上脱了下来，把腰部以上裸着身子的格蕾西留在厨房里，任由她哭着。贝丝跑进洗衣房，往衬衫上倒了一小盖洗涤剂，然后将衬衫放在流水下搓洗。污迹从深红色变成了粉红色，但没有消失。现在整件衬衫都被浸湿了。格蕾西不能再穿这件衣服了。贝丝看了一下手表。她们需要马上出门。

想想办法，快想想办法，想一想。

贝丝又搓了搓衬衫，衣服还是粉红色的，也还是湿的。她们已经没有时间了。她必须接受这个事实。她们不能再穿配套的漂亮纱质白衬衫了。这个梦想已经破灭了。

她必须想出一个备选的 B 计划。好吧，她们没法穿同款白衬衫了，但她们仍然可以都穿白上衣。

"格蕾西！"贝丝叫道，"去你的房间找件白上衣穿上！"

"穿哪件？"

“随便哪件！快去！”

贝丝深吸一口气，用嘴慢慢地把这口气吐出来，尽量不让自己抓狂。她走回厨房，看着杰西卡，她尴尬地站着，一动不动，似乎连眼睛都不敢眨一下。

“你为什么要推你妹妹？”

“我不是故意的。”

“好吧。你就待在那里，不要碰任何东西，也不要喝任何东西。”

格蕾西回到厨房，穿着一件白T恤，前面用蓬松的紫色字体写着“女孩定规矩，男孩流口水”。

“不行，这件不行，”贝丝说，声音里夹杂着几近失控的不耐烦。“不要这种，要找没有字的。衣服上面不能有字。赶紧去找一件普通的白上衣！”

“我没有普通的白上衣！”格蕾西说，仍然在哭。

“你肯定有。”

“我没有。”

“那就去拿一件杰西卡的！”

“那就太大了！”

贝丝在心里翻看了一遍女孩们的衣柜。格蕾西是对的。所有的白上衣上都有图案。贝丝看了看手表。她们要迟到了。她从来不迟到，她喜欢早到。她的脸感觉很热。她那柔和的、被太阳亲吻过的脸颊现在因压力而发红。

只能选择C计划了。

“好吧，听着。每个人都有纯色背心。现在，不管是什么颜色，只要找一件上面不要有字的穿上就行。都去吧！快去！动作快点！”

格蕾西和杰西卡跳上楼梯，贝丝紧随其后。

“苏菲！”贝丝一边在自己的卧室里脱衣服，一边隔着她漂亮的白衬衫的薄纱面料大喊，“去换一件背心！”

“什么？为什么？”苏菲大喊。

“按我说的做！”

贝丝的背心都是黑色的，所以她很快就重新穿好了衣服。她在楼梯口等着女儿们，在挂满悲伤和孤独的相框的走廊里，流逝的每一秒都在抽打着她的心。令人惊讶的是，苏菲是第一个到的。她穿着一件红背心，上面没有字。她看起来很漂亮，除了她的脸。

“你是不是化妆了？”贝丝问。

“化了一点点。”

“你哪儿来的化妆品？”

“阿莱娜给我的。她妈妈允许她化妆。”

“但你妈妈不允许。”

“这也太不公平了。”

“生活本来就不公平。过来。”

苏菲的眼睛上涂了一种醒目的蓝色。贝丝看着她，她个头已经很高了，只比贝丝矮个小半头了。贝丝能禁止她化妆的时间已经不多了，但至少这次拍照时还可以。

贝丝忍住了用自己的口水给苏菲擦脸的冲动，她抓住苏菲的手，把她拉进浴室。贝丝把一些洗手液倒进面巾里，在水槽里打湿，然后用面巾把苏菲的眼睛和脸颊擦干净。

“哦，我的痘痘！”

“对不起。你可以留着口红，但仅此而已。”

另外两人现在在走廊里等着。格蕾西穿了粉色的背心，杰西卡的是蓝色的，上面没有字，也没有污迹。

“好了！我们出发！”

她们跑下楼梯，贝丝拍拍手，叫格罗弗跟上，然后她们争先恐后地跑进车里。贝丝边把钥匙插进开关，边通过后视镜看向后座上的女儿们。格蕾西的眼睛因为哭泣而浮肿；苏菲的脸因为被面巾擦得太用力而斑斑点点的，她脸上确实有个很明显的痘痘；杰西卡下巴紧绷，双臂抱胸。她看起来气鼓鼓的，但贝丝想不通是为什么。她们都穿着不同颜色的上衣，贝丝的脸还是又红又烫。

她们本该都穿白衬衫的，她们本该都是平静和快乐的，她们本该准时出发的。还本该有吉米。这是他们的全家福。他们的家庭本该包括吉米。

也许她应该打电话取消这次拍摄。可贝丝想到了那些漂亮的薄纱白衬衫和走廊上悲伤而孤独的相框。她又回头看了看三个女儿，然后又看了看空荡荡的副驾驶座。这就是她的家人。贝丝深吸一口气，再呼出来，把车倒了出去，开车带着她迟到的、衣服不配套的、眼睛浮肿的、脸上有斑点和青春痘的、气鼓鼓的、没有吉米的一家人前往思科海滩。

第20章

奥利维亚看了看表。她的客户迟到了。从短暂的工作经历中她已经发现，这种情况很常见。如果不是一家人都有事，那就是某个迷路的亲戚没有收到提醒，要么就是某个必不可少的姐妹正从渡口直接赶过来，或者是某个确实住在本地的父亲还在车里打工作电话。他可能在一分钟内结束通话，也可能是半个小时。

这也是她带着一把沙滩椅来工作的原因。若是能坐下来，奥利维亚不介意在美丽的海滩上等待。今天天气阴沉，可能一整天都下雨，奥利维亚怀疑今天海滩是否来过人，反正现在没什么人。这里的海鸥比人多。

奥利维亚喜欢楠塔基特岛上的海鸥，它们与南塔斯克特海滩——她住在欣厄姆时经常去的海滩上的海鸥很相似，都是白灰色的海鸟。南塔斯克特海滩上的海鸥是贪得无厌的小偷，它们会捕食任何标有纳贝斯克或菲多利商标的东西。它们在海滩毯的边缘徘徊，等待一个无人看守的时刻，然后啄开一袋密封的薯片或者带着一整个金枪鱼三明治飞走。

而这里的海鸥不太关注人类和人类的加工食品。奥利维亚看到一只海鸥从浅水区抓起一只螃蟹，然后在一个温暖的沙窝里停下，在窝里撕下螃蟹的腿，吞下螃蟹多肉的身体。她看到另一只海鸥从头顶飞向停车场，然后把一只蛤蜊丢在人行道上，用这种方式砸开蛤蜊的壳。既然菜单上有大量的新鲜海鲜，为什么还要勉强吃奶酪泡芙呢？这些海鸥真是漂亮而可敬的鸟。

奥利维亚的目光跟随另一只海鸥飞过阴云密布的地平线，想知道自己能否有一次，哪怕一次也好，不被这一景象打动。最靠近S形海岸线的水域是一片泛着金属光泽的蓝色涟漪，但当她把目光投向大海时，一切都变得静止、平坦，颜色几乎变成了白色。一条如激光般清晰的深蓝色线将海洋与地平线上绯红的天空分隔开来。真是太美了。

海鸥在远处消失了。奥利维亚又看了看表。客户已经迟到三十分钟了，她准备给客户打个电话，确认他们是否要来，是不是忘记或者改变主意了。她正准备从相机包里翻出日程表和手机，就看到她们正朝她走来，领头的是一位牵着狗的母亲，三个穿着不同颜色背心和牛仔裤的女孩跟在后面。

“是奥利维亚吗？嗨，我是贝丝。对不起，我们迟到了。”

“嗨，贝丝。没关系的。”

“我们的衣服出了问题。我知道大家通常都是穿配套的衣服。你觉得我们现在这样看起来还行吗？”

贝丝说得没错。找她拍照的每个家庭总是穿着配套的衣服，就像一个队伍的制服。所有人都穿着褪色的蓝衬衫和卡其色裤子，不然就是白衬衫和楠塔基特红裤子。配套的衣服看起来不错，但根本没这个必要。她不禁好奇是谁想出了这么严格的家庭摄影规则。

“你们看起来很棒。”

贝丝揉了揉眼睛。“我们半小时前看起来很棒。我希望现在这样不会太尴尬。”

“不会的，颜色很有趣。”

“还是非常抱歉。在开始之前，我的大女儿想知道你能不能用软件把她的痘痘修掉。”

“妈妈！”最大的那个女孩说。

三个女孩现在都围在贝丝身后。奥利维亚低头看了一眼她的日程表。这三个孩子分别叫苏菲、杰西卡和格蕾西。

“苏菲，你就当它不存在。我向你保证没有人会看到它的。”奥利维亚说。

苏菲尽量露出礼貌的微笑。那个痘痘看起来很疼。

“你能把这里的这条线去掉吗？”贝丝指向她眉毛之间一条深深的垂直皱纹，“还有我眼睛周围让我看起来超过三十五岁的皱纹？”

这就是所谓的数码整形手术。奥利维亚只需在电脑上精确地点击几下鼠标，就能抹去所有黑眼圈、鱼尾纹、痘痘和斑点的痕迹。不管她的照片有什么其他优点——合适的曝光度、精巧的构图、恰逢其时捕捉到的有意义的表情、每个人都睁着眼睛微笑的时刻，她最有市场价值的技能应该就是可以巧妙地把女人脸上的岁月修掉几年的能力。

“你看起来绝不会超过三十岁。那我们从海边开始拍照吧。”

在拍照时，奥利维亚养成了一种“先吃蔬菜”的工作哲学。她总是先拍最难的镜头，大部分情况都是拍摄每个人在大海前的照片，这些照片才是她的客户来这里的原因。如果这些照片不完美，客户就会很生气。而其他所有照片，比如单人照、双人照以及各种人、宠物和背景的组合照，都是额外的，都是“甜点”照片。

今天，“蔬菜”照片部分的拍摄工作将很容易——三个行为乖巧、只有一点气鼓鼓的女孩，一条温顺的狗，还有一位母亲。没有哭闹的婴儿，没有一心想要跑到海里去、为吃糖而发狂的小孩，也没有冷着脸、以最不自然的表情喊“茄子”的学龄前儿童，他们愿意做除了微笑之外的一切事，而且也没有丈夫。

尽管夫妻们不会当着她的面公然在海滩上吵架，奥利维亚也从未亲眼看到过真正的争吵，但她现在已经见识过这种情况很多次了。那种夫妻之间的恼怒、指责和蔑视，因为之前的小摩擦而产生的负能量仍在夫妻间酝酿，从他们的眼睛和笑容中流露出来，就像苏菲脸颊上的痘痘一样明显。而PS软件中没有任何工具可以将其抹去。

今天的客户也是一个小团体，抓住四个人的眼球要比抓住十个人的容易得多。拍摄十人以上的团体确实很难，总有人不听话、不看镜头、不在状态或者眨眼。拍摄四个人就是小菜一碟了。奥利维亚会拍下大约六百张照片，期望能有大约两百张高质量的照片供贝丝选择。

她们在即将到来的潮水前排成一排，整齐划一。

“微笑，都看向我。”奥利维亚说。

她们都照做了，除了中间那个女孩。

“不好意思，穿蓝衣服的小姑娘，你叫什么名字？”奥利维亚问道，抬头从她的相机上方看去。

“杰西卡。”

“杰西卡，给我一个灿烂的微笑。”

“她不行，”贝丝说，“她戴了牙套。她不会露出牙齿的。”

“哦，好吧，”奥利维亚说，“那表情不要那么气鼓鼓，可以吗？”

“杰西，做出高兴的表情。”贝丝说。

“但我并不高兴。”杰西卡说。

“那就请你装出这个样子。”贝丝用一种咄咄逼人的语气挤出一丝笑容说。

“好吧。”

杰西卡把噘起的嘴巴微微扯出欢喜的形状。足够接近微笑了。奥利维亚按下按钮。她看了看相机的屏幕，滚动按钮浏览拍下的图像。“蔬菜”部分已经拍完，现在可以拍“甜点”部分了。

她把母亲不出现的女孩们的可能组合全都拍了一遍，有狗或没有狗的，坐着或站着的。她还拍了贝丝和每个女儿的合照，然后是每个女孩的单人照，最后是狗的单独照。

“现在只拍你怎么样？”奥利维亚问。

“我？就我自己吗？”贝丝问。

“是的。”

“不用了，我不需要单人照。”

奥利维亚也学到了这一点——客户不会为一张不需要存在的照片买单。所以摄影师要尽可能拍下每一个镜头。

“我们还是拍一下吧。你不必现在就决定要不要。”

客户可能想为自己的工作拍一张头像，不管她是做什么的。她是一位年轻的单身母亲，可能想为社交软件弄个头像。

“那好吧。”贝丝说。

“很好。看向我。抬起下巴，放松肩膀。”

咔嗒。咔嗒。咔嗒。

在奥利维亚拍完贝丝后，她们全都前往沙丘，以类似围成一圈的姿势对着镜头微笑。尽管“蔬菜”部分的拍摄最重要，但奥利维亚经常发现第二个回合拍的照片更好。在新的地点，每个人都会更加放松，真正的个性和关系也在这里开始暴露。她现在可以看到苏菲和杰西卡很亲近，苏菲个性急躁又霸道，而杰西卡崇拜她。格蕾西傻乎乎的，尽管她看上去已经九岁或十岁了，但她依然是贝丝的宝贝小女儿。在贝丝独自在沙丘上拍的照片中，奥利维亚看到了她从一种疲惫的不确定性中透露出的决心，她姿态中流露出的开放心态，她微笑中流露出的真正的幸福。

经过一个小时的拍摄，拍了六百五十二张照片后，奥利维亚宣布拍摄工作大功告成。

“姑娘们，你们带格罗弗去玩吧，我要和摄影师聊几分钟。拿上这个袋子。”

贝丝跟着奥利维亚走到奥利维亚的相机包和沙滩椅旁。

“那么，照片什么时候能准备好？”

“估计要六到八周。”

“哇，要那么久吗？”

“也许能快些，但是，是的，大概至少得六周。”

令奥利维亚高兴的是，整个夏天，她的生意都很稳定。她平均每周接到五份拍摄订单，这意味她确实可以靠摄影谋生。但是，后期编辑部分的工作比她预想的更耗费精力，她现在已经有相当多的工作在排队。编辑大家庭的人像尤其耗费时间。她还有一个三十二人的大家庭的照片需要修，他们在楠塔基特岛聚会，庆祝祖父母的结婚五十周年纪念日。修那一张照片真是累死人了。抹去这些妇女身上的衰老痕迹也需要时间。

“那我们什么时候能拿到样片？”

“哦，我会把照片链接发给你的。”

“照片链接？”

“是的，照片都在网上。”

“哦，所以我们没法翻看真正的相册？”

“是的，我都是在网上剪辑的。”

“哦，好吧。”贝丝说，听起来有点失望。

“这样挺好的。你会喜欢的。你可以随意选择照片的尺寸、黑白或彩色，而且翻看它很方便。不过，若是你有任何问题，请随时联系我。”

奥利维亚把相机放进包里，拉上拉链。她把沙滩椅折叠好。是时候离开了。她很乐意通过电话或电子邮件手把手教贝丝完成照片购买的所有步骤，但这段关系中面对面交流的部分已宣告结束。

“好的。谢谢。很抱歉杰西卡刚刚不怎么配合。”

“没事，她看起来会很棒的。”

“我想她是在为她父亲不在这里而难过。我们今年冬天分居了，这对她们来说很不好接受。”

“我很遗憾。”奥利维亚站在原地，一个肩膀扛着沉重的摄影包，另一个肩膀下面夹着她的沙滩椅。

“对我来说这也很难。你经常遇到这种情况吗？要拍一个没有父亲的家庭？”

奥利维亚被问题中的一些熟悉的东西打动了，她停了下来，不再着急离开。她研究着贝丝脸上的表情，她看到了。那种感觉正常的需求，需要被接受的渴望。

“经常遇到。”奥利维亚撒了个谎。贝丝笑了，满怀感恩。

奥利维亚从贝丝身上察觉到了其他熟悉的东西，但不太辨认得出来。然后，就像照镜子一样，她明白过来了，那是孤独。奥利维亚决定和贝丝一起等待，直到贝丝的女儿们带着狗回来。

现在，天空已经完全被云层覆盖，太阳即将落山。温度明显比五分钟前更低了。贝丝从她的包里扯出一件卫衣。当她把卫衣从头上套下来时，奥利维亚注意到一本《修复你的婚姻》正面朝上地放在贝丝的包的上面。

“那是我的书。”奥利维亚控制不住地大声说道。

“什么？”

“我是说，我帮忙编辑了那本书。我曾经在出版社工作。”

“哦，我还没有开始读这本书。它是我一个朋友的。”

两个女人在尴尬的沉默中站着。贝丝转过身来，沿着海滩看去。她的孩子们只是远处的三个点。她回过头来，用脚趾滑过沙子。“所以你曾经在出版社工作？”

“在五年前，感觉甚至还要久。”

“我知道这有点交浅言深，但我正在写一本书。这是个系列故事，也可能是一本小说，我还不是很确定，但我希望能有专业的人帮我看一下。”

“哦，但我编辑的都是励志书，不是小说——”

“没关系的。如果你有时间，我真的非常希望能得到你的反馈。”

除了工作，奥利维亚还从未主动提出过要阅读任何人的作品。她从没想过要成为那个让别人不要辞职、打碎别人梦想的人。她低头看着贝丝的脚，看着她涂成蓝色的趾甲，看着她那本《修复你的婚姻》，看着她手指上仍戴着的结婚戒指和订婚戒指，看着她孤独的脸上挂着的希冀表情。她叹了口气。她有时间。

“当然，我很乐意在你完成后读一下你的作品。告诉我一声就好。”

“真是太谢谢你了！”贝丝的脸亮了起来。

奥利维亚笑了。她把沙滩椅换到她的右胳膊下。刚拿起来的时候她还觉得沙滩椅很轻，但现在感觉又重又不方便。而相机包的带子紧紧勒着她肩膀上裸露的皮肤。她没有带卫衣，穿的是无袖背心裙，很冷。她越过贝丝的肩膀向后看去。

“你的女儿们回来了。”

贝丝转过身，看到女儿们和狗狗向她走来。“哦，好的。再一次谢谢你。我就知道我选你给我们拍照是有道理的。”

奥利维亚伸出她那只还算空闲的手和贝丝握手，但贝丝绕过这个正式的握手、相机包和沙滩椅，给了奥利维亚一个真诚的拥抱。奥利维亚的手臂传来阵阵寒意，但不是因为她很冷，而是因为已经有很长一段时间没有人抱过她了。

“不客气。”

女孩们并排站在贝丝旁边。苏菲一手拿着一根巨大的海鸥羽毛，一手牵着狗绳，杰西卡拎着一袋狗屎。

“妈妈！看我给你找到了什么！”格蕾西大叫着，满脸笑容，整个人很兴奋。

她伸出手掌，向贝丝展示一只马蹄蟹的琥珀色外壳。

“太棒了，亲爱的。”贝丝说。

“这是给你的。”格蕾西将她的另一只手伸向奥利维亚。

奥利维亚把她还算空闲的手伸向格蕾西，格蕾西把一个几乎是半透明的、潮湿的椭圆形白石头滚到奥利维亚的掌心。寒意再次从她的手臂上袭来。

“这是一颗珍珠。”格蕾西说。

“谢谢你，”奥利维亚说，她的声音卡在喉咙后面，“我很喜欢它。”

“好了，我们走吧。再次感谢。”贝丝说，然后她们都开始朝停车场走去。

“那我们六个星期后再聊？”贝丝在车门前问道。

“好的，六星期后。”奥利维亚说，虽然六个星期很容易变成八个星期。

贝丝挥挥手，钻进车里，然后开车离开了。

奥利维亚把相机包和沙滩椅扔到吉普车的后座上，然后坐了进去。车里温暖的空气就像一张厚毯子，将她赤裸的皮肤包裹起来。当她倒车的时候，雨落了下来。她打开车灯和雨刷，松了一口气。天公作美，她的拍摄顺利完成。她把车开出停车场，微笑着在大雨中沿着哈姆默克·庞德路行驶。格蕾西送的石头仍在她手中，奥利维亚对此非常感激。等回到家，她把格蕾西的石头放到不断增加的收藏品中，就在咖啡桌上的玻璃碗里。然后她把相机连接到电脑上，从厨房的桌子上拿起一本日记。今天拍摄的照片正在导入电脑中，奥利维亚坐在客厅的椅子上，想着贝丝和她的三个女儿，想着她的孤独和她的书。奥利维亚想知道她的书是写什么的。

然后她打开日记，读了起来。

第21章

2005年4月12日

今天，我像是又回到了八年级的时候。事情是从游乐场开始的。我们早上很晚才到，安东尼像往常一样直接跑去荡秋千。他太大了，坐不了小朋友坐的水桶座，但他拒绝尝试大男孩的秋千，所以我只好把他举到其中一个水桶座上。我站在一个母亲旁边，她正推着她两岁的孩子荡秋千。她紧张地对我笑了笑，但没有说什么。

今天，天气终于变得暖和起来，游乐场上人很多。有很多和安东尼年龄相仿的孩子在一起玩耍。两个男孩和一个女孩在滑梯上互相追逐，哈哈大笑，玩得很开心。四个孩子在玩"跟随领袖"的游戏，在游乐场旁边的草地上一起行动：所有的手臂一起举起、放下，他们一起蹦跳，一起攀爬，然后鼓掌。另一群孩子在攀爬架下玩耍。

几个女孩在卖“木片冰激凌”。扮演顾客的孩子们在“冰激凌摊”前等待，用木片钱付款，然后“吃”美味的冰激凌。他们会回来买第二份和第三份冰激凌。这是很可爱的事情，但我看了只想哭。

安东尼离这些游戏有几光年的距离。不管是互动的游戏，还是角色扮演类的游戏。

还有朋友。

所有这些孩子自然而然就会做的事情必须被分解成不连续的行为片段，卡林必须和安东尼一起在每一个片段上努力几个小时、几个星期甚至是几个月，然后安东尼才可能学会假装一个木片是香草冰激凌。但这并不是为了纯粹而天真的快乐，安东尼这样做只是为了得到他想要的品客薯片，或者是为了让卡林不再拿这个问题来烦他，好让自己最终能够独处。因为独处才是他想要的，才是能给他带来快乐的东西。

安东尼在游乐场上只想荡秋千。但我看到其他孩子在玩，而我想要更多，我厌倦了自己只是站在那里、一遍又一遍地为他推秋千。我让他的秋千停了好几次，问他是否想试试滑滑梯，是否想和其他孩子一起玩，是否想去沙坑那里。他虽然喜欢沙子，但什么都不能和秋千相比，而且他也不愿意让步。所以我们继续待在那里荡着秋千。我感到难为情，满心挫败。

为什么我就不能为他独自荡秋千的快乐而高兴呢？为什么我要坚持认为幸福就是做我想让他做的事呢？因为这个世界到处都是人，而不是秋千。安东尼，我想让你在这个世界上快乐，而不只是在秋千上快乐。这是不是太想当然了？想这样做是不是很自私？

因为游乐场上的其他孩子可以独自玩耍，不用一上午都待在秋千上，其他妈妈可以自由地一起坐在某张野餐桌前。我推着坐在秋千上的安东尼，隔着一段距离听这些妈妈的聊天和笑声，享受着美好的时光。我感觉自己又回到了八年级——那个尴尬的局外人，不属于任何“时髦”人群中的一员。

他们说现在每一百一十个孩子中就有一个孤独症儿童，但我不知道镇上还有哪个母亲有孤独症孩子。她们在哪里？我已经彻底失业六个月了，我想念成年人的陪伴、交流和晨会。

还有朋友。

卡林和雷亚每天都会过来，但他们只是安东尼的治疗师。他们不算朋友。每次我问安东尼最简单的问题时，大卫都表现得好像我在要求安东尼重新铺设屋顶。我知道我可能有些敏感，因为我来例假了，可当我看着这群妈妈时，我感到自己有多么孤独。她们是一个群体，而我永远不会成为其中的一员。就像八年级时那些受欢迎的女孩，她们留着完美的法拉·福赛特发型，穿着花哨的牛仔裤。我讨厌她们，同时又希望自己能成为她们中的一员。

我们在秋千上待了一个多小时，这时妈妈们把孩子们叫到野餐桌前吃午饭。孩子们都来了。妈妈们打开漂亮的保温午餐袋，把三明治、酸奶、橘子片、奶酪条、金鱼形状的饼干和果汁盒递给他们。

一次有趣的野餐。但不适合我们。

我们该走了。我给安东尼一个“一、二、三”的警告，这有时有用，但今天没有用。我停止推他后，他发出一声短促的尖叫，并拍打双手。但我没有立马重新推他，而是开始把他从座位上抱出来，这时，他失控了。他的身体变得僵硬，他的尖叫声升级到“我被谋杀了”的分贝。我不得不用尽全身力气把他从秋千座里撬出来，抱起他，这个小胖子因为舍不得与刚才荡了一个半小时的秋千分离而痛苦地尖叫。我不用回头看就知道，坐在野餐桌旁的妈妈们一定都在看着我，对我指指点点，心里还会想：谢天谢地，我不是她。就像八年级的时候一样。

我把安东尼带回车里，以最快的速度打开巴尼动画片，他平静下来了。上帝保佑巴尼。然后，我愚蠢地决定在回家的路上去趟便利店。我今天早上刚来例假，家里的卫生棉条只剩几根了。对游乐场上的其他母亲来说，来例假并且只剩下两根卫生棉条时，去便利店这个想法并不愚蠢。她们随时都可以去便利店，将买好的卫生棉条放到包里，拉上拉链就离开，没有任何问题。甚至在一天结束的时候，她们可能都不会记得这件仓促完成的小事。但对我来说，这个想法却异常愚蠢，我永远不会忘记这一点。

我们总是在离开游乐场后直接回家，我总是从中心街到鸽子巷，但便利店在另一个方向。我希望安东尼不会注意到这一点，希望这一点变化对他无足轻重。去便利店只需要几分钟的时间。但我真是太蠢了。

我一出停车场便向左开，而不是向右，安东尼开始尖叫起来。看我继续向左开，他就开始踢我。我当时就该调头的，但我还是继续开了。他开始尖叫，使劲地晃头，拍打双手，与汽车座椅的卡扣搏斗，就像被人用刀反复捅了好几次一样。

在纯粹而又愚蠢的决心的推动下，我决心要完成这趟简单而必要的差事，一路开到便利店，可我却没办法进去。鉴于他当时的状态，我没法抱他，又不能把他独自留在车里，而且也绝对没法用合理的解释来安抚他。

亲爱的，妈妈需要卫生棉条。求你别再发脾气了。我们五分钟后就到家。

所以我只能开车回家。

到了晚饭时间，我的卫生棉条已经用完了。但我不打算再冒一次在车里崩溃的风险，所以我不得不等大卫回来，这样我就可以一个人去便利店了。于是我用卫生纸自制了一个垫子，好让我坚持到他回家。但大卫晚了四十五分钟才回来（还没有打电话告知我），而那一叠卫生纸根本无法撑到那时候，血流到了我最喜欢的裙子上。

八年级的事又来了。至少这一次这样的事情是发生在家里，而不是在游乐场上那些“时髦”的妈妈们面前。

在今天第二次开车去便利店的路上，我突然想到，从八年级开始，我的一生都在恐惧成为局外人，总是想方设法地融入社会，总是急于寻找归属。但安东尼并不担心这些，他并不介意自己一个人待着。他很喜欢这样。他不在乎人们怎么想。他不会为想要昂贵的名牌衣服或一百美元的最新款运动鞋而烦恼。他不会为了看起来酷而喝酒或抽烟。他也不会随波逐流。

他不关心其他人穿什么、想什么、做什么。他只喜欢自己喜欢的东西，他只做他想做的事。直到我说该走了，把他从秋千上扯下来。

我想到了今天那些玩“跟随领袖”游戏的孩子。安东尼永远不会成为一名追随者。不过，他也不会成为领导者。这种想法通常会让我心碎、流泪，但当我开车去便利店时，我却出乎意料地感到平静。

他根本就不玩那种游戏。

如果不改掉孤独症的这些行为，他就永远不会变正常，他将永远是个不一样的孩子。但即使如此，世界不会毁灭，我也不会死。

第22章

我正在游乐场上荡秋千。我喜欢荡秋千。荡秋千能让我进入我的身体。

我通常知道我有双手，但如果有什么有趣的事情发生了，比如我正在数数、思考或者看电视，我的身体就会从我身上消失。我不能说话，所以人们有时对待我就像我没有身体一样，就好像我在这个世界上不存在一样。而且，由于大多数时候我都感受不到我的身体，所以我觉得他们可能是对的。也许我真的不存在。

但荡秋千能让我真的存在于这个世界上。

我的想法经常陷入重复。我如果发现了一个我喜欢的想法，我就会反复想它，这样我就能一直享受它。这类想法就像品客薯片。品客薯片那么好吃，我从来不会只想吃一片。我会想吃一片、一片又一片。如果我发现了一个美妙的想法，我就会一遍、一遍又一遍地思考它。但是，如果我思考得太多，那么我就不只是想去思考它了。我需要去思考它。因为我担心如果不总是想起它，我可能就会永远失去它。因此，我总是一次、一次又一次地停留在同一个想法上。当这种情况发生时，其他一切就不存在了。

前几天，我就陷入《三只瞎老鼠》[1]中了。我在脑子里说了这三个词，喜欢了它们一整个上午。其他的一切都不存在。甚至连我也不存在。我变成了那三个词：三只、瞎、老鼠。

但我现在没有陷入《三只瞎老鼠》中，因为我在荡秋千。当我荡秋千时，我不再是我重复的思想。当我荡秋千时，我是一个重复的身体。我在空气中移动，向前、向下、向上荡，向后、向下、向上荡，向前、向下、向上荡，向后、向下、向上荡。我是安东尼的身体，重复着这个完美的节奏。我在荡秋千，我就在这里！

我向前、向下、向上荡，向后、向下、向上荡，感受凉爽的空气在挠我的脸。我的脸在微笑。我的脸是真实的。

然后，我母亲不再为我推秋千，说什么要去沙坑那里。我拍拍手，发出声音，让她知道我不喜欢这个主意。我不想从秋千上下来。我拍手和发出声音，是因为我的声音不会说“不”这个词。

我母亲了解我，她又推起了秋千。

我喜欢沙子。我喜欢用手舀起尽可能多的沙子，再把手举得高高的，让沙子洒下来。我喜欢沙子在手指间移动的感觉，喜欢它倾泻时像音乐一样在空中落下，闪闪发光。这几乎和水一样好玩。

但游乐场沙坑里的沙子与海滩上的沙子不同。游乐场沙坑里的沙子总是离其他孩子太近。当我在游乐场的沙坑里玩沙子时，别的母亲会告诉我，我不能玩沙子。她们会说：“别再这样做了，沙子会扬到别人的眼睛里的。”而我母亲就会把我带离沙坑，因为我不愿意停止这样做，而且我也不知道如何分享沙子。

我母亲又拦住我，想要我去滑梯那边玩。我发出声音，拍打双手，她又开始让秋千移动。向前、向下、向上荡，向后、向下、向上荡。

我不喜欢滑梯。有时孩子们会用脚走下滑梯，而不是用屁股滑下

---

①《三只瞎老鼠》（*Three Blind Mice*），是阿加莎·克里斯蒂的作品。——编者注

滑梯，这就违反了规则。如果我在滑梯的顶端，另一个孩子开始爬滑梯，那我就不知道该怎么办了。我不能滑下去，因为那孩子挡住了我的路，但我又不能从台阶上下去，因为滑梯的台阶是用来往上爬的。这是规则。所以在滑梯上，我可能没办法解决我的问题，而我不想那样。

而在游乐场，别的孩子可能会打我、推我或者问我问题。那些母亲也会问我问题，用她们的眼神和声音的尾音侵袭我："你叫什么名字？"但我的声音不听使唤，所以我甚至不能告诉她们，我不想回答她们的问题。

而在秋千上，我觉得自己受到了保护，不受这一切的影响。没有人可以碰我，没有人问我的名字，也没有人告诉我不要玩沙子。我只想荡秋千。

母亲再次停止推秋千，但这次她没有说任何关于游乐场的事情。她开始把我从座位上弄出去。我发出很大的声音，拍打双手，让她知道我不想这样做。但她坚持把我从秋千上弄下来。

不要！我还要荡秋千！我还没有玩够。我想待在秋千上！我想待在我的身体里！不要！我还想在这个世界上存在！我需要保持我的身体不断重复，否则我可能会永远失去我的身体。我可能会永远消失！

我大声尖叫，努力告诉母亲我需要继续荡秋千，不然我可能会死。但由于某些原因，她不明白我向她传递的信息。我僵着身体，试图把身体留在秋千上，但她太强壮了，而且不明白我的意思，然后她就把我的身体从秋千上抱了下来。我只好紧闭双眼，这样我就不会看到我的身体离开秋千了。我更加大声地尖叫，这样一来关于我被偷走的身体和秋千的一切就消失了，只有我的尖叫声存在。

接下来我知道的就是，我已经不在室外了。我在车里，正在看巴尼动画片。我在看巴尼和它的朋友们，它们正在做我知道他们应该做的事情。我停止了尖叫。我没有死，因为我正在看巴尼。我很好。

但后来我就不好了。车子走的是错误的路。车子走的路不是回家的路。回家是经过三幢白房子，然后是一幢砖瓦房，然后是一条街，然后是一幢黄房子和两幢白房子，然后是一个红绿灯。然后是教堂、树木，一幢棕房子、一幢白房子、一幢油漆剥落的灰房子，然后是鸽子巷，就是家所在的那条街。

但我们没有走这条路。这条路有个牌子，上面有一个女孩的照片，然后是一幢棕房子、一幢白房子、一幢蓝房子，继而是一条街、一栋楼、一个停车场和一个红绿灯。这不是回家的路。我们总是在离开游乐场后回家，而这条路与我头脑中的回家地图不一致。

我不知道我们要去哪里，但我们不是在回家。我不是回家在我的蓝盘子里吃三块带番茄酱的鸡块，用我的巴尼杯喝果汁，在餐桌上吃午餐。午饭后我不会见到丹尼尔，因为丹尼尔会来我家，而我不会在家。我将在别的地方。

也许我们迷路了，也许我再也见不到我的家了。规则是，离开游乐场后，我们总是直接回家，而这是在破坏规则。如果这个规则可以被打破，那么任何东西都可以被打破。也许世界正在崩塌。

我尖叫起来。我想回家。我想离开这辆走错路的车，但我被困在座位上。我尖叫起来，我的身体正在被炽热而可怕的液体填满。炽热而可怕的液体不停地填充我的身体，直到我的身体被填得太满了，从内部燃烧起来。我摇晃着双手，想把一些炽热而可怕的液体从我的手指里甩出去，但这种液体一直在填满我的身体，它们太丰沛、太炽热，流动得太快了，我的手指根本无法排空它们。

我闭上眼睛，这样我就不必看到错误的房子、建筑和街道。我尽可能大声地尖叫，这样我就能成为我的尖叫声，而不是一个被困在汽车座位上的男孩，这个男孩没能继续荡秋千，而是朝着错误的方向快速前进。

等我睁开眼睛，我意识到我已经不尖叫了。我正躺在床上，盖着巴尼毯子。我看到窗外的树、我的石头盒和墙上的日历。我知道这很好，因为这意味着我到家了，这也意味着世界没有崩塌，但我还是感觉不好。我汗流浃背、疲惫不堪，而且我仍然觉得有太多炽热而可怕的液体在我的体内冒泡和晃动。它们需要流出来，才能为正常的感觉腾出空间。

我躺在床上，思考我们是怎么回到家的。肯定有一条不同的路。我想知道为什么我们走的是另一条路。今天是星期一，阳光明媚，天气温暖，我穿着棕色裤子和红色衬衫。也许在阳光明媚、天气温暖的周一，当我穿上棕色裤子和红色衬衫时，在游乐场荡完秋千之后，我们就走另一条路回家。也许在阳光明媚、天气温暖的星期一，当我穿着棕色裤子和红色衬衫，离开游乐场回家时，我们会经过印有女孩照片的路牌，然后是棕房子、白房子、蓝房子、一条街、一栋楼、一个停车场和一个红绿灯。也许这是个新规则。

我现在很饿。我双脚并行，走下所有十二个台阶，走进厨房。加了番茄酱的三块鸡块放在我的蓝盘子里，我的倒满果汁的巴尼杯、我的叉子和白餐巾全都在桌上，它们组成了我的午餐，就和以前一样。我母亲没有坐在餐桌旁，但我感觉她就在附近。我拍着双手，跳了起来，发出一种快乐的声音，摆脱了体内最后一滴炽热而可怕的液体。

我坐下来吃我的午饭。我感觉很好，但随后我有了一个我不喜欢的想法。我不知道从游乐场回家的路有几条。现在有两条路可以从游乐场回到家。我不喜欢数字二。二是中间。二是未完成的。二是在两者之间，而我不喜欢在两者之间。我希望从游乐场回家的路有三条。

第一条路，也就是老路，要经过三幢白房子，然后是一幢砖瓦房，然后是一条街，然后是一幢黄房子和两幢白房子，然后是一个红绿灯，之后是教堂、树木、一幢棕房子、一幢白房子、一幢油漆剥落的灰房子，然后是鸽子巷。第二条路是我们在温暖的、阳光明媚的星期一所走的新路，当时我穿着棕色裤子和红色衬衫，沿着印有女孩照片的路牌，然后是一幢棕房子、一幢白房子、一幢蓝房子、一条街、一栋楼、一个停车场，还有一个红绿灯以及其他一些我在鸽子巷前没有看到过的东西，因为我闭着眼睛。

一定还有一条路。从游乐场到家，地图上必须有三条路。但如果只有两条路呢？情况就只是这样呢？如果我们被困在了两条路之间呢？

我感到炽热而可怕的液体再次涌向我，但这次我看到了它的到来。在它还没有碰到我的脚趾之前，在它有机会淹没我之前，我就把门关上了。

三只瞎老鼠。三只瞎老鼠。三只瞎老鼠。

三只瞎老鼠。三只瞎老鼠。三只瞎老鼠。

三只瞎老鼠。三只瞎老鼠。三只瞎老鼠。

第23章

完成新的一章后，贝丝提前离开了图书馆。她现在正坐在坎贝尔医生的办公室——其实是他家客厅的沙发上。贝丝开始后悔自己没在车里等，她准时到了，而吉米却迟到了，她觉得独自一人沉默地坐在婚姻咨询师家的沙发上简直令人难以忍受。

而沙发也没有起到任何帮助。一坐下来，贝丝整个人就深陷到坐垫里，她的膝盖被迫分开，双脚被抬离地面。她试图调整自己的坐姿，不让自己显得有什么不对劲，但越是扭动，就陷得越深。坎贝尔医生家的沙发就是流沙。

坎贝尔医生坐在贝丝对面的一张结实的皮椅上，一边喝着咖啡，一边打量着她，一言不发。也许这是某种心理测试。他说了“请坐”，并招手让她过去。也许他是根据她对被沙发垫子吞下的反应来判断她是什么样的人。继续这样坐着表明她是一个随遇而安、适应能力强的女人，还是说明她是一个会默默忍受一切的受气包？她应该礼貌地要求换个座位吗？

她决定保持沉默。她在空中晃动着双脚，就像跟随着一段有趣的旋律。她打量着房间，试图表现得正常一些。

坎贝尔医生有一头灰色长卷发，戴着眼镜，留着胡子。他看起来像骨瘦如柴的圣诞老人。他戴着一枚黄金的婚戒。这很好，婚姻咨询师应该是已婚人士。孩子们的儿科医生没有孩子，这一直让她很困扰。昂贵大学的教材和学位是很好，但对她来说，没有比现实生活更好的学校了。

坎贝尔医生正在用一个白色的星巴克大杯子喝咖啡，这让她很感兴趣。她从来没见过星巴克咖啡店。她在纽约第一家星巴克开业之前就离开了纽约。她只知道它们存在，因为多年来，她常常被游客拦住问路："你能告诉我星巴克在哪里吗？"她永远不会忘记她第一次回答"什么是星巴克"时对方脸上的表情，就好像他在和一个刚从精神病院放出来的女人说话。现在，她只会简短地回答："这里没有星巴克。"然后她在他们惊讶的表情下指向岛上唯一的咖啡馆。

贝丝想知道坎贝尔医生的杯子是哪儿来的。他一定去岛外旅行过。她想知道他去过哪些地方——波士顿、纽约，世界上那些有星巴克的异国他乡。

客厅里没有书架，书籍和杂志却随处可见，要么堆得和贝丝一样高，摇摇欲坠地码在坎贝尔医生椅子两边的墙壁旁；要么散落在地板上的任意位置。这是一个由苏斯博士[①]建造的图书馆。有几座塔看起来好像再放一本杂志或一本书就会倒塌，就像一个即将有人输掉的书籍版叠叠乐游戏。

白墙上光秃秃的，只有一幅画，一幅用书法在茶色纸上精心绘制的家族树，看起来很古老。顺着枝干仔细看时，她意识到这是坎贝尔医生的家谱。如果家谱是真的，那他就是爱德华·斯塔巴克——1659 年楠塔基特岛最早的定居者之一的直系后裔。这让她很震惊，也很惊讶自己竟然不知道他的这些事。

---

① 苏斯博士（Dr. Seuss），美国著名儿童文学家，绘本作家。他的作品中充满了光怪陆离的想象。

纯正的本地血统在岛上代表很高的地位。吉米在这里生活了二十一年，而她在这里生活了十五年，但他们都被看成外地人、外来者、乡下人。他们的孩子在这里出生，所以苏菲、杰西卡和格蕾西是本地人，但只是第一代。她们虽然是本地人，但却是外来乡下人的后裔。坎贝尔医生是本地人，他的祖先可以追溯到很久以前。在楠塔基特岛，坎贝尔医生就是“皇室成员”。这是一个低调的“皇室家族”，没有狗仔队、城堡或华丽的排场，甚至没有任何真正的财富，但它却被广泛认可。事实就是如此。

她想知道星巴克是否与楠塔基特岛的斯塔巴克家族有关系。大概是没有的，否则这个岛上肯定会有一家星巴克。她也没有问。

到目前为止，房间里最有趣的东西是巨大笼子里的猎鹰，它就在坎贝尔医生身后的壁炉旁边。这只鸟长着深灰色的翅膀，白色的肚子上有灰色的斑点，灰色的羽毛包裹着它那令人毛骨悚然的黑眼睛，就像戴着一个恶棍的面具。它的一只翅膀看起来像是被撕裂了、折断了。这只猎鹰站在一段浮木上盯着贝丝，几乎一动不动。它看起来气势汹汹，好像要把她的眼睛啄出来。

“那是奥斯卡。别担心，他很温顺，不会打扰我们的。”坎贝尔医生说。

贝丝点点头，有点儿心烦。

门铃响了。谢天谢地，人终于来了。坎贝尔医生起身给吉米开了门。

“这是给鸟的。”吉米说，递给坎贝尔医生一个黑色垃圾袋。

坎贝尔博士瞥了一眼袋子里的东西，笑了。“很棒。请坐吧。我马上就回来。”

楠塔基特岛的本地人喜欢以物易物。贝丝和吉米以前修车付的是扇贝。吉尔的丈夫米奇看牙付的是自己的建筑活儿。坎贝尔医生接受用路上被撞死的动物作为报酬。

吉米坐在沙发的另一端，他和贝丝之间隔着一个垫子。他像贝丝一样陷了下去，但他看起来并不像她那样不舒服。他的脚仍能着地。

“你迟到了。”她小声说。

“我好不容易才找到一些东西。”

“袋子里是什么？”

“松鼠。”

“真恶心。你为什么不去杂货店买些宠物食品？”

“这么做就是为了节省二十美元。我如果去给它买东西，那就有点违背初衷了。”

“你在哪里找到这只松鼠的？”

“迈尔斯通路。”

“你洗手了吗？”

在吉米回答之前，坎贝尔医生就拿着贝丝只能从气味上推测是死松鼠的东西回来了，他打开鸟笼看了一会儿，把笼子闩上（贝丝很仔细地注意到了），然后坐回皮椅上。他拍拍大腿，笑了笑。

就没人去洗手吗?

“那我们开始吧，”坎贝尔医生说，“我们为什么在这里？”

没人回答。贝丝和吉米各自舒服地保持着熟悉的沉默，不舒服地坐在凹陷的座位上。贝丝看了看吉米，他正盯着自己沾满细菌的血腥的手。她越过坎贝尔医生的肩膀看向奥斯卡，奥斯卡的黄色的喙上挂着一点松鼠的黏液，它那双充满掠夺性的黑眼睛仍在打量着她。

“吉米，”坎贝尔医生说，“你先开始吧。”

“嗯，啊，我们分居了。我们已经结婚十四年了，现在分居了，我们正在努力复合。”

吉米紧握双手，等待着她说话。就这样。这就是他的总结。

抓住他，奥斯卡。把他的眼睛挖出来。

“我们分居是因为他出轨了，我不知道我是不是想复合。”

“好吧，”坎贝尔医生没有表现出任何明显的愤慨，也没有像贝丝希望的那样站到她这一边，“吉米，你为什么要出轨？”

吉米更不安了，在他的坐垫上陷得更深。一只长着白爪子的黑猫大摇大摆地走进房间，经过他们时擦过贝丝垂下的双脚，然后蜷缩在一扇窗户旁的阳光照耀下的地板上，就在一个书塔的阴影之外。吉米对猫过敏。

“我不知道。”

“贝丝，你觉得他为什么要出轨？”

因为绍特酒吧太性感，安吉拉太性感，我不够性感。他不再被我吸引，他不再爱我了，他是个混蛋，他是个骗子，他是个出轨的渣男，他是个男人。“我真的想听听吉米的回答。”

贝丝和坎贝尔医生看着吉米，等待着。一只灰色的猫跑进房间，把黑猫从地板上的阳光地带赶走。它们都消失在沙发后面。奥斯卡“啾啾”地叫着，用它那只完好的翅膀拍打着笼子。吉米揉了揉鼻子，清了清嗓子。

“听着，我知道我错了。在那件事上，我是坏人，我真的很抱歉。我希望我们能放下过去，重新开始。重提那件事情不是等于再伤害贝丝一次吗？”

“重提就意味着我们已经准备解决这个问题了，但我们根本就没有谈过这件事。”贝丝说。

“贝丝，你原谅吉米了吗？”

“没有。”

“你准备好把他的不忠抛在脑后，重新开始了吗？”

“没有。”

“如果要复合，重要的是，你们俩都要明白为什么会发生这种事，并以某种方式达成和解。如果你们没有意识到为什么会发生这种事就复合了，那这种事很有可能会再次发生。所以你们要冒险谈论一些对你们俩来说都不舒服、有点痛苦的事情，是不是？”

坎贝尔医生家某处的电话响了。坎贝尔医生抿着咖啡，就好像没有听到。他们三个人默默地坐着。电话不再响了。他们三个人依然静静地坐着。

“她总是对我不满意。我都不记得上一次她见到我回家觉得很高兴是什么时候了。”

“你到家都凌晨两点了！我已经睡了，吉米。我很抱歉，我没有起床，脸上挂着笑容，打扮得漂漂亮亮的，拿着拖鞋和雪茄在门口迎接你。”

“甚至我在去做调酒师之前，你就讨厌我在你身边了。”

“那是因为你不工作。我讨厌你不工作。你很痛苦，在家里闷闷不乐，整天给我添乱，好像那房子是你住的酒店，而我是酒店服务员。”

“家里的一切都必须完全按照她喜欢的样子来。一切都必须是完美的。我并不完美，贝丝。没有人是完美的。”

“我并不追求完美，吉米。介于可悲的出轨混蛋和完美伴侣之间的男人就很好了。”

他什么也没说。她双臂抱胸，摇晃着脚，很满意自己说出了最后一句话。

“好吧，吉米，让我们回到那个问题上，”坎贝尔医生重新调整了与他俩的谈话方式，就像父母对两个学龄前儿童说话一样，“你觉得自己不被需要，不开心。那你和贝丝谈过你的感受吗？”

“没有，但这不是很明显吗？”

“也许是，也许不是。你不告诉她，你就没有给她机会来帮你或做出改变。你必须说出你的需求，敞开心扉，让贝丝有机会了解你真正的需求。我们人类不会读心术。”

吉米点点头。

“贝丝，你和吉米在一起不开心吗？”

“在我发现他出轨之前吗？”

“是的。”

“嗯，是的，任何人都会。他不再捕捞扇贝后，他就失业了。和他在一起并不开心。”

“你也不是真的支持我。”吉米说。

“你这话是什么意思？我怎么不支持你了？”

“她对我们见到的每个人都说我是无业游民。”

“我从没这样说过。我只是和别人提了这件事，这样谁有工作机会的时候就会给你打电话。”

“那你呢？我也没见你出去找工作养这个家啊。”

“我看了所有的报纸，上面全都没有职位空缺。而且我有工作。还记得我有做那些避暑别墅的看护工作吗？”

“那也就每个月赚个几百美元，根本不是真正的工作。”

“那我在这里应该做什么工作，吉米？自从十四年前嫁给你后，我生了三个孩子，生活在这个该死的岛上，我放弃了我的生活。我本该去上学，成为一名作家的。”

“我从来没有阻止过你写作。”

当格蕾西还是个婴儿、杰西卡和苏菲还在上幼儿园的时候，贝丝几乎连洗澡的时间都没有，更别提写什么有创意的东西了。那可能就是她把所有的文章、短篇小说和笔记本放进阁楼的时候。她根本没有时间或空间来写作。但孩子们长大了，也更独立了，她们上学了。贝丝有了足够的时间来洗澡，她也有足够的时间和空间来重新写作，可她并没有。有什么东西阻止了她，但那不是吉米。

“好吧，我现在开始写作了。”她说，就像这是对他的威胁。

“那你以为我的人生梦想就是当调酒师吗？”

“你喜欢做调酒师。”

“一开始我并不喜欢，我还是宁愿在船上工作。”

“那我还宁愿有一个没和女服务员乱搞的丈夫。”

贝丝现在的声音是空洞的，因愤怒而颤抖着。她眨着眼睛忍住眼泪。她讨厌自己生气的时候总是哭，好像她的情感线路分岔了。她的心怦怦跳动支持着她的愤怒，她涨红的脸庞感受到她的愤怒，她的大脑理解她愤怒的原因，但她的眼睛接收了所有这些信息并得出结论：她很伤心，那就流泪吧。这很让人生气。

“对不起。”吉米说。

“你是应该觉得对不起。”

“那这段外遇结束了吗？”医生说。

“结束了，她想让我离婚娶她，但这绝不可能。整件事就是个巨大的错误。我保证，一切都结束了，这样的事情绝不会再发生。贝丝，我真的不想失去你。”

“贝丝，你还相信他吗？”

贝丝想了想。她不知道该想什么。她更愿意想他现在离开了绍特酒吧，直接去了他朋友哈利的公寓，独自睡在哈利的公寓的客房里直到中午，整个下午都在为他自己的所作所为感到难过，再去工作。

但安吉拉还在绍特酒吧。贝丝想到他们两人在那里的情景：安吉拉和他的微笑、大笑、触摸，她的手放在他的胳膊上，还有吻。贝丝脑海里更容易想象这些画面，比想象吉米独自睡在某个她从未见过的公寓里更生动、更真实。她想象着安吉拉的项链在大胸之间晃荡，呼吸着一股强烈的死松鼠和其他东西的味道。是猫尿吗？她感到身体不适。“我不知道该相信什么。他们每天晚上都在一起。”

“我们没有每天晚上都‘在’一起。我们只是在同一个地方工作。”

“好吧。她在他当调酒师的地方工作。我不知道我是否能再次信任他。”

“我保证，我和她已经结束了。”

“是啊，只是，很显然你并不总是信守承诺。”

坎贝尔医生放下他的星巴克杯子，摇了摇头。大家都在等待。

“你听到那个声音了吗？”坎贝尔医生问。

贝丝摇了摇头。吉米什么也没说。

“仔细听。”坎贝尔医生说。

贝丝听到吉米在抽鼻子，外面有车开过。

“对不起，我马上就回来。”坎贝尔医生冲出了房间。

贝丝和吉米默默地坐着，眼睛直直地盯着前方，期待着坎贝尔医生在几秒钟内回来。这并没有发生，吉米开始焦躁不安。他清了清嗓子，声音比坎贝尔医生在的时候大多了。贝丝啃着她的指甲。吉米看了看他的手机。她看了她的。

她没有听到任何声音。也许这是某种测试，是对行为不端的夫妇的某种暂停的措施。也许那句“仔细听”是对他们说的。

好吧，这根本没用。他们不知道如何与对方交谈。他们不知道如何倾听。这就是他们来这里的原因。除了可笑地挤在坎贝尔医生家的沙发上，被猎鹰追踪，对吉米的背叛感到愤怒，对生气时的哭泣感到尴尬，对想到吉米和安吉拉还在见面感到恶心，贝丝现在还感觉到了被抛弃和被操纵。这个心理咨询师都不知道自己是干什么的。

坎贝尔医生还没有回来，而吉米和贝丝之间的沉默也在扩大。坎贝尔医生走了，沉默也随之发展，成了房间里实际的存在，跟猎鹰一样真实和凶猛。它邪恶的眼睛正追逐着他们。它在坎贝尔医生不在的时候释放出来，舔着嘴，等待在合适的时机发起攻击。吉米和贝丝之间的沉默最想吞噬他们，因为这是它多年来一直想要实现的目标。

最后，在看似长如他们的整个咨询过程、但可能只有几分钟后，坎贝尔医生回到房间，坐在他的皮椅上，叹了口气。

“很抱歉，我的狗跑出去了。现在，让我们回顾一下我们达成的共识。吉米，你需要感受到被需要，并且给贝丝带来幸福。贝丝，你需要能够相信吉米，即使在他不开心的时候也能来找你聊聊，而且再也不会对你不忠。对不对？这样说对吗？”

“说吉米是唯一觉得不被需要的人，我认为这是不对的。他背叛了我。这才不是需要我，我才不会出轨和‘需要’另一个人。”

“是的，这确实是。好吧，让我们把这一点也加入进去。你们俩都想感到被需要、幸福、安全感和爱，是不是？这样说对吗？”

“对的。”贝丝说。

“是的。”吉米说。

“那好，这就是我们接下来要努力的方向。”医生拍着他的大腿说。

“但若彼此就是对的那个人，这些东西不是应该自然而然就产生的吗？”贝丝问。

“有些是这样，但有些需要沟通和努力。”

吉米打了个喷嚏。贝丝在心里说“上帝保佑你”，然后抿着嘴对坎贝尔医生露出一个羞怯的微笑。

“好吧，”坎贝尔医生看了看表，“以下是你们的作业。我要你们每人拿出四张纸：一张代表被需要，一张代表幸福，一张代表安全感，一张代表爱。我要你们写下你们需要看到和听到的具体行动和语言，以便感受到这些感觉。你们能想到多少就写多少。不要隐瞒任何感受。”

“呃，比如，你是指什么？”吉米问道。

“这四种感觉对你们两个人来说都是必需的，但它们的具体表现形式可能是不同的。比如，对你来说，你感受被爱的方式可能是每次下班回家时都会得到贝丝的拥抱和亲吻，可能是贝丝递给你的雪茄和拖鞋，还可能是性生活。而对贝丝来说，它也许是同样的事情，也许不是雪茄和拖鞋，但可能是别的东西。贝丝想要的被爱可能表现为帮她洗衣服或带她出去吃饭。”

贝丝点点头。

“被爱、幸福、安全感、被需要——这些都是最基本的心理需求，对不对？只是因为它们都是最基本的需求，人们常常认为它们应该会自动产生。但是，让你的船浮起来的东西可能不会让她的浮起来。我们都是不同的。除非你们用具体的方式交流，让你们感受到爱和幸福。否则，你的伴侣可能会意识不到，然后我们就会觉得自己没人爱和不幸福。是不是？”

吉米点点头。

“好的，那今天就到这里。你们做得很好。”坎贝尔医生说。

吉米像个听到下课铃响的男孩一样跳了起来。以死松鼠抵扣二十美元后，他用现金支付了坎贝尔医生的咨询费，贝丝则摇摇晃晃地从她的洞穴里站起来。贝丝向坎贝尔医生道了谢，双手插在口袋里微笑着。随后，她和吉米走到车道上。

“你怎么想？”确定医生听不到之后，她立刻问道。

“我觉得那家伙真的很奇怪。”

贝丝笑了。

“他可能比我们更需要治疗。”吉米微笑着说。

“真的吗？”她问道，她想从他那里得到的不仅仅是微笑。

“心理咨询并不适合我。”

她点点头。

“但如果有用，那就值得，对吧？”他问。

她点点头。

“好吧，我得去做作业了，”他笑着说，“再见。”

“再见。”她回道。

她上了车，笑了起来，与其说是因为什么有趣的事情，不如说是因为紧张得到了释放。客厅、沙发、用动物付的报酬、猎鹰的黑眼睛、猫、“吵闹”的狗，整个经历都很奇怪。

在开车回图书馆的路上，贝丝想到了她的家庭作业，她已经迫不及待地想要开始写下一章了。被需要、幸福、安全感还有爱，她需要什么才能感觉到被需要？她需要什么才能感觉到爱？吉米的四页纸会有什么内容？她书中的男孩需要什么才能体验到这些感觉？

她的思绪在他们的心理咨询经历中漫游，她一边开车一边不停地在脑海里重播这段经历。

信任、愤怒、沉默、沟通、猎鹰、那个沙发、气味、那些猫和狗。

她的思绪随后又转到她书里的那个长着棕色眼睛的男孩，在她已经写好的章节中徘徊。

没有说出口的话、蓝天、重复、他母亲。

被需要、幸福、安全感、爱。

坎贝尔医生也许有点古怪，但也很聪明。

第24章

我正在客厅里排列我的一些石头。这条线是由我上周收集的石头组成的。这是一条用新石头排成的线。这条线从咖啡桌延伸到墙边。等我完成后，这将是一条由一百二十八块石头排成的线。在走到墙边之前，我在脑海里画出了一条由一百二十八块石头排成的线，我已经很兴奋了。

这也是我不再排列恐龙等塑料动物的原因，因为我的东西总是不够用。我可以按照类型、大小或颜色来排列，或者按照一种动物被另一种动物吃掉的顺序来排列，或者按照谁跑得快来排列，但那条线从来不能从咖啡桌一直延伸到墙边。我总是需要更多的恐龙等塑料动物。

我不得不等我的母亲或父亲从商店买来更多的恐龙等塑料动物，但他们买的总是不够，有时他们根本就不买。即使我和他们一起去商店，我恳求他们买更多的东西，他们也不能总是给我买我需要的恐龙等塑料动物。

“不行，你的大象已经够多了。今天不行，你不需要更多恐龙了。”

但是他们错了，我的大象不够多，我确实需要更多恐龙。他们说的“不行”和“今天不行”让我想要爆炸，把我需要的恐龙等塑料动物留在商店里，而我家里的恐龙等塑料动物队伍甚至还排不到墙边。

所以我决定不再用恐龙等塑料动物来排队了。石头就好多了。我母亲几乎每天都带我去海滩，我总是能在那里找到更多我需要的石头。我母亲甚至会忘带我的绿色水桶，那也没关系，因为我可以在一个裤子口袋里装二十一块大石头，在另一个口袋里装四十八块小石头。而且如果天气很冷，我穿着大衣，我可以在一个大衣口袋里放二十七块大石头，另一个口袋里放五十四块小石头。

在海滩，我母亲从来不会说“不行”或“今天不行”。海滩上的石头是免费的。我想要多少石头，就能收集多少带回家。

收集石头是有规则的。它们必须大部分是白色的，大部分是光滑的，大部分是圆形的。而大部分的标准由我来判定。

有时，我找到一块玉米糖形状的石头，它实际上不是圆的，而是三角形的，但是如果它很光滑、很白，我就会留着它。如果一块石头真的很好，是圆形的，但有点黄或是有一些凸起处或裂缝，我也会留着它。我母亲称这些为规则的例外，但我只是称它们为规则的一部分，这样就可以了。

在家里，我喜欢数它们、整理它们，把它们排成一行，穿过我的卧室地板、客厅地板和厨房。如果外面很暖和，不是太冷或下雪下雨，那就排到露台上。厨房的地板很难排，因为有地砖。我必须提前思考和计划，确保整条线用到的空间，这样就不会有石头掉进瓷砖之间的缝隙里。每块石头都必须在一块瓷砖上，而且我不能为了跳过一个缝隙就用一个大的空隙切断石头线，因为那样我就是摆了两条线而不是一条。我不喜欢数字二。

在厨房很难排列石头线，还因为我母亲经常在厨房里走来走去，但我没有注意到她，等注意到时，已为时已晚。她有时会走过我的石头线，把一些石块踢出位置，或者让我“把这些石头清理干净，把这些石头拿开”。无论哪种情况，石头线都会被破坏。要是我的石头线被破坏了，我也会被破坏。因此，我喜欢把我的石头排在一个它们和我都不会被打扰、被踢、被清理或被破坏的地方。

一旦了解了我的石头，它们就可以以各种方式排成一行。它们可以按大小排列，从比豌豆小的（这些通常也是最圆最白的）到我手掌大小的（往往是椭圆形的）。它们可以按光滑程度排列，从没有裂缝或凸起处的到有裂缝和凸起处的。它们还可以按形状排列，从完美的球体到鸡蛋形、珠子形和玉米糖形的，再到完美的椭圆形的。

它们可以按颜色来排列。人们称我的石头为安东尼的白石头，但这样叫并不对，因为这并不是事实。我的石头只有少数是纯白色的，大多数石头是白色里还混着其他颜色，比如黄色、灰色和粉色。如果你花时间了解它们，真正看到它们，你就会明白，我的大多数石头不仅仅只是白色。

在得知大部分不同的白色的名字的那天，我非常兴奋。那是 8 月 22 日，星期天，我的母亲和父亲正准备给门窗周围的木头上漆，我母亲在厨房桌子上摊开了一堆纸条。每张纸条上都有六个长方形，都是不同的白色！就像我的石头一样！看到这些带着白的颜色的纸条，我太激动了！

母亲发现我看到纸条上的长方形色块很兴奋，于是她指着每个长方形色块，告诉我它们的名字：超级白、装饰者白（白中带灰）、白鸽（白中带黄）、中庭白（白中带橙）、古董白（白中带黄和橙）。

还有很多带黄调的白色：亚麻布白、纳瓦霍白、浮雕白、象牙白、贝壳白。还有灰调的白：骨质白、中国白、牛津白、纸白、云朵白、沙丘白。还有蓝调的白：号角、蓝色面纱。还有粉调的白：富丽白、雪花白、白仙粉黛。

在 8 月 22 日剩下的时间，我都待在我的记忆房间里。我记住了所有这些带着白的色块的名字。这让我非常高兴，因为现在我有名字来命名石头的颜色了。我可以把所有的雪花白石头排成一列。或者，我可以按名字把所有黄白色的石头排成一列：白鸽排在第一位，贝壳白排在最后。

今天多云。我把超级白、云朵白和沙丘白的石头排成了一条线，以配合天空中云的颜色。这条线从咖啡桌上最小的鹅卵石开始，到墙边最大的石头结束。

这条线上有一百二十八块石头。其中有十一块超级白石头，七十八块云白石头，三十九块沙丘白石头；有三十六块小的石头，八十块中等大小的石头，还有十二块大的石头。十一块超级白的小石头，零块超级白的中等大小石头，零块超级白的大石头。二十块云朵白的小石头，五十块云朵白的中等大小石头，八块云朵白的大石头。五块沙丘白的小石头，三十块沙丘白的中等大小石头，四块沙丘白的大石头。

我躺在地上，头靠着咖啡桌一角的冰冷木地板，看着我的石头线。它是如此美丽。我的手指充满了快乐。

我母亲有时会看着我的石头线，点评它们：

那条看起来像恐龙尾巴的骨头。

那条看起来像我的珍珠项链。

那条可能是天空中的一排云。

我不知道她为什么对我的石头线说这些话。它们就是石头线。有时我按照某种规则来排列它们。有时我会排列一条都是椭圆形石头的线，或者都是白鸽色的（我们的门窗周围涂的颜色），或者都是中等大小石头的。但它们始终都是石头线，而且它们总是很美。

我母亲说我的石头非常古老，来自火山。她还说，是海水的能量让它们变得如此光滑。但我觉得她只是编了一个有趣的故事，因为火山会制造一种叫熔岩的东西，那是一种橙色的炽热液体，然后变出黑色而不是白色的岩石。而且我把一些凹凸不平的石头拿到水槽里，用水浇了很久，它们也没有变光滑。所以我觉得不是火山或水造就了这些石头。我觉得我的白石头是生来如此。

我从咖啡桌的角落移到石头线的中间。我再次趴下，眼睛盯着地面，看着我的石头线。很完美。我笑了笑，让视线变得模糊，这样石头线就会永远延伸下去。

但在永远的边缘，有些事情正在发生。另一条石头线正在形成。我揉了揉眼睛，因为我觉得它们可能在欺骗我，在我的脑海里又排列了另一条石头线，而不是真的在客厅地板上。然后我注意到有一只手，那只手正在放入更多的石头。我认得那只手，那是我母亲的手！

我母亲的手在往我的石头线旁边的一条直线上加入更多的石头。她的石头线上有象牙白、浮雕白和亚麻白的石头，都是小石头，大部分都是圆的。她的动作停了下来。这条线停止变长了。我母亲的手停了下来。石头线停止了增长。这条黄白色的小圆石头线上共有二十一块石头。

当我正在欣赏这条新的石头线时，我看到我母亲的鼻子、嘴和下巴在石头后面的地板上。我迅速看去，看到了我母亲的眼睛。我把它们放在一起，就看到了我母亲的脸。我母亲的脸和我的脸一样躺在地上。

妈妈，你的石头线真漂亮！它也能让你平静和快乐吗？你也喜欢排列石头吗？

我真希望我能说出话来，这样我就可以问她了。但我仔细看了看她的嘴，我看到母亲的脸在微笑，我不需要声音就能知道她的答案。

第 25 章

现在是 10 月初，日历翻开了新的一页，这也是秋天第一个真正寒冷的日子。但是季节的变化和生活的突变，感觉发生在一个月前。劳动节之后，大批有学龄儿童的消夏家庭立刻撤离了楠塔基特岛。在仍是假期的周一，岛上像往常一样熙熙攘攘，但到了周二下午，岛上变得出奇空旷和安静，仿佛能听到呼吸的声音。奥利维亚现在又可以放松了，随便哪天她都可以去便利店，开车等不了几分钟就可以直接左转，还可以独自在海滩上漫步。但奇怪的是，正如在夏天面对涌入的人们时需要花工夫主动适应，面对他们的离开，奥利维亚也要花很多工夫去适应。

在劳动节过后整整一个月，奥利维亚发现自己仍然被困在抑郁之中。她之前就喜欢独处，现在更喜欢了，但是出于某种原因，当所有人在 9 月份离开楠塔基特岛后，她感觉自己被抛弃了，就像她真的错过了这条船。她没有更多海滩人像摄影的工作安排，她10月、11 月和 12 月的日历上都未做标记。幸好她还有大量的照片编辑工作要做，这些活儿至少可以让她在接下来的一个月里保持忙碌，但每天早上醒来她都觉得自己好像无事可做。没有例行要做的事，也没有生活的意义。她无时无刻不在想念安东尼，在意想不到的时刻感受着他鲜活的感官闪现。她闭上眼睛，就能看到他的卷发紧贴着他的脖子，他的小手与手指看起来和她的一模一样，他圆圆的肩膀，他沉睡时平静的脸。晚上她听着蟋蟀的叫声，就能听到安东尼光着脚在地板上奔跑的声音，他笑声的旋律，他的咿呀咿呀声。她呼吸着秋天清新的空气，就能闻到他皮肤的味道，好像在阳光下晒了一天或洗了泡泡浴之后的味道。

奥利维亚仍在努力理解这一切发生的原因。她祈祷着，仍在努力用她的灵魂来聆听上帝的回答，仍然完全不知道该怎么做。她感觉自己在努力地用眼睛去闻、用鼻子去听。或者更不切实际一点，就好像她在努力哄骗自己身体的某个部位或者她甚至不确定是否存在的某个自己，去变成一根天线、一根能够接收来自天堂的智慧的天线。但这让人感觉毫无成效，甚至有点疯癫。

不过，今天是个好日子，她可以远离那些没有回应的祈祷和漫无目的的孤独。今天，她是罗杰・凯利在蓝牡蛎酒店婚礼上的助理摄影师。罗杰是岛上备受追捧的婚礼摄影师。他的助手在岛外的家里出了急事，这让罗杰不知所措。奥利维亚在 7 月为摩根全家拍摄了海滩人像照，而摩根夫人是新娘伴娘的母亲的最好的朋友，通过口口相传，奥利维亚得到了这份工作。这将是漫长的一天，报酬也不高，只比人像摄影多一点，但她不需要编辑任何照片，而且她很感激有事可做。

罗杰请她拍摄时下流行的、更具纪实风格的新闻照，而他自己负责拍摄摆好姿势的、更加正式的传统照片。他负责“蔬菜”部分，她负责“甜点”部分。奥利维亚浏览着相机里一些已存的照片，时而停顿一下，对她喜欢的照片点点头。比如新娘父亲亲吻女儿脸颊的照片，新娘大笑的照片，新郎在新娘耳边低语的照片，学龄前女花童提起她裙子薄纱、想看她穿的漆皮玛丽・珍鞋的照片。

婚礼在蓝牡蛎酒店简朴的人造海滩上举行，这里可以俯瞰整个港口。现在，在酒店的露台上，婚宴正在热火朝天地举行。今夜，天空被明亮的月亮和闪烁的星星照亮了。火炉里燃烧着熊熊的火焰，桌子中间摆放着像灯柱一样的户外加热器，使得夜晚寒冷的空气不会穿透精致的白色帐篷。奥利维亚拍下了海港上空的月亮、白色亚麻桌布上的茶灯、盛满蔓越莓的玻璃碗，还有旁边放着一杯香槟的白玫瑰新娘捧花。

活动正在舞池里举行，但奥利维亚的注意力却被一个独自坐在六人桌旁的男孩吸引了。他看起来大概七八岁，有一头蓬松的金色长发，穿着白衬衫、卡其裤和一双帆船鞋。他很可爱。他把食指塞在耳朵里，胳膊肘向外伸展着，在座位上前后摇晃。咔嗒、咔嗒、咔嗒，奥利维亚拍下他的照片。她看着相机屏幕，发现他眺望远方，目光没有聚焦。

乐队演奏完《爱的小屋》，男孩的母亲回到桌前看他。她吻了吻他的头顶。咔嗒、咔嗒、咔嗒，奥利维亚拍下这几个镜头。母亲回到舞池。男孩继续用手指堵着耳朵，摇摆身体。

乐队很吵。人们不得不扯着嗓子说话。歌手的声音被麦克风放大，低沉的贝斯声、上百个人的呼喊声，还有舞蹈、灯光、篝火的气味——这一切都超出了可承受的极限。这个小男孩正在对抗刺激的冲击，尽他最大的努力来屏蔽所有的刺激，利用摇摆身体来创造自己的刺激去集中注意力，创造一个舒缓的摇摆节奏，一个摇篮。

父亲走到桌边，在儿子旁边坐下。咔嗒、咔嗒、咔嗒，奥利维亚拍下这些场景。父亲喝完酒，在座位上又听了一首歌。母亲满头大汗、满心欢喜地回到餐桌旁。她对儿子说了些什么。他摇晃着，并没有看她。母亲拉起父亲的手，父亲笑了。咔嗒、咔嗒，奥利维亚又拍下两张照片。他们回到舞池。

奥利维亚感到她的胃在收紧，意识到自己一直在屏住呼吸。她吐出一口气。她知道这是什么情况，她经历过这些。那个可爱的小男孩只能应付这么长的时间。对别人来说是喜庆的事，对他来说就是痛苦。这一切对他来说一点都不好玩，奥利维亚其实希望他的父母把他留在家里由保姆照看，或者他们今晚就玩到这里，早点离开。但是她也理解他们想让他参加婚礼的渴望，想把他打扮得像其他受邀参加婚礼的男孩一样，带他一起来，冒险再听一首歌，开心地玩一个晚上，在这里成为一个完整的家庭。

她和大卫最终不再带安东尼参加婚礼、生日派对和节日派对，因为把他留在家里比去公共场合冒险更容易也更安全。孤独症儿童不适合吵闹的聚会，如果这个男孩的父母待得太久，结果也不会好。在某种程度上，用手指堵住耳朵在座位上摇晃是不够的，男孩的神经会崩溃，无法再多忍受这种疯狂一秒。他要么崩溃，要么逃跑；不是反抗，就是逃避。

奥利维亚认为他的父母很清楚他们在赌什么，虽然她再次屏住呼吸为男孩担心，但她也支持他们。她希望他们能够在这个隐形定时炸弹的导火索被点燃之前，在世界从甜蜜的婚礼晚宴变成痛苦的逃离任务之前，能设法以丈夫和妻子的身份至少再跳一支舞。但眼下，他们还在跳舞，似乎没有注意到嘶嘶作响的导火索。奥利维亚看了看表，时间已经很晚了。

乐队用一首慢歌改变了气氛。男孩的父亲把妻子抱在怀里，她的头依偎在他脖子里。两人前后摇摆，围成一个小圈，尽管身处拥挤的舞池中，但他们似乎完全专注于彼此，专注于他们共同创造的独特节奏，好像其他人都不存在。咔嗒、咔嗒、咔嗒，奥利维亚拍下这一幕。

奥利维亚放下相机，没有再借镜头观察这对夫妇。一股情感的波浪在她的喉咙里涌动，她吞咽了好几次才把它咽下去。

哦，大卫。

为什么他们做不到呢？为什么他们不能互相扶持，与世界隔离呢？为什么他们不能向无法控制的东西投降呢？为什么他们没有足够的勇气去庆祝拥有患孤独症孩子的生活呢？她是想这么做的，而且她认为自己最终做到了，但这花的时间太久了。正当她准备跳舞时，音乐停了。

奥利维亚回头看了一眼男孩的桌子。他不见了。恐慌淹没了她的每一个细胞，使她瘫痪了一瞬，但随后一种训练有素的强大本能开始发挥作用。

出口在哪里？她仔细看着通向停车场的酒店大门。他想回家，而车都停在那里。这辆车既熟悉又安全，或者他们就住酒店。不管怎样，他都必须经过进出厕所的人群，必须经过嘈杂的大厅，必须经过门房和前台。

她朝另一个方向看去，那条有风的小路穿过草坪，通往楼梯、海滩和港口，通往水边，远离人群、帐篷和所有的喧嚣。如果安东尼逃跑了，他一定会去那里。

奥利维亚忘记了一切，跑了起来。每跑一步，她的高跟鞋都会陷进蓝牡蛎酒店草坪下的松软土地，拖慢她的脚步。她踢掉鞋子，光着脚跑下冰冷的石阶，向上帝祈祷，祈祷等她转过街角看到海滩时，他会在那里。

第26章

贝丝从厨房的窗户往外看，看着吉米带孩子们驾车离开，感觉自己被丢下了。这是周六下午的晚些时候，吉米一个小时前就过来了，他说自己今晚休息，提出带孩子们去巴特利特农场徒步，之后再一起吃晚饭。一开始她犹豫是否应该应允，倒不是因为她和孩子们有其他迫在眉睫的安排，而是因为她没有参与其中。

过去的几个月里，吉米的突然造访会让贝丝觉得不安或愤怒，但今天她却很享受他的陪伴。进屋前，他在门口的垫子上擦了脚，然后把客厅顶灯烧坏的灯泡换了，说他会安排清洁工过来清理烟囱，他还问了孩子们在学校的各种问题。他也问了贝丝很多关于孤独症患者的问题，还有她正在写的书。他体贴、殷勤，而且真诚地与她对话。

在他们离开之前，吉米骄傲地告诉贝丝，他已经完成了坎贝尔医生的家庭作业，贝丝说她还没有开始做作业，他听了非常沮丧。她需要完成这项任务。她知道自己一直在逃避做这个作业，她也一直在逃避问自己为什么要逃避。

贝丝找到一张打印纸，坐在餐桌旁。她画了一个十字，把纸分成四格，并在每个象限的顶端写下一个词：被需要，幸福，安全感，爱。她目不转睛地盯着那页纸，眼睛失去了焦距。她用钢笔敲着牙齿，做了几分钟的白日梦。她突然停下来，准备重新开始。被需要，幸福，安全感，爱。一片空白，一片空白，一片空白，还是一片空白。

贝丝叹了口气，把纸折好，塞进口袋。她还是改天再做吧，过会儿再做。

她很庆幸这种作家写作的瓶颈仅存在于她的私人生活，而不是她的小说中。贝丝的小说还没有定下名字。她仍然几乎每天都去图书馆，每天早上都为去那里而兴奋。这个故事来得很容易，她为自己迄今所写的东西感到自豪，当重读之前的章节时，她完全相信自己能够以某种方式捕捉这个虚构的孤独症男孩的声音。

她手里仍然拿着一支笔，小说中的场景正在她的脑海中上演，这触发了一种几乎是强迫她去写作的冲动。贝丝看了看表。她从厨房的窗户望出去，看着车道上几分钟前吉米的卡车停的位置。她突然有了一个想法，她站起来，抓起钥匙和包出了门。贝丝没有做婚姻咨询师布置的家庭作业，没有打扫卧室，也没有整晚躺在沙发上看电视等孩子们回家，而是去图书馆写作。

贝丝跨上台阶来到二楼，但随后她的心沉了下去。有四个人坐在惯常空着的桌子旁。商会的艾迪·安提科正坐在她的座位上，而帕梅拉·文森特正在讲台上大声朗读。贝丝朝坐在咨询台后面的玛丽·克劳福德走过去。

“这是怎么回事？”贝丝小声问道。

“是《白鲸》的二十五小时朗读活动。”

“真的吗？他们开始多久了？”

玛丽抬头看了看钟，又自己算了算。“有六小时四十分钟了。你想读吗？我们可以在凌晨四点到六点之间为你安排。”

那你真厉害！

玛丽给贝丝看了花名册。罗斯·德里斯科尔，花园俱乐部的负责人，已经至少七十岁了，按照计划，他会在凌晨三点朗读。玛丽·克劳福德报的是六点。

“不、不用了，谢谢。”贝丝尽量让自己不笑出来。她无法想象，为什么一个神志清醒的人会在凌晨四点或任何时候在图书馆朗读或听别人朗读《白鲸》。在淡季，楠塔基特岛上的消遣是一种非常主观的体验。

贝丝环顾四周，徒劳地寻找能够留下来写作的方法，希望自己不必离开。她可以试着在楼下或者咖啡馆里写作，或者可以在安静的家里的餐桌上写作，但她对写作地点的迷信已经超过了一个连续击球的棒球运动员。她必须在图书馆里，坐在离讲台最近的长桌旁，面对着窗户。贝丝知道自己的这套严苛要求很病态，而且这也不可能真的有帮助，但她就是相信这是真的。这就是她感受到灵感的地方，这就是安东尼的故事进入她内心的地方，这就是奇迹发生的地方。

她不情不愿地走了出去，拉上外套的拉链。她在车门前踌躇不定。她大老远跑到市中心，不想一无所获就掉头回家。她在这里还能做什么？也许乔治娅在蓝牡蛎酒店。也许她可以休息一下，去酒店的酒吧喝一杯。这个计划很完美。

贝丝轻快地走过四个街区，和乔治娅见面然后再来一杯烈性马天尼的想法让她兴奋不已。但等她到达蓝牡蛎酒店边，她看到酒店的人造海滩上正在举行婚礼，她不禁停下脚步，泄了气。正在举行婚礼意味着乔治娅很忙，没空喝酒。那现在怎么办？她大老远跑到市中心，又一路走到了蓝牡蛎酒店。

她看到乔治娅站在两排整齐的白色折叠椅后面，决定悄悄走过去，至少谨慎地跟她打个招呼。

“嘿。”贝丝现在站在她朋友旁边，小声说。

“嘿！”乔治娅小声说。

乔治娅的脸上洋溢着欣赏和喜悦的泪水。她用纸巾擦了擦眼睛。“他们自己写了誓言。我喜欢他们这样做。”

贝丝看着新娘和新郎，竭力想听清他们说的话。她能听到新郎的声音，但因为他面向另一边，她听不清具体的内容。新娘的脸年轻而容光焕发。贝丝不禁想在嫁给吉米的时候，自己的脸是不是也是这个样子。她相信是这样的，自己在结婚那天也是如此容光焕发。但是在婚后的某个时刻，她无法确定是什么时候，这样容光焕发的自己消失了。吉米说得对。她已经很久没有为见到他而开心了。在床上、在沙发上、在厨房的桌子上、在穿过前门时——全都没有喜悦。她能把这种喜悦找回来吗？还是说她对吉米的喜欢永远消失了？她今天有没有感觉到那种喜悦被重新点燃？

她看向乔治娅，乔治娅根本听不清新郎在说什么，而她看起来却像是因为他说的每一个字而容光焕发，但这对乔治娅来说并非难事，甚至棉花广告都会令她容光焕发。

“我该走了。”贝丝说。

“为什么要走？留下来吧。我很快就好了，然后我们可以去喝一杯。”

“好啊。”贝丝微笑着，很高兴她的朋友读懂了她的心思。

新娘和新郎接吻，每个人都在鼓掌。

“跟我来。我得把他们赶到露台上去。”

乔治娅带领客人来到帐篷露台，他们在那里享用了开胃小菜、香槟和现场音乐。新娘和新郎还在海滩上，摆出各种姿势拍照。贝丝和乔治娅站在露台的后面，在舞池和桌子的后面，靠近酒店的门。

“我们只需要等一等新娘和新郎。在离开之前，我一定要保证他们在这里安顿好。”

“好吧。”

“多么甜蜜的仪式啊，对不对？”

“是啊。我和吉米的婚礼好像已经是一百万年前的事了。”一百万年和昨天也无甚区别。

“你们俩怎么样了？”

“我不知道。我们去见了坎贝尔医生。不过我不太确定。你觉得我该怎么办？”贝丝问，虽然已经知道乔治娅会怎么回答了。

“要我说，如果你能原谅他，就重新接受他。”

“什么？你从来没有重新接受过任何一个前夫！”

“我知道，但我希望我这样做了。我希望我在经历所有这些乱七八糟的事情后仍旧知道如何去爱。我从来没有过那样的爱情，那种战胜一切的爱情。我希望我拥有过，但我不认为这是我的做派。我没办法毫无保留地爱一个人。”

乔治娅一直想要童话故事般的爱情——王子和公主从此幸福地生活在一起。但到目前为止，她的王子们还不具备达到一个合适的结局所需要的那种性格和毅力。白马王子不会和村里的荡妇上床，不会有一个上午喝掉十二瓶啤酒的习惯，也不会停止宠溺他的爱人。但是，即使在经历了四个失败的王子之后，乔治娅内心深处仍然相信婚姻可以是一部迪士尼童话电影——只要她能找到合适的王子就行。

贝丝相信什么呢？她还相信吉米吗？相信他绝不会再出轨？她还相信自己会获得“从此他们幸福地生活在一起”的结局吗？这个结局还包括吉米吗？她还相信爱情吗？

“我不知道我能不能做到。”

“但我从来不需要考虑孩子，所以对我来说，结束和从不回头很容易。”

“但我不能只为了孩子就和他在一起，对吧？”

“是的，你不能这么做。但我觉得，如果是我，孩子会让我更谨慎。”

“所以如果你是我，你会重新接受吉米？”贝丝质问道，一点也不相信她会这么做。

乔治娅歪着脑袋，似乎正在认真思考这个问题，但很快她就放弃了装模作样，开始嘲笑自己。“不行，我做不到。我会结束这一切，但我不能说我的做法是对的。”

贝丝可以争辩修复婚姻是正确的做法。原谅吉米，重新接受他，一切都会恢复正常。宽恕是好事。正常就是幸福。孩子们会迎回她们的父亲。她们有权和自己的父亲住在一起。这感觉像是一个好母亲会为孩子做出无私决定。她一定很了不起。

看在孩子的分上，重新接受他吧！

但是反对重新接受吉米的理由同样响亮而自信，激烈的言辞在她受伤的心的纤薄内膜上刮擦着，贝丝几乎无法抑制她的怨恨和自我厌恶。

你在开玩笑吗？如果你不和那个混蛋离婚，你就是一个可悲的、没有骨气的、毫无尊严的可怜虫！

她想象帕梅拉·文森特在图书馆里和黛比·麦克马洪耳语，而艾迪·安提科正处于朗读《白鲸》的第七个小时的过程中。“你听说了没？吉米出轨了一年，贝丝还是跟他复合了，她真是个傻瓜！”

她想象着吉尔和科特妮喝着冰镇夏敦埃酒聊着八卦。“那些可怜的孩子，不得不在没有父亲的陪伴下长大。贝丝甚至都没有给他回头的机会。我们都是普通人，我们都会犯错。”

贝丝担心她认识的每个人都会对她指手画脚。她摇摇头，闭上眼睛，试图忽略所有关于她该怎么做、别人怎么想，甚至是她的孩子怎么看的争论，把这一切都清除掉，专注于自己的内心，去发现自己曾闪闪发光的内心中真正的问题。这个问题其实真的很简单。

她爱吉米爱到愿意重新接受他吗？

她睁开眼睛。新娘和新郎在婚宴上隆重登场，现在正在跳作为夫妻的第一支舞。新郎的脸紧绷而眼神专注，他们在舞池里的动作不太流畅，显然是舞蹈课上得不够多；虽然有些尴尬，但这种努力还是很甜蜜的。贝丝和吉米甚至没有为他们的婚礼学过真正的舞步。他们只会像学校舞会的青少年一样来回摇摆。

新娘很放松，喜气洋洋。她笨拙的新郎可能和她一起上过舞蹈课，大概每周一次，他可能讨厌舞蹈课上的每一秒钟，但他还是去了。他这么做是因为他爱她。为了心爱的人的幸福，他愿意在一百多个人面前像个傻瓜一样跳舞。快进到十年后，如果他还愿意换厕纸或者洗盘子的话，她就很幸运了。

“我喜欢会跳舞的男人。”乔治娅说。

“他不是真正的吉恩·凯利[①]。”

“他已经尽力了，我很喜欢。”

第一支舞之后是其他传统舞蹈——新娘和她的父亲（他也不会跳舞）跳舞，新郎和他的母亲跳舞，然后是新郎和他的祖母跳舞，这激发了乔治娅更多的爱慕。要不是他刚结婚，她早就追他了。舞池现在对所有人开放了。五人铜管乐队的音乐气氛欢快，声音响亮。想要听到对方的声音就得大喊大叫，于是贝丝和乔治娅不再交谈。乔治娅看了看表。她从一托盘香槟酒杯中抓起一个杯子。

“来，留下来喝点香槟！我还有一件小事要处理，然后我们就可以走了！”

“好吧！”

贝丝靠在墙上，喝着香槟，观察着周围的人。现在只剩她一个人了，她感觉很不自在，她敏感地意识到自己正穿着牛仔裤参加一个她没有被邀请的婚宴。在去洗手间的路上，她避免与每一个从她

---

① 吉恩·凯利（Gene Kelly），著名歌舞片男演员，代表作《雨中曲》。

身边走过的陌生人有目光交流，担心有人和她说话，或者问她是怎么认识新郎新娘的。还有，上帝保佑，不要请她跳舞。

贝丝开始兴致勃勃地看一个独自坐在前面一张桌子旁的小男孩。他堵住了耳朵，坐在椅子上摇来摇去。孤独症。从她读过的书和正在写的书中，贝丝现在对孤独症已经有了足够的了解，可以在任意地方认出它。这就像一个她从未听说过的晦涩词汇，一旦理解了，她就能到处看到它。

但她的写作不仅仅让她认出了孤独症。当注意到一个患有孤独症的孩子，比如这个坐在桌旁的可爱小男孩时，她还感觉到了一种富有同情心的联结、一种内心的柔软，就好像他们是分享一个秘密的朋友。开始写她的书之前，贝丝看着这个男孩可能会想：他看起来很奇怪，那个男孩有点不对劲。然后她就会有意识地看向别处。而现在她会微笑着看着他，心想：我知道，这里太吵了。我也想离开这里。

男孩的父母一直在观察他的情况，但他没有给予任何关注。真是个好孩子。他很聪明。如果他感知到他们的存在，如果他倾听他们在说什么，如果他打开自己接收外界输入的门，门就可能会敞开，然后小号声、长号声、歌声和其他一千种侵略性的声音会随着他父母的声音一起涌入他的身体。那将会造成灾难性的后果。

男孩的身体现在摇晃得更快了。他的眼睛虽然大部分仍然没有聚焦，但他已经开始环顾四周。他的防御机制失效了。他要受不了了。她能感觉到这种变化。

正如她猜想的那样，男孩跳下椅子，拔腿就逃。他从帐篷底下跑出去，跑到草坪上，跑进了黑夜里。贝丝扫了一眼舞池，发现他的父母抱在一起，跳着慢舞，浑然不觉。

贝丝不假思索地放下香槟杯，追在他后面。他跑得很快，匆匆下了石头小路，回到举行婚礼的海滩。在她慢慢下石阶、小心翼翼避免跌倒的时候，男孩失去了踪影。但贝丝一边往下走一边安慰自己，等她到达海滩，他一定会在那里。要是他不在海滩，他可能在任何地方。

贝丝走到沙滩上，他就在那儿。男孩站在水里，海水没过了他的膝盖。他把双手伸到水面下，然后举过头顶，溅起水花。他笑着、尖叫着，挥舞着湿漉漉的双手，水花从指尖喷出。他把手伸进玻璃般平静的水中，溅起更大的水花。他又叫又笑，重复着这个过程。

贝丝双手叉腰站在那里，喘着粗气，心里松了一口气。追捕结束了，男孩安全了。她问自己，现在的计划是什么。她希望在离开前能通知他的父母，但现在他们可能已经注意到他失踪了。她会一直陪着他，直到他们过来。

男孩正沿着岸边走，他似乎不想朝更远的海水过膝的地方走。这很好。贝丝不想跳进冰冷的海里去救一个溺水的男孩。他没有被贝丝打扰，贝丝现在正站在离他很近的地方。听到有人从小路上走过来时，贝丝仍然高兴地看着他不停撩水的双手。她转过身，本以为会看到男孩的父母，结果却是一个女人。贝丝认识她，但也许是因为她在等别人，所以她一开始没有认出那个人是谁。然后她注意到那个女人手里拿着的笨重照相机，她就想起来这个女人是奥利维亚，她的摄影师。

奥利维亚径直朝水边跑去，脸色因恐惧而苍白。但是这个男孩一直在尖叫和大笑。他完全没事。奥利维亚在水边停了下来，双手叉腰，用力地呼吸着，微笑着，泪水顺着脸颊流下。

“奥利维亚。”

奥利维亚吓了一跳，用手捂住了胸口。“天呐，贝丝，我都没有看到你，”她说着，擦了擦眼睛和脸，“你认识他的父母吗？”

“我知道他们是谁，但我不认识他们。”

“我也一样。我在这里陪他，你能去找他们吗？”奥利维亚问。

贝丝同意了，但她刚准备转身，男孩的父母就出现在石阶的边缘。

他的母亲已经光着脚，径直跑进冰冷的水里，海水浸湿了她黑色连衣裙的下摆。“欧文！你不能再乱跑了！我们不想失去你！”她抱住欧文的腋窝，把他转过来，拖着他的脚在水面上画圈。他的脸上洋溢着纯粹的喜悦。

这是幸福。

奥利维亚用相机对准这一幕，咔嗒、咔嗒、咔嗒。

“谢谢你们照看他，”他父亲对奥利维亚和贝丝说，“我还以为他去了停车场。”

“没关系的。”贝丝说。

在接下来的几分钟里，男孩的父亲、贝丝和奥利维亚站在一起，默默地松了一口气，看着男孩和他的母亲在明亮的月光下互相撩水、一起旋转、开怀大笑，整个人容光焕发。

这是爱。

咔嗒、咔嗒、咔嗒，奥利维亚拍下这一幕。

“你在这里啊！”

贝丝回头，看到乔治娅在石阶的最后一个台阶上摇摇晃晃地挥手。乔治娅脱下鞋子，加入这个不太像聚会的小小聚会中，显然无法理解他们为什么都在这里。“大家都没事吧？”

“没事，”父亲脱下鞋子卷起裤腿说，“我们现在都很好。”

这是安全感。

“太好了。”乔治娅说。

可能是因为头晕了，母亲不再抱着儿子旋转，现在跟在男孩的身后，任由他撩水。父亲加入了他们，握着妻子的手。

这是被需要。

咔嗒、咔嗒、咔嗒，奥利维亚拍下这一幕。

幸福、爱、安全感、被需要，贝丝可以轻而易举地从她眼前的这个家庭里识别出这些元素，它们是维系良好关系的必要成分。她在这个孤独症小男孩身上看到的每一个成分，就像看夜空中的明月一样容易，只是她仍然无法将这些元素具象在她自己身上。

“我还以为你抛弃了我呢。”乔治娅说。

“永远不会。你能走了吗？”贝丝问。

“能，我们走吧。”

登上石头小路之前，贝丝回头望向港口，想和奥利维亚告别，但她正蹲在水边，给男孩和他的父母拍照，贝丝不想打断她。贝丝微笑着，想象着那些照片将会多么美丽。她已经等不及要看她自己的照片了。它们应该很快就弄好了。她想问问它们的情况。

走上台阶时，贝丝开始好奇是什么驱使奥利维亚去追那个小男孩。任何一个成年人注意到一个小孩独自走向开阔的水域时，可能都会心生担忧。但当她和乔治娅一起穿过蓝牡蛎酒店的草坪时，她想起了奥利维亚惊慌失措的眼神和她苍白脸上的泪水，她很想知道这是否意味着别的什么。

下次见到奥利维亚的时候，她得问问原因。

第 27 章

贝丝整个上午都在埋头苦干，她迫不及待地想去图书馆，但是她有太多的家务事不能忽视，而现在她正在看杰西卡的足球比赛。吉米也在那儿，还是一个人。他们俩分别站在球场边，却又挨得很近，一起看着杰西卡在球场上跑来跑去，尴尬地沉默着。

“你的书写得怎么样了？”吉米最终问道，眼睛仍然盯着球场。

“还行，还在写。”贝丝说，同样没有把视线从比赛中移开，但倒不是因为她怕会错过比赛。

“太好了。你又开始写作了，这真是太好了。我为你感到骄傲。”

“谢谢。”贝丝说，意外地受宠若惊。

她转过身来看着他，他正微笑着看着她，而不是比赛。

“我很想看看你写的书。”

贝丝的脸涨得通红，低头看着她黑色的鞋子。她把自己的心和灵魂都投入写作中，把自己的感受、自己知道和相信的一切编织成这个故事。吉米突然对她的书、对她产生了自发的兴趣，这让她很高兴。但是，一想到吉米要阅读她的心和灵魂，想到现在要如此亲密和彻底地向他展示自己，就戳到了她内心尚未准备好被触及的某种东西——信任。

她抬起眼睛和他对视，露出一个羞怯的微笑，然后强迫自己把注意力集中在球场上的女孩们身上。

比赛结束后，杰西卡和吉米一起离开，贝丝开车直奔图书馆。她走到二楼，从门口往里看。艾迪·安提科和帕梅拉·文森特已经不在了。没有人在朗读《白鲸》，也没有人坐在她的座位上。她笑着坐了下来。

昨天晚上她梦见了自己的书，醒来时发现下一章已经完全成形，细节栩栩如生，就像一份礼物正等着她打开。她很激动，但每过一秒她就多一份焦虑，因为要是不用笔把这些内容写在纸上，它们随时都可能在她的脑海中蒸发掉。她打开笔记本，取下笔帽，以最快的速度开始写，以便在脑中消失之前把它们记下来。

我有一个名字，是安东尼。在我还是个小男孩的时候，我曾以为我有两个名字：安东尼和你。

我的爸爸妈妈会这样说：

安东尼，过来。

你想出去走走吗？

你想喝果汁吗？

安东尼，给你果汁。

你能说卡车吗？

安东尼，说卡车。

安东尼，把鞋穿上。

加油，你能做到的。

你能做到。

安东尼，快点做啊。

所以，你应该很容易就看出我之前为什么困惑吧。这些称呼——

你、我、我们、他、她——仍然会让我觉得困惑，但我现在基本上可以接受它们了，虽然我不喜欢它们。这些称呼要视情况而定，我从来不喜欢视情况而定的东西。

这就是我喜欢数字的原因。六加三等于九,一直都是如此。六加三包品客薯片或六加三个甜甜圈或六加三块石头排成一排或六加三辆银色面包车停在停车场，答案一直都是九。

但是，“你”可以指安东尼、我妈妈、我爸爸、丹尼尔或者停车场里一个完全陌生的人。

你好吗?

如果我爸爸在和我妈妈说话，“你”就是我妈妈；但如果我妈妈在和丹尼尔说话，“你”就是丹尼尔；但如果丹尼尔和我爸爸都在，那么“你”就是我爸爸或丹尼尔，或者两者都是。所以“你”的主人取决于谁在说话，谁在那里被说出来。就像我说的，“你”视情况而定。你遵循一条“视情况而定”规则，这不是我喜欢的那种规则。我喜欢“总是如此”规则，不管你在哪里，或者谁在说话，这些规则都是一成不变的。

“总是如此”规则是完美的，因为它们总是遵循因果关系，这让我平静而快乐。我以前以为电灯开关是一个“总是如此”规则。如果我打开开关，灯就亮了。如果我关掉开关，灯就灭了。一遍又一遍。总是如此。

可是电灯开关变成了“视情况而定”规则。去年冬天有一场很大的暴风雨，停电了，我把整个房子里的电灯开关都打开、关掉、再打开、再关掉，但什么也没有发生。灯一直是灭的。

所以电灯开关并不是我喜欢的那种“总是如此”规则，而是“视情况而定”规则。只要电力没有被暴风雨偷走，打开开关就能开灯。电灯开关取决于天气。自从去年冬天的暴风雨之后，我就不再喜欢电灯开关了。

眼睛也是一个“视情况而定”规则。眼睛可以是高兴的、生气的、感兴趣的或者悲伤的，它们可以是醒着的或者睡着的，明亮的或者疲倦的，它们可以盯着看或者移开。有时，眼睛还会哭。眼睛总是根据情况而有所变化。有些日子，我和妈妈去杂货店，她的眼睛是明亮的；但其他时候在杂货店，她的眼睛是疲惫的。有些时候在教堂，她的眼睛是快乐的；但有些时候在教堂，她的眼睛在哭泣。所以，即使是相同的情况也不能告诉我眼睛会做什么。这就是我不喜欢眼睛的原因。

像“你”、电灯开关和眼睛这样“视情况而定”规则的东西是坏的，因为他们不可信。我不能确定“你”、电灯开关和眼睛接下来会发生什么，这意味着接下来任何事情都可能发生，而任何事情太麻烦了。我最终会在脑海里徘徊，不知道该去哪个房间，感到害怕和困惑。如果我正在处理“视情况而定”规则，我通常会躲在恐怖房间的角落里。

所以我会避开像眼睛和电灯开关这样的“视情况而定”规则。但是“你”这样的称呼是无法回避的。像“你”这样的称呼无处不在，所以我必须学会接受“你”。

但大多数时候，我只喜欢“总是如此”规则。我喜欢因果关系。某件事会导致另一件事发生，在它发生之前我就知道会发生什么，因为它总会发生。这让我感觉很好。

要是一件事是“视情况而定”规则，任何事情都可能发生，这让我害怕，会让我尖叫和哭泣。

我得了一种叫孤独症的病。我的父母不明白我得孤独症的原因，这让他们感到害怕。这让他们尖叫和哭泣。他们一定像我一样喜欢因果关系和“总是如此”规则。

作为一个男孩并不意味着有孤独症，因为大多数男孩都没有孤独症，有些女孩有。接种疫苗并不意味着患有孤独症，因为许多男孩和女孩都接种疫苗，但他们没有孤独症。因此，患有孤独症必须遵循“视情况而定”规则。孤独症不像数学。孤独症就像“你”一样，取决于具体情况。所以我避免去想孤独症，因为我不喜欢“视情况而定”规则。

所有这些关于“你”、电灯开关、眼睛和孤独症的想法让我在大厅里徘徊。我现在要进我的数数房间了。

我在数厨房地板上的瓷砖。一共有一百八十块。厨房地板上总是有一百八十块瓷砖。总是如此。

总是如此让我感觉很好。

总是如此让我觉得安全。

总是如此。

第 28 章

奥利维亚坐在客厅的椅子上，凝视着窗外院子里的树木，膝盖上放着一本日记。她不喜欢这里的树，这些矮松和矮橡树实在是太细、太矮了，在她看来，它们显得脆弱而消瘦，仿佛是营养不良或生病了，但它们就是这副模样。长在欣厄姆旧院子里的那些树才是真正的树——有几百年历史的巨大橡树，树干粗得可以藏人，枝干铺满整个天空。每年的这个时候，树叶会变成红色和金黄色，美得令人心悸。而现在看着窗外院子里的矮小橡树上锈迹斑斑的褐色叶子，奥利维亚叹了口气，幻想着欣厄姆的秋天。

2006 年 10 月 1 日

我想放弃安东尼的 ABA 了。我知道这种疗法对很多事情都有帮助。他关注的东西更多了。他们用这种疗法来教他坐在座位上、拼拼图、搭积木、穿衣服和刷牙。

我必须得承认，它确实有用。安东尼做出了符合我们期望的行为，或者与我们想要他做的非常接近时，他会得到正强化——对良好行为的奖励。拿起一块拼图，奖励一包品客薯片。把头伸进衬衫中间的洞里，奖励一包品客薯片。把脚放在鞋子里，奖励一包品客薯片。

我记得一开始我并不喜欢 ABA。科学家利用同样的方法，即用食物颗粒来训练鸽子啄按钮。安东尼是房子里的孩子，不是笼子里的鸽子。尽管它确实有效，ABA 教会了安东尼很多我担心他永远也掌握不了的技能。

但最近，卡林不再增加技能了，而是专注于消除不想要的行为。ABA 中对此的形容是“扑灭”。我一点也不喜欢这个词。我想象着一支蜡烛在安东尼的心中燃烧，发出橙色的光芒，而卡林像大灰狼一样用力吐气，试图把蜡烛吹灭。试图扑灭它。

他们一直在努力消除安东尼最突出的孤独症行为，那些最妨碍他正常生活或正常表现的行为。拍手是罪魁祸首。“把手放下来。”每次他拍手的时候卡林都这么说。她把他的手放在身体两侧提示他，只要他把手放在身体两侧不动，哪怕只有很明显的一秒，都能得到品客薯片。

“扑灭”拍手的理论是，拍手是一种依赖。安东尼不说话，而是用拍手表达自己的想法和感受。如果我们排除了拍手这个选择，他就必须找到其他的方式来交流，最好是口头交流。

努力摆脱拍手的潜在动机是，它看起来很奇怪。这个动作让所有人不安。开始拍手之前，安东尼看起来就像一个有点冷漠和安静的普通的孩子。随后我就注意到了他们的表情。那孩子有点不对劲。一旦别的父母看到安东尼拍手，他们会小心翼翼地让自己和他们的孩子与安东尼保持安全距离。就好像安东尼的拍手会传染一样。

卡林第一次和我说要扑灭安东尼拍手行为的时候，我内心有些抵触，但我没有找到合适的话来解释这种抵触。而且她是心理医生，是这方面的专家。她知道自己在做什么。所以我就顺水推舟，开了个玩笑。

“他是意大利人，他当然会用手说话！”

卡林笑了笑，然后开始描述让安东尼的手安静下来的详细计划。

可问题是，我不认为他拍手是一种依赖。我不认为，哦，要是安东尼不再拍手，他就会和我们说话！他不能说话，感谢上帝，他还能拍手。安东尼通过他那起伏不定的、断断续续的尖叫和拍手来与我们交流。这是他告诉我们他想要什么和他的感受的方式。

当然，这是一种有限的交流方式，但这就是他所拥有的。我对这种奇怪的语言已经掌握得相当熟练了。我知道他的手什么时候表示的是“这太好了”，什么时候是“这是我见过的最好的东西”，什么时候是“我不喜欢正在发生的事”，或者“这里太吵了”，又或者“我还想再荡一会儿秋千”，还有“我现在就想回家”。就像其他语言一样，拍手的力度和重点加上语境传达了特定的意义。

把手放下来。我们是在压制已经悄无声息的低语吗？我们不是应该做相反的事情吗？手，请告诉我们更多！

“扑灭”清单上的另一个行为是他对巴尼的痴迷。安东尼还是坚持看巴尼，而且只看巴尼，一遍一遍又一遍。如果我试图在他看完之前让他换频道，或者我因为我们需要离开家或者他的ABA治疗时间到了而关掉电视，他就会失去理智。

“持续现象”“上瘾”和“痴迷”是他的治疗师、老师和医生使用的词汇，所以我也一直在用这些词。同样，就像把安东尼的拍手行为移除可能会迫使他使用他的声音的原理一样，我们希望通过消除安东尼对巴尼的关注，为其他更适合他年龄的兴趣爱好腾出空间。

一开始，我也是这么想的。巴尼快把我逼疯了。我希望安东尼能有进步，哪怕换一个新的痴迷对象。我更喜欢他对石头的痴迷。至少这能让我们在海滩上消磨时光，甚至我也享受在海滩上寻找石头的乐趣，这是我们可以一起做的一项活动。我不明白他把石头排列起来有什么乐趣，但我不介意那些石头。但是会唱歌的紫色恐龙呢，还是算了吧。

我想到，其实我们助长了安东尼对巴尼的痴迷。我们买了DVD播放机，用数字录像机录下来给安东尼播放，而且为了有三十分钟的安静时间，我每天至少有一次鼓励他在电视机前放松一下。如今的科技确实助长了孤独症的症状。我还是个孩子的时候，没有DVD播放机，没有点播，没有数字录像机。如果我能每天看一遍《音乐之声》或《绿野仙踪》，而不是一年只能看一次，我肯定也会对它们痴迷的。所以现在很容易产生这种上瘾情况。我一直是他的“毒贩”，每天都很开心地递给他喜欢的“毒品”。

卡林说要是我们愿意的话，我们可以一下子戒掉。我们可以直接扔掉所有的巴尼DVD，停止录制，删除所有现有的剧集，扔掉毯子和所有的巴尼玩具。这样就能结束一切。或者她可以用ABA帮助他摆脱这种依赖。对我来说，这似乎更人道，这就像巴尼戒毒所的美沙酮[①]疗法。

但是昨天，当他对着黑乎乎的电视屏幕歇斯底里而卡林拒绝给他遥控器时，我有了不同的想法。我们一直把安东尼喜欢巴尼这件事叫作“持续现象”“痴迷”和“上瘾”，但若是我们把它叫作“爱”呢？

我看到安东尼看巴尼的时候，他完全被迷住了。每当这个紫色的小毛绒玩具变成活生生的巨型巴尼时，他漂亮的脸上就会洋溢着喜悦之情。他尖叫着，发出咿呀咿呀的声音，拍打着双手。

这一切都太棒了！

---

① 美沙酮，一种戒毒药物。——编者注

他最近发现了遥控器上的重播按钮，他学会了如何一遍又一遍地播放同样的三十秒视频。他每次都会开怀大笑，拍打双手。

我太喜欢这个画面了！

安东尼爱巴尼。我们怎么能夺走他爱的东西呢？我们不应该是鼓励爱吗？我们为什么要扑灭爱？

我希望他爱的不是巴尼。我真的、真的希望不是。但我们凭什么决定他爱什么东西呢？我喜欢读书、去海滩和烹饪。大卫喜欢橄榄球和曲棍球。如果有人认为我花了太多时间在去海滩、阅读和烹饪上，并坚持要我放弃这些我喜欢的事情，那我该怎么办？如果有人"改变"我的喜好，坚持要我爱曲棍球，我又该怎么办？我不能再读书、去海滩和烹饪，而必须观看曲棍球比赛、学习曲棍球的玩法和玩曲棍球。但我讨厌曲棍球。如果是这样，我也会变得很痛苦，我就不是我自己了。

我知道摆脱拍手和巴尼可能会在某些方面帮助安东尼。他会显得更正常，更容易融入学校的主流人群，更容易与同龄的孩子交流（在这个星球上，几乎没有一个神经正常的六岁小孩喜欢巴尼）。

但问题是，安东尼不正常。好吧，我终于把这个词写下来了，世界并没有灭亡。我没有死，他也没有。他不正常。他患有孤独症，他的孤独症让他只能拍手，而不能说"那个你根本意识不到的声音快把我逼疯了"，或者"我超喜欢巴尼"！

所以我不想“扑灭”安东尼的拍手行为或者他对巴尼的爱，但是我不敢告诉大卫这一点。他不会同意的。他会说这是在放弃安东尼。就在不久前，我也会这么说，但现在我不这么认为了。在我看来，我们可以把安东尼拍手看成是一个需要被矫正的不正常的行为，我们也可以把它看成是我们的儿子在勇敢地表达他的需求和感受，并用他唯一知道的方式传递给我们。我们可以把安东尼一遍又一遍地重播巴尼的行为看成是需要治疗的痴迷，我们也可以把它称为爱。

大卫会说，如果不改掉这些孤独症的行为，他就永远不会变正常。他就会一直与众不同。

对此，我的回答是：是的，他将永远是个不一样的孩子。

但即便如此，世界不会毁灭，我也不会死。安东尼会在客厅里，爱着巴尼。

“妈妈，因为孤独症，我无法拥抱和亲吻你，也不能注视你的眼睛，不能大声说出你渴望亲耳听到的话，但你还是爱着我。”

第 29 章

现在是 11 月，岛上的人越来越少，就像减肥者的体重越来越轻，周末旅行者和一日游游客每周都在减少。奥利维亚可以在海滩上漫步，或者沿着自家附近的道路散步，而看不到任何人了。镇中心仍然开放营业，但那只是因为商人们都在等待圣诞漫步活动，等待在冬天正式来临之际从游客身上榨取大把钞票的最后一个机会。她知道，过了 12 月，大多数零售商店将至少关门 3 个月。除非商会想出某种有组织的活动，吸引人们冬天来这里——1 月的楠塔基特岛冰雕节、2 月的楠塔基特岛冬季奥运会、3 月的楠塔基特岛咖啡节——否则只有到了春天才会有人回来。楠塔基特岛是一个美丽的季节性度假岛屿，而不是冬季度假胜地，当然也不是任何理智的人会选择全年居住的地方。

奥利维亚的职业生涯也将在这个季节结束。她只剩下一组人像照片需要编辑，然后就没有别的工作了。她的生活变得更俭朴、更缓慢、更轻松、更简单，她现在很喜欢这种改变。

下午晚些时候，她步行去她的邮箱拿邮件。她现在每天会在早餐前看会儿日记，然后去取信，这成了一种习惯，今天她却忘了。在过去的几个月里，一遍又一遍地阅读日记让奥利维亚沉浸在温柔的时空里，用同情的视角和充满爱的心去回顾过去发生的一切，去发现她当时不知道的事情、她不可能知道的事情，因为那一切都太原始、太直接了。她当时太沉浸于那些情绪和过程之中了，无法看到它们，更不用说理解了。而现在，她看到了。

她看到自己拒绝接受现实，取而代之的是几近疯狂的愤怒。她看到了自己和大卫的绝望，也看到了他们之间无边无际的鸿沟。但最重要的是，她现在看到的最清晰的东西，在她看完日记后的几个小时甚至几天内一直留在她内心的，是安东尼。这不是对安东尼患孤独症的抗拒或愤怒，也不是对孤独症的绝望，甚至不是安东尼和他的孤独症，而是只有安东尼。

她叹了口气，万分希望她那时能明白她现在所明白的这一切。

她独自在马路中央长长的阴影中漫步，留意着头顶上海鸥的声音、远处的风铃声，以及她的脚步在人行道上刮擦沙子的节奏。空气又湿又咸又冷。散步的感觉很好，这使她的大脑活跃起来，让曾经令她恐惧和被埋藏的想法显露出来，让不完整的想法展现出其参差不齐的边缘，接纳自己犹豫和脆弱的想法。散步的时候，奥利维亚的思绪就像白石头一样排列在她的脑海里，它们可以被清楚地看到，被留意到。今天散步的时候，她想到了她的姐姐玛丽亚和妈妈。

玛丽亚想让奥利维亚回佐治亚州过感恩节。若是能见她真的很好，奥利维亚想念姐姐。但打包行李、乘渡轮或飞机离开小岛，忍受至少一次转机，还要睡在玛丽亚家客厅的沙发上，所有这些事情都有令人难以置信的压力。

尽管对这么多年没看过玛丽亚的孩子感到越来越内疚，奥利维亚还是没有做好和他们在一起的准备。她漂亮的外甥和外甥女，也就是安东尼的表兄妹，他们现在都长大了，非常健康，非常能干，生气勃勃。不仅仅是孩子们，奥利维亚也不想面对玛丽亚的整个人生。玛丽亚总能毫不费力地拥有更好、更轻松的生活。比起奥利维亚，她的成绩更好，男朋友更帅，读了一所更有声望的大学，找到了一份薪水更高的工作，个子还比奥利维亚高。看看现在的玛丽亚，婚姻幸福，还生了两个健康的孩子。奥利维亚明白这种比较既不正确也没有意义，但如果她去玛丽亚家过感恩节，这种比较又是无法避免的。

而且毫无疑问的是，她还没有做好面对母亲的准备。按玛丽亚的说法，她母亲仍然每天穿着黑衣服去教堂，除了为安东尼祈祷，现在还为奥利维亚离异的灵魂祈祷。她可能还念了几段《玫瑰经》来为自己正名，确保上帝知道她与奥利维亚对教会犯下的可耻罪行毫无关系。奥利维亚没有勇气回家，没有勇气接受母亲的宗教信仰和审判。

玛丽亚说奥利维亚不能永远躲起来。可毫无疑问，这就是奥利维亚在 3 月份来到这里的原因，虽然她不是有意这么做的。而就在岛上的其他人准备进入冬眠时，她感到了新生，感到了开启新生活的可能性。也许对她来说，楠塔基特岛不仅仅是一个临时的避难所，让她不再悲伤，过上以前没机会过的生活，这里还是她的家。

偏远的住所也是奥利维亚逃避可怕的空中旅行、不合宜的嫉妒和没完没了的指责的完美借口。对，她是不会去佐治亚州过感恩节的。她要待在楠塔基特岛的家里，感恩自己来到了这里。

她来到邮箱前，打开邮箱，拿出一小沓信件。准备转身离开时，她看到一个女人和她的黑狗正沿着路边走来。奥利维亚拿着信件停了下来，意识到那个女人和她的狗正朝她走来。是贝丝。

“嘿！”贝丝笑着说，“你也住在这里？”

“是的，我住在莫顿街。”

“没开玩笑吧？我就住在萨默塞特街。我们竟然是邻居，之前怎么不知道？”

奥利维亚耸了耸肩。贝丝的狗嗅了几秒奥利维亚的鞋子和牛仔裤，然后把注意力转向她的胯部。贝丝拉紧它的狗绳。

“格罗弗，别乱动！……你在这里住了多久了？”

“3 月份就过来了。”

“真的？那个时候搬来这里真是不容易。”

“确实如此。”

“你结婚了吗？”贝丝问。她没有从奥利维亚戴着手套的手上找到答案。

“已经离婚了。”

奥利维亚看着贝丝一边消化这些信息，一边打开自己的邮箱，取出一叠厚厚的商品目录和信封。

“你有孩子吗？”贝丝问。

“一个儿子。”

“哦，他多大了？”

“十岁。”他应该十岁了。

“和我的格蕾西一样大！他是不是也在吉利斯太太教的四年级班上？”

“不，他不住在这里。”

“哦。”

审讯结束了，但奥利维亚能感觉到贝丝脑袋里翻滚着其他问题。这是什么意思？他和他父亲住在一起吗？什么样的母亲会不和自己的孩子住在一起？他在哪儿？没等她问出这些问题，奥利维亚就转移了话题，希望贝丝能够跟上。

“还真巧呢，我正准备给你发邮件。你的照片我已经修好了。抱歉让你久等了。”

“哦，太好了！我都开始担心了。我已经等不及要看它们了。我想用其中一张作为我们的圣诞节贺卡。”

“等我一到家，我就把链接发给你。它们很棒。你会喜欢的。”

两个女人开始往回走。

“我觉得我的书也差不多写好了。”贝丝在一阵不安的沉默后说。

“太好了，恭喜你。”

“但是我不确定。这个问题可能有点蠢，但你怎么知道什么时候应该结尾呢？”

结尾是很难的。用一个优雅的蝴蝶结把一切都包裹起来。给读者留下一个令人满意的结尾。和整个故事说再见。

“它必须具备所有的基本元素，包括开头、中间和结尾。你能感觉到什么时候应该结尾。那是一种直觉。等你写到结尾的时候，你会知道的。”

“我不知道我知道什么。我已经读了很多遍了，我的目光总是跳过那些文字。我再也看不到更多的东西了。”

“也许你可以放下一段时间，再用全新的眼光重新审视它。”

贝丝一边走，一边点头。

“要是你还愿意的话，我仍然希望可以得到你的反馈。”

“等你写完了，我很乐意读一读。”

“非常感谢，”贝丝笑着说，“等我知道它已经完美的时候，我会把它放到你的邮箱里的。”

“不要追求完美，要追求完成。”

完美是无法企及的幻想。

“好吧，”贝丝的声音里充满了不确定，好像她不太理解其中的区别，“我会的。”

她们停了下来，面对面地站在一个岔路口。贝丝是继续直走，奥利维亚则向右转。贝丝微笑着挥了挥手，然后走了。

奥利维亚在回家的路上又开始思考起来。她想着贝丝和她的小说。她想知道她的小说是写什么的。她刚才忘了问了。她思考着结尾和直觉。她想到了自己的婚姻，她和大卫是如何知道他们的婚姻已经结束了，在到达最后一页之前他们是如何看到各自的结尾的。当她走到前门，用拇指翻看手里的信件时，她想起了最后一次见到他，他们躺在星空下，手牵着手。

夹在电费单和图书馆的新闻简报之间的，是大卫寄来的一封信。

第 30 章

贝丝坐在图书馆的座位上，手里拿着她打印好的小说，读了起来。她觉得这个故事可以结尾了，可话又说回来，每次一有这个想法，她的胸口就会发痒，像是火辣辣的皮疹正从胸腔内部折磨着她。有些地方不对劲。即使她不追求完美，只想完成这个故事，她也不能宣布她的书已经写完了。

今天，她正在阅读自己写的东西，享受这个故事，但是她还是没有发现可能被她遗漏的东西。她现在在读第十章，关于《三只小猪》的那一章。

我喜欢妈妈给我读《三只小猪》这本书。我喜欢《三只小猪》，但我喜欢的不是狼和猪的故事。我对猪并不“着迷”，我也不怕那只大灰狼。我喜欢的是我母亲的声音，唱着三拍子的歌。这个故事里有很多完美的三拍子：

小－小猪，小－小猪。

一－二－三，一－二－三。

让、我、进去。

一、二、三。

甚至连故事名字都那么有趣。三个词[①]和数字三。

我妈妈给我读《三只小猪》的时候，我能感觉到这些字里面的鼓点咚咚咚响。我随着书中的鼓声跳了起来，以完美的三拍子敲击着：

咚、咚、咚。

一、二、三。

跳、跳、跳。

我妈妈读《三只小猪》，好像在哼华尔兹，我随着她美丽的歌声旋转起舞。

我的头发
没长在
下巴上。

那我会非常生气。
我要吹一口气。
把你的房子
吹倒。

我母亲讲完了故事，合上了书。我跳起来，尖叫着，拍着双手，求她再唱一遍。可她说她厌倦了《三只小猪》这本书。她说我长大了，不适合再听这个故事了。她想读点别的。

她从书架上拿出两本不是《三只小猪》的书，给我看它们闪闪发亮的封面，但我不想听那些不是三拍子的书。

妈妈叹了口气，把那些我不想听的书收起来。她打开《三只小猪》，

---

① 书名“三只小猪”的英文是“Three Little Pigs”，正好三个词。

又读了一遍：

小小猪，小小猪。让、我、进去。

一-二-三，一-二-三。一、二、三。

我妈妈给我读了我最喜欢的故事，我的世界在歌唱。

第 31 章

“你今天怎么不写作了？”佩特拉问道。

贝丝和佩特拉正坐在迪仕餐厅一个角落的卡座里，一起分享着一大盘肥美的龙虾奶酪通心粉。这是 11 月的一个周三的午后，餐馆里空荡荡的。来吃午饭的两个人一小时前就走了。这就是 11 月楠塔基特岛餐饮业周中的生意现状。佩特拉会一直营业到圣诞漫步活动结束，之后会一直关门到 4 月 1 日。

“我觉得我已经写完了。”贝丝说。

佩特拉睁大了眼睛，兴奋不已。

“真的吗？你的书写完了？”

“我不知道，我不确定。我正在抽出一些时间放下它，这样我才能看清它，然后决定它是否真的完成了。”

佩特拉嘴里含着龙虾和通心粉，咕哝着笑了起来。

“怎么了？”贝丝问。

佩特拉咽下嘴里的食物。

“你刚才说的，你是指你的书还是你的婚姻？”

有趣的想法。贝丝想知道这两者是否有关系。

“我手里有份婚姻咨询师布置的家庭作业，本应该两个月前就完成的，但我到现在都还没动。我让吉米取消了我们的下一次咨询，因为我还没有完成这个作业。我不知道我的问题是什么。”

“也许你害怕自己将发现的一切。”

“也许吧。”

“很有可能。”

佩特拉直视着贝丝的眼睛，以一种大多数人从来不会用的方式直视着贝丝。她的目光专注、从容，无惧对视，而且友好宽容。

“我想我害怕他会再次背叛我。”

“他是可能会。”

“如果我重新接受了他，那我每天早上醒来都会想：他今天可能会出轨。”

“他可能会，但你要知道，只有他真正这么做了，那才是真的。对你们俩来说，每天都是新的承诺和选择。”

“我知道，但他选择了出轨。我担心每次吵架后他都会再次和别人在一起。每次见到他，我都会想：你和别的女人上过床了。而且我会想象他们在一起的场景。太恶心了，但我总是忍不住想象这些场景。我希望我能从脑海中抹去这些场景，但我做不到。”

“你还爱他吗？”

“爱，但我也恨他。”

这是真的。贝丝爱他，也恨他。她想念他，又再也不想见到他。她一想到他就觉得恶心，但又忍不住想起在厨房地板上的那个晚上。

佩特拉叹了口气。

“我只是希望我知道该怎么做。”贝丝说。

“做你正在做的事情。花点时间不去想这些事情，不要有负罪感。等你准备好了，再带着清醒的头脑和崭新的眼光重新审视这一切。”

贝丝点点头，她发现奶酪通心粉里藏着一大块龙虾肉，用叉子戳了戳。

“但你怎么看？”贝丝问。

“关于什么？”

“吉米啊。你觉得我应该重新接受他吗？”

“这个问题只有你自己知道答案。”

“但如果是你，你会怎么做？”

佩特拉从盘子边上刮下一块变硬、焦黑的奶酪通心粉，然后吃了下去。她喝了口水，用餐巾擦了擦嘴。贝丝等待着。佩特拉微笑着闭上了嘴。

“佩特拉，你说啊，我真的想听听你的建议。”

佩特拉扬起眉毛，什么也没说。

“我会做的是，”她最终说道，“停止所有的喋喋不休。停止在你自己之外寻找答案。安静下来，叩问你最害怕的那些家庭作业的问题。不管你在那个空格里发现了什么，那都是你想要的真相，是你追寻的答案。这就是我会做的事。”

贝丝叹了口气，她有些失望，但并不惊讶。她本来就该知道佩特拉是不会替她做家庭作业的。

“你就是太理智了，才会单身至今。”

佩特拉笑了。

“这就是我单身的原因！不对，我很想和别人分享我的生活，组建一个家庭。我愿意的。我只是还没有敞开心扉迎接那个人的到来。我一直忙着经营迪仕餐厅，忙着关心那些需要工作的人，还有照顾我的父母。但总有一天，总有一天，我会拥有你拥有的生活的。”

“曾经拥有的。”

“还有现在拥有的。我会很幸运地拥有你拥有的一切。”

贝丝笑了，对她的提醒充满了感激。她有三个漂亮健康的女儿、一个温馨的家、几位很棒的朋友，还有可能已经完成的第一部小说。

她拥有的东西很多。她看了一下表。

“天呐，我得走了！我要去接孩子们了。”贝丝把她亮紫色的围巾围在脖子上，抓起她的包，和佩特拉拥抱告别。“谢谢你美味的午餐。”

“随时恭候，”佩特拉也抱了抱她，“很高兴见到你。”

“我也是。”贝丝向门外冲去，希望自己不会迟到。

“你会找到答案的。”佩特拉说。但贝丝已经走到外面，没有听到她的话。

这是周二晚上，这周就是感恩节了。贝丝和孩子们刚刚吃完奶酪通心粉，但是贝丝一点也不满意。与佩特拉的龙虾奶酪通心粉相比，她的卡夫牌通心粉显得难以下咽。她在冰箱里翻来翻去，想找点甜点之类的食物，但没有一样能吸引她。

三个女孩都在客厅里。苏菲拿着遥控器，负责在杰西卡和格蕾西喊出不同的片名时浏览点播电影选项。她们明天不用上学，今晚也没有安排——没有篮球练习，没有戏剧排练，也没有家庭作业。贝丝很感激能有一个轻松的夜晚，没有日程安排，也没有人需要接送，如果她们能选好的话，她还能和孩子们一起看部电影。

贝丝在壁炉里生起一堆火，然后用微波炉做了一袋爆米花。孩子们还在看预告片，犹豫该看哪部电影。贝丝抓起一条毯子，试图在格罗弗旁边的沙发上坐下来，但是她莫名感到坐立不安。她站起来，向厨房的窗外望去。外面看起来又冷又黑，完全没有吸引力，然而，出于某种原因，她需要到外面去。她抓起外套、帽子、围巾、手套和手电筒。

“我出去走一走，但不会太久。不要不等我就开始看电影啊。”

“好！”格蕾西说。

苏菲和杰西卡被电视中的预告片迷住了，她们甚至不知道母亲说了什么。要是她们想知道，格蕾西可以告诉她们她在哪儿。

这是一个没有月亮的漆黑夜晚，但星星异常美丽，而且天气没有她想象的那么冷。她用手电筒照着前方往前走，一开始并没有明确的目的地，但几分钟后，她就有了一个目的地——胖女士海滩。这比她计划的目的地要远一点，但是她会走得很快的。

贝丝走在土路上，注视着前方光束中不平坦的地面。她呼出的白气的节奏、呼吸的节奏与行走的步伐都一致。她看不到身边的任何东西，但她对周围的环境了如指掌——这片平坦、未经开垦、几乎没有树木的草地看起来就像非洲大草原。散步的感觉真好。她大部分的时间，甚至是整个人生，都是坐在餐桌旁、坐在车里、坐在图书馆的座位上，一直坐着。她的人生仿佛被各种座位困住了。

她露在外面的鼻子和脸颊被冻得冰凉，眼睛被风吹得直流泪，但除此之外，她把自己裹得很好。贝丝感到自己的心脏在剧烈地跳动，腿上的肌肉在燃烧。她觉得又热又冷，同时拥有两种对立的能量，激发了她体内某种陌生但令人兴奋的东西。

她抵达了海滩，感觉已经够远了，不用再沿着海滩往前走了。但贝丝没有直接转身离开，而是停下来站了一分钟，简单地感受身边的一切。她关掉手电筒，倾听海浪的声音，对她来说，海浪的声音就像地球的呼吸声。她抬起头，仰望着繁星点点的天空，天空是那样广阔、复杂、深不可测，却也美得那么纯粹、直接，它的存在可以被物理学定律所解释，而与此同时，又完全无法被解释。

这里只有贝丝一个人。她是完全孤独的，然而却感到自己与万物有着奇妙而美丽的联系。在她体内，两种对立的能量正在激发着某种东西。是时候回家了，和女儿们裹着一条毯子吃爆米花，一起看电影。她离开海滩，回到土路上，这时她的手电筒照到两束白光，就像两颗从地球上空坠落的星星，她立马停下脚步。是一只鹿，一只未成年的小鹿，就站在她前方一两米的地方。他们都站着不动，面对面，大气也不敢喘，相互对视了至少一分钟。贝丝观察着小鹿黑色的鼻子、竖起的耳朵和又长又直的脖子，好奇鹿是怎么看她的。然后，没有任何预兆，它就跃进了黑暗而荒凉的楠塔基特大草原。

回到家里，每个孩子都对贝丝的缺席感到恼火和担心。她们已经准备好了，一直在等她。但贝丝还是先为她们做了雪顶汽水，给自己做了杯泥石流鸡尾酒。然后她们都坐在沙发上、盖着毯子看《马利和我》，这部电影她们已经至少看过三遍了。

电影结束的时候已经很晚了，给孩子们盖好被子后不久，贝丝就上床睡觉了。通常她需要一段时间才能入睡，至少要辗转反侧半个小时，在脑海里回忆白天的情形，为明天的安排制定计划。但是今晚，散步和新鲜空气一定是让她筋疲力尽了，她直接就睡着了。

但一小时后，贝丝的眼睛突然睁开了。她完全清醒过来，心脏怦怦直跳，感觉似乎必须做点什么。她从床上爬起来，找来一张纸和一支笔。她在纸上画了一个十字，分出四块区域，开始写了起来。她的笔都跟不上她的思绪，她都不知道自己写了些什么。

写完后，她看了看四个区域。她把整张纸上的内容读了三遍。好了，她的家庭作业完成了。这就是她的答案。她又读了一遍，知道了自己需要做的是什么。

我需要什么才能感到被需要

选择花时间和我在一起（而不是睡懒觉，一个人在外面抽雪茄，在外面待到关门，和别的女人上床）

见到我很开心

时不时地赞美我，说些比“你看起来很漂亮”更具体的话

别再背叛我

我需要什么才会觉得幸福

我的孩子们

我的朋友们

我的写作

你看到并感激我对家人、家庭付出的爱和关心

整洁的房子

离开这个岛，去大城市或者山区度假

认为我值得这一切

我需要什么才能有安全感

知道我的孩子们都很好

不再欠债，总能付得起账单

你再也不会去见安吉拉

让我相信你再也不会出轨

我需要什么才能感受到爱

拥抱和亲吻

听你说“我爱你”

第32章

奥利维亚站在厨房的料理台旁，料理台上两打装满热腾腾的自制蔓越莓果酱的玻璃罐正浸在一锅水里冷却。她已经忙了两个星期，假装为冬天做准备。她把露台上的家具和烧烤架存放在小屋里。她把院子耙了一遍，切断了室外淋浴间的水。她订购了一打书和一箱她最喜欢的梅洛葡萄酒。她一直在做饭。

她做了以前最喜欢的意式白豆通心粉、番茄浓汤、南瓜焗饭和黑豆汤，还尝试了新的食谱，比如泰式炒面和龙虾奶酪通心粉，对于一个绝不会有同伴的独居女人来说，她准备的食物分量也太惊人了。她每天都在做饭，做出大量的美味佳肴，几乎没尝就把它们放进塑料容器并整齐地堆放在冰箱里。冰箱一装满，她就把注意力转向了蔓越莓——蔓越莓核桃面包、橘子蔓越莓松饼，现在又开始做蔓越莓果酱。

她告诉自己，烹饪这些食物是思虑周全的计划。如果这是一个寒冷的冬天、一个没有生机的季节，如果她被大雪困住（她仍然只有那把小沙铲），她就不需要离开家去寻找食物了。但她只是这样劝自己的。事实上，她做这么多食物是出于别的原因。

她一读完大卫的信就开始做饭了。她做的第一道菜是意式白豆通心粉，这是她熟记于心的一道菜，她母亲过去经常在周六做。切洋葱的时候，奥利维亚的眼睛灼烧起来，而她乐意流下刺人的眼泪。她一边哭一边切大蒜、芹菜和番茄。她一边抽泣，一边搅拌肉汤和豆子，等汤煮好了，她也停止了哭泣。在做黑豆汤、番茄浓汤和肉丸的时候，她又重复了同样的过程，但等开始处理南瓜焗饭需要的洋葱时，她把它们放在冷水里冲洗，用衬衫袖子擦了擦眼睛，没掉一滴眼泪就做好了这道菜。

奥利维亚已经不哭了，心里空落落的，但她还是继续做饭。这似乎是唯一能让她保持理智的方法。填满所有的罐子，似乎就能填满她内心的空虚。她的手不停地动着、搅拌着、切着、倒着。只要她的手忙着制作蔓越莓果酱，她就可以思考大卫和他的那封信，而不会被它压垮。她读了很多遍，分析了很多遍，哭了很多次，现在她对信的内容就像对妈妈的意式白豆通心粉食谱一样熟悉。

亲爱的丽芙：

我觉得写信而不是打电话告诉你这件事似乎更合适，而且我希望由我而不是其他人来告诉你这个消息。我要结婚了，她叫朱莉，是一位数学老师。我是在芝加哥认识她的。我知道这有点快，但感觉很不错。我觉得自己准备好了。

我真希望能和你一起回到这里，丽芙。但很抱歉，我没有。我知道我没有把最好的自己给你和安东尼。我想，我们所经历的一切让我有点迷失了。我忘了该怎样做才能让自己快乐。我觉得我们俩都忘了。

希望这个消息不会伤害到你，但我知道它可能会。

这并不是我的本意，从来都不是。我每天都希望你一切安好，也希望你能重新找到幸福。若是你想，可以给我打电话。

爱你的，

大卫

现在，这封信最初带来的震惊已经消退，洋葱也不再引发数小时的洗涤灵魂的眼泪，其他不那么爆炸性的感觉也开始轮流出现。在打开大卫的信之前，奥利维亚还很满意自己的独居生活，而现在她觉得自己被抛弃了，非常孤独。她检查了一下果酱盖是否已经密封，她害怕自己永远孤独下去。

一个叫朱莉的数学老师。她应该很年轻，很漂亮。而且出于某些说不清的原因，她应该还是金发。奥利维亚每从水里取出一个罐子，她嫉妒的双手就用围裙擦干它。

他们可能会有孩子。她想象着大卫抱着襁褓里的婴儿，一屋子属于他而不是她的孩子，一个大家庭。她脑海里的这些画面生动而又令人心痛的美丽，像往常一样，把她体内的空气都挤走了。她希望自己别想象这些画面了。她扶着厨房料理台的边缘，准备深呼吸，要不就是哭出来。今天，她没有哭。

奥利维亚在心里又读了一遍那封信，这次她听到的是大卫的声音。他的声音轻松而愉快。他很幸福，而且找到了一个叫朱莉的女人和他分享幸福。

他说得对。她忘记了幸福是什么感受了。一开始，这并不是最重要的。安东尼患有孤独症，所有的精力都投注在拯救他上了，她自己的幸福根本无关紧要，不然就太不合时宜了。他们生活在悲剧里，她又怎么幸福得起来呢？然后，就在她开始意识到幸福和孤独症可以在同一个房间、同一句话，以及她的心里共存时，安东尼死了，幸福变成了她再也无法理解的概念。

他死了，在那个最糟糕的早晨之后的很长一段时间里，奥利维亚在脑海里反复回顾着他的死亡。那些画面至今仍然纠缠着她，释放出巨大的悲伤，海啸般的悲痛每天都在吞噬着她。她以为自己会永远悲伤下去，她应该永远这样悲伤下去。她的悲痛是她每天必须履行的责任，她的痛苦是对儿子诚挚的悼念。

但是阅读日记帮她想起了比那个早晨发生的更多的事情。安东尼的一生比他的死更有意义。安东尼不仅仅是孤独症患者，他还有更多存在的意义。她现在能想起安东尼，而不被孤独症或悲伤吞噬了。

只是，不被悲伤吞噬，与幸福还相去甚远。奥利维亚把果酱罐堆在储藏室的架子上，在料理台上也放了一罐。她想象着大卫现在的样子，正在微笑。画面从大卫变成了安东尼。他们有同样形状的嘴，同样有酒窝的脸颊。安东尼笑了。这是一幅很容易维持的画面，一段简单易懂的记忆，也是真实的。尽管安东尼会沮丧，充满攻击性，无法与人沟通，但他大多数时候都是开心的，这就是他的天性。在某段时间里，这也是大卫的天性。

奥利维亚切了一大片面包，在上面涂上果酱，然后倒了一杯梅洛葡萄酒。她舒服地坐在客厅炉火前的椅子上，咬了一口面包。她自制的果酱香甜扑鼻、美味可口。

她一边听大卫在她脑海里朗读他的信，一边看着墙上安东尼的照片，决定不再做饭了。经过两周的切块、切丁、煎炒煸炸和哭泣，她终于放下了一切。她终于放下了，留下一个装满美味食物的冰箱，还有一个模糊却真实的希望。

如果大卫能找到幸福重新开始，或许她也可以。追求幸福、分享幸福，也许这就是人类的天性。她所要做的就是敞开心扉，迎接它的到来。

她一边吃着面包和果酱，一边思考着这个新的未来，然后抬头看着墙上安东尼的照片。她喝着葡萄酒，欣赏着她面前咖啡桌上玻璃碗里收藏的白石头——安东尼的石头，还有她在楠塔基特岛收集的石头以及贝丝的女儿送给她的石头。她俯下身，从那堆石头中挑出一块石头，拿在手里。这块石头在她的手掌里有种意料之外的暖意，就好像有人已经握过它了。

哦，我漂亮的安东尼，你为什么要出生?

通常伴随这个问题而来的那种穿透性的、空洞的痛苦并未出现。相反，一种平静的能量填满了她的心，使她确信了一个已被了解的真相，虽然这更是一种无形的感觉，而不是一个可以用语言表达的事实。她静静地坐着聆听，却不是用耳朵听。

奥利维亚感到自己的注意力被推到了别的地方。她想起壁炉旁桌子上的新书。她站起来，蹲坐在它们面前，凝视着那些书脊，思考着她兴奋地想要沉浸其中的奇幻故事、回忆录和小说。她把手放在那堆书的最上面。不是这些。

她走进厨房，找到一支红笔，拿着一叠厚厚的纸回到客厅的椅子上，这沓纸用红白相间的厨房线捆着，上面写着:《无题》，伊丽莎白·埃利斯著。

奥利维亚抬头朝墙上安东尼的照片看去，向他投去一个微笑的眼神。她把那块白石头放回玻璃碗里，用毯子裹住大腿，解开绳子，开始读了起来。

第33章

“天啊，天气太糟糕了。”吉米说。他把靴子放在门口，然后坐在贝丝对面的沙发上。

他的手被冰冷的雨水弄得又红又湿，他对着双手哈气，然后搓了搓手。风在呼啸，听起来很坚决，像大灰狼在附近游荡，一心要把每一栋房子都吹倒。一扇百叶窗嘎嘎作响，贝丝感到一阵微风拂过她的脸颊，一股不请自来的气流穿过老旧、变形的窗户周围的缝隙钻进客厅。她双手捧着一杯可可，汲取着可可令人舒适的热量。

她突然想到，一切就是这样开始的。冬天的暴风雪、一杯可可、壁炉里的火，在地毯上睡觉的格罗弗。一切都那么似曾相识，仿佛她之前也这样做过。但她却有一种感觉，好像自己正踮着脚尖站在悬崖边缘，已经探出了身子，即将坠入未知的世界。

“你看起来不错。”吉米说。

她不自然地笑了笑，从她的红衬衫前面挑起一点白色的绒线。“谢谢。你也是。”

他的胡子不见了，但鬓角留得很长，这正是她喜欢的，他的脸看起来光滑而年轻。他闻起来很香，像柑橘的味道，是她不知道的须后水或古龙水的味道。他手里拿着一张折叠成扑克牌大小的纸。

“好开心，我们终于要做这个练习了。”吉米微笑着说。他流露出兴奋的期待，就像一个孩子即将打开圣诞礼物，确信里面正是他想要的东西。

贝丝的纸只折了一次，就放在她旁边的沙发垫上。

“你想怎么做？”吉米问。

“我不知道。”

“你想先说吗？”

“我们彼此交换看怎么样？”

“可以。”

贝丝把她的家庭作业递给吉米，他也递给她一张揉皱的纸，褶皱处又油又破，这可能已经在他的口袋里放了两个月。她展开纸，看了起来。

被需要

偶尔等我回来，和我一起睡到很晚

晚上偶尔来酒吧吃饭

主动跟我亲热

幸福

见到我时很高兴

别老生我的气

别把我当孩子教训

安全感

以我为傲

爱

告诉我你爱我

吉米的清单简短而合理，直白而简单。这几乎可以说是太简单了，但奥利维亚相信他，相信他的清单内容是真诚的，而她感到出乎意料的羞愧。这就是他想从她那里获得的，而她却不愿意给他，甚至在他出轨之前就不愿意。

她的清单同样很简单。她不需要钻石首饰和奢侈的假期，也不需要放在枕头上的玫瑰和巧克力。她这是在异想天开吗？不，这其实很简单。爱、幸福、安全感、被需要，这些亲密关系中最基本的元素，就像空气、水、土和火一样必不可少，但都是他们所缺乏的。难怪他们俩坐在这里，膝头放着可悲的纸片，虽然是夫妻，却形同陌路。

他们是从什么时候、为什么开始不再满足对方这些基本需求的？对她来说，这是当吉米不再捕捞扇贝而开始去绍特酒吧工作，她应对吉米这种变化的措施呢，还是对他不忠的下意识的反应？她是不是无意中察觉到了他的不忠而退缩了？又或者，也许她在多年前就把自己富有创造力和激情的一面搁置一旁，将它们封存在阁楼的盒子里，因此没留下足够的爱和幸福来与吉米分享？是她先剥夺了他应有的待遇，然后他才以牙还牙的吗？这个问题就像是先有鸡还是先有蛋，可能永远都没有答案。

她又读了一遍他的清单内容，不敢抬头看他。从纸面上看，这一切都是可以实现的，除了偶尔去酒吧吃晚餐这个明显的例外。因为安吉拉在那里，她是绝对不可能去的。但这也证实了她长久以来的怀疑。她翻开吉米的那张纸，看到了那些本该大声说出、在沙发上闲聊、在床上低声呢喃的话语，看到了原本可以通过一个眼神、一张便条、一个轻拍肩膀的动作来传达的需求。这一切应该都发生在平凡而日常的时刻。但这些时刻从没有出现过，他们不知道该如何沟通交流。

即使他们做过了，即使他们为此努力了，学会了这些沟通方法，可贝丝的清单上还有一样东西，一个不容置疑的需求，就像空气一样必不可少，而吉米却无法给她。

她抬起头，吉米已经看完了，他一边等待，一边咧嘴对着她笑。一个沉重的空洞在她的胃中央扎根下来。

“这太棒了，贝丝。这些我能做到，这一切我都能做到，我也想这样做。我想和你复合，为你做这些事。我真是太想你了。”

他仍然微笑着，做好了庆祝的准备，高高地坐在她跷跷板的另一头。

“我们没法复合。”

“什么？我可以的，贝丝，我真的可以。这些并不难。”

“那我们为什么不能一开始就做到这些？”

“我不知道，但我们现在可以，我们——”

“我做不到，吉米。”

他的笑容消失了，而她胃里的空洞更大了。他盯着她，眨着眼睛。

“你在说什么？”

她吞咽着口水，想做个深呼吸，但她胃里的空洞现在感觉像是挤占了她体内所有空气流通的空间。她看着吉米，看着那张她仍然很喜欢的脸，不敢说出她即将说出的话。但这就是事实，对此她心知肚明。她身体前倾，说出了那句话。

“我想离婚。”

“不要。贝丝，求你了。我们可以做到的。”

“我做不到。”

“你可以的。哪一部分是你做不到的？”他指着她手里的那张纸问。

“不是你的清单内容，吉米。是我的。我没办法原谅你的出轨。我需要相信你再也不会出轨，但我做不到。我本来以为你是那种人，是那种我需要的、绝不会对妻子不忠的丈夫。”

“那只是一个错误。”

“把周三当成周一是一个错误。和她睡了一次，只是一时冲动，我也可以把那当成是一个错误。但是——”

“对不起。我知道那件事是我犯蠢并且大错特错，但我发誓，我保证这种事绝不会再发生了。”

“我没法相信你，我再也不敢信任你了。”

“那让我们重新开始，你会重新信任我的，因为我不会给你任何不信任我的理由。让我重新赢回你的信任吧。”

她摇了摇头。信任不该是他需要赢回的东西，信任应该是理所当然的。他也不应该需要用一张作业纸上的指示来提醒他：不要对你的妻子不忠。

“我有东西要给你。”吉米从牛仔裤前面的口袋里掏出一个白色的小纸盒。

“这是什么？”贝丝问。她什么也不想要。

“一个礼物。”

“吉米——”

“给你，打开看看。”他将纸盒递给她。

贝丝不安地盯着他看了很久。她掀开盖子和方形的包装纸，里面是一条项链。一颗又大又圆的月亮石挂在一根银链子上。她把宝石拿在手里，这是一颗闪闪发光、光滑、几乎半透明的蓝白色石头，非常漂亮。

“吉米——”

“上次在酒吧看到你戴的那条项链，我就开始回忆是什么时候把那条项链送给你的，我想起是在我们结婚那年。那条吊坠让我想起了我们的开始，还有我们对彼此许下的承诺。这让我想起我们有多爱彼此。我知道我毁了这一切。我非常后悔自己的所作所为，贝丝。我想和你重新开始，我觉得你应该有条新项链，象征着一个新的开始和新的承诺。”

她咬紧牙关，强忍住想哭的冲动。现在不是哭的时候。

“吉米，项链很漂亮。”

“我看到了你戴的戒指，觉得它们搭配着戴会更好看。”

“这个想法很美好，只是我无法接受。”

她把项链放回盒子里，盖上包装纸，合上盖子，把盒子放到咖啡桌上。她看向吉米。他脸上的血色和表情都消失了。她怀疑自己看起来也是如此。

“求你了。”他说。

“我很抱歉。”

“那孩子们怎么办？难道她们不配拥有完整的父母吗？”

“那你和那个女人上床的时候，你有想过她们值得拥有什么吗？”

“没有，”他低头看着自己的袜子，“我没有想到任何我应该想到的事情，但我真的希望自己想到了。求你了，贝丝。我们至少应该努力一下，看看究竟有没有用。”

“我一直在努力，但我再也不相信你了，如果我从一开始就不相信你，那其他的这些事情也不会发生。”她说着，挥舞着吉米的作业。

“你看，我的想法正好相反。我认为，如果其他的东西你都有了，那信任自然而然就有了。我可以给你需要的一切，贝丝，我爱你。让我重新赢回你的信任吧，你可以信任我的。”

贝丝想起了他们约会的时候，她和吉米一起参加市中心一家艺术画廊举办的招待会。他们去那里是为了喝酒，也是为了看科特妮丈夫的油画。贝丝爱上了他画的一幅比较抽象的画，画的是一个站在岸边的女人。意想不到的色彩搭配和奇异的线条引起了她的兴趣和敬畏。她记得吉米看这幅油画时，他脸上露出了困惑而厌恶的表情。她想买，吉米却说："这看起来像是幼儿园小孩画的。"她记得当时自己很沮丧，因为他们看到完全相同的东西，感受却截然相反。现在又是这样。

"对不起，吉米。"

"我简直不敢相信，你竟然连试都不想试一下。"

"我努力过了。"

"怎么努力的？"

她什么也没说。

"我觉得我们应该再去咨询一下坎贝尔医生。"

"我放弃了，吉米。"

他又读了一遍她的纸条，摇了摇头。

"你还爱着我，贝丝。我知道你爱我。"

"但这改变了你在我心目中的形象。"

贝丝看到自己的话刺痛了他，他的脸因为疼痛而紧绷，她无法忍受自己是造成这一切的罪魁祸首。她把目光移开，转向壁炉架，转向那块他当时一看就知道将会属于他们的浮木。海星和鹦鹉螺还在，但老照片已经不见了，取而代之的是一张装在相框里的照片。照片里的贝丝和孩子们穿着不配套的背心，手挽着手，开心地笑着。

"我还爱你，但这还不够。"

"够的，肯定够的。我爱你。如果你还爱我，那就足够了。求你了，贝丝，求求你原谅我。我知道我们能做到。"

贝丝低头看着放在腿上的手，看着她依然戴着的钻戒和结婚戒指。

我承诺对你永远忠诚。

这个被打破的信念，它碎得太彻底、太干脆，现在留给她的感觉更像是一件武器而不是誓言。她抬头看着吉米，看着他眼中脆弱的绝望和爱，出乎意料地，也许是本能地，她放松了警惕。她用自己的情感来反映他的情感，用她对他的爱和绝望来回应他的情感。一种不确定的感觉刺痛了她的喉咙。她咳嗽了一下，喝了一大口可可。

“对不起，我做不到。”

她看到他的眼神变了，好像退回到一个熟悉的堡垒。

“所以，这就是你的决定？”

这件事的残酷令贝丝震惊。这感觉和去年 3 月的那个早晨完全不同，当时她发现了安吉拉的事并叫他离开，但并不是真的想让他离开，而是陷入对他真要离开的疯狂怀疑之中。但今天不同了。这就是他们婚姻的终结。她失去了吉米，心中充满了痛苦的悲伤，但又像目睹了一场漫长而丑陋的疾病后的死亡，她也得到了解脱与平静。

“这就是我的决定。”

吉米用手指抓了抓头发，摇了摇头。“这是不对的，贝丝。我们应该在一起。我们彼此相爱。我们应该再试一试。”他的话抵抗着即将到来的势不可挡的泪水。

吉米起身冲出房间。贝丝听到他穿上靴子，拉上外套的拉链。前门开了又关。她听到他的卡车发动了，然后开走了。她的心怦怦直跳。她做到了，一切都结束了。

她走进厨房，从橱柜里拿出一瓶三八牌伏特加，倒进温热的可可里，把杯子填满，然后回到沙发上。她倾听着暴风雨的声音、炉火的声音、暖气片的声音和寂静。她喝了一口可可，意识到自己的手在发抖。她盯着放在咖啡桌上的白纸盒，不敢拿起来。

门铃响了，她吓了一跳，把可可洒在了膝盖上。贝丝用手擦了擦牛仔裤，看了看他留在沙发上的作业纸。也许他是回来拿这个的，或许他还有更多的话要说。她不安地吸了一口气，朝前厅走去。

贝丝打开前门，又吓了一跳，这次可可洒在了她红衬衫的前襟上。不是吉米。她疲惫的大脑花了几秒钟来调整她的期望值，才认出站在她面前的是谁。

是奥利维亚，她浑身湿透了，手里拿着一个白纸箱，看起来就像刚刚见了鬼一样。

第 34 章

“奥利维亚，你全身都湿透了，”贝丝说，“快进来。”

“很抱歉就这么不请自来。”奥利维亚说，希望自己的声音听起来还算正常。她还没有调整好自己的状态。她的声音听起来还是很兴奋、很紧绷，太过尖利。

“没关系的，快进来吧。”

奥利维亚走了进来，站在前厅。这里有灰色的瓷砖地板，蓝绿相间的编织地毯，孩子们的鞋子和靴子整齐地排在一条长木凳下面，外套挂在墙上的钩子上。房子很暖和，闻起来有饼干的味道。

贝丝在关前门时犹豫了一下，看了一眼外面空荡荡的路。她看起来心烦意乱，甚至有些发抖。也许现在不是时候。

可是没时间了。

“我看了你的书。”奥利维亚说，她紧紧抱着胸前的箱子，保护着里面的东西，就好像它是一份珍贵的礼物、一份神圣的供品、一个心爱的孩子。

“哦，太好了！”贝丝的脸亮了起来，“我来帮你挂外套。到客厅来，我们可以坐在火炉旁。”

贝丝把奥利维亚湿透的外套挂在一个钩子上。奥利维亚脱下鞋子，跟着贝丝走进客厅。

“很抱歉这里一团糟。”

奥利维亚环顾了一下房间，她的感知力增强了，原始而开阔，试图抓住每一个可捕捉的细节。白色的墙壁，米色的罗马窗帘，硬木地板上铺着褪色的蓝色地毯，放在白色墙壁格子里的普通电视机，所有的橱柜都关着，木柴堆在一个铁推车上，咖啡桌上放着一支蜡烛和一个白色的小礼盒，两张棕色沙发相对放着，对面是一个传统的砖砌壁炉，一张装在相框里的照片放在壁炉中央靠着墙的位置——那是奥利维亚为贝丝和她的孩子们拍的，一边放着一个大贝壳，另一边是一只海星。一张沙发旁边的地板上放着一个蓝色的塑料洗衣篮，里面装满了还没有整理的衣服，但除此之外，整个房间一尘不染。

奥利维亚坐在贝丝对面的沙发上。

“这是你拍的一张照片，”贝丝微笑着指着壁炉架说，“楼上的走廊里我们还挂了八张照片。我们很喜欢。你走之前我带你去看看。”

“太好了。很高兴你们喜欢。”奥利维亚努力让自己听起来轻松愉快，不知道自己还能维持多久正常且礼貌的闲聊。

“你要喝点什么？”

“呃，随便什么都行。”奥利维亚说。她注意到贝丝手里的蓝色马克杯，她觉得那里面装的是咖啡。

但她现在最不需要的就是咖啡因。昨晚开始阅读贝丝的手稿时，一开始她还用红笔在那些让她想起安东尼的单词和短语下面画线和做记号。读开头几页时，她笑了。她很喜欢贝丝对患有孤独症的男孩的描写，和安东尼是那么相似。她对这个巧合很是惊讶，因为贝丝的书写的是一个如此贴近奥利维亚内心的主题。贝丝选择从男孩的角度、用男孩的声音讲述这个故事，她对此大为赞赏。

到了第三章，奥利维亚读到的文字和听到的声音开始变得不可思议和不真实。她的手颤抖着，心怦怦直跳。鸡皮疙瘩在她的皮肤上蔓延，久久不散。她换成了荧光笔，将她觉得只能是描写安东尼而非他人的段落标了出来。等读到第四章时，她已经把每张纸上每个句子的每个字都标了出来。

她如饥似渴地读着那些文字，午夜刚过，她就读完了这本书，她屏息凝神、目瞪口呆、心跳加速，泪水顺着脸颊流了下来。她静静地坐了好一会，盯着最后一页，又哭又笑，想要相信又不敢相信。

最后，她翻过最后一页，把剩下的手稿收起来，把它们放在膝上，感受着它的重量，内心深信不疑：贝丝写的是安东尼的话。这个男孩的声音就是我不能说话的儿子的声音。这本书里的男孩就是安东尼。

她翻到开头，又从头到尾读了两遍。她整晚没睡，但从来没有这么清醒过，体内的每一个细胞都处于高度警觉状态，睁大着眼睛，充满了肾上腺素，已经到了爆发的临界点。

"这是热可可，"贝丝说，然后犹豫了一下，"还有，别对我评头论足，我加了一点伏特加。"

"太好了。"

"是吗？"贝丝笑着走进厨房。

奥利维亚把贝丝的手稿从箱子里拿出来，把那些纸放在膝上，努力忍耐着不说出她的感受，想象着要是她不马上说出想说的话，她可能真的会爆炸，变成无数块血淋淋的骨头和肉。她听着微波炉运转的声音、贝丝打开和关闭厨房橱柜的声音。现在随时都有可能爆炸。她的头嗡嗡作响，胃也在翻滚，就像演员在首演之夜登台演出前的感觉，也可能是死刑犯在行刑当天的感觉，但这两种感觉都不算真实。她听到了微波炉的响声。贝丝拿着另一个蓝色的马克杯回来了，脸上露出热切的微笑。

"真不敢相信你带着我的书来了。我好紧张。"

她把马克杯放在奥利维亚面前的咖啡桌上，然后坐下来，全神贯注，身体前倾，就像一个好学生。

“你的书。”奥利维亚的声音变得清晰起来。她的心猛烈地撞击着她的胸膛，就像拳头用力捶打一扇上锁的门，强烈要求出去。

“你的书，”她再次试图开口，“你是怎么写出来的？”

“我不明白你的意思。”

“这个故事，写的是我儿子的故事。”

“哦？”贝丝扬起眉毛，歪着头。她不太明白，但也没有惊慌。

“我儿子就叫安东尼，而且他有孤独症。”

“天呐，”贝丝放下她的杯子，沉默了一下，“这简直令人难以置信。”

“是啊。”

“这个巧合也太惊人了。我毫不知情。”

“不，不是巧合。你写的不只是一个叫安东尼的孤独症男孩的故事。你写的是我的安东尼的事。”

贝丝皱起眉头，什么也没说。

“那些细节，你知道所有的事。巴尼、他的石头，还有《三只小猪》。他死的时候才八岁，差不多就是两年前。”

“天呐，奥利维亚，我真是太遗憾了。”

“你是不是听到了他的声音？”

“什么？”

“他是不是和你说话了？”奥利维亚清了清嗓子，眨了眨眼睛，把眼泪逼了回去。只要能听到安东尼说话的声音，她愿意付出一切。

“我不太明白你问的问题。”

“我不知道还能怎么说。你的书不是虚构的，这就是我儿子在说话。”奥利维亚边说边举起稿纸。

贝丝试探性地打量着奥利维亚的脸，好像在等着奥利维亚来解释一个她不太懂的笑话。

奥利维亚盯着她，等待着她的回答。奥利维亚听着厨房里冰箱的嗡嗡声，听着木头在壁炉里噼啪作响和嘶嘶的声音。每次眨眼的时候，她都能感觉到自己的睫毛上、湿漉漉的头发上的水顺着脖子和后背往下滴。

“听着，对于你儿子的事我真的很遗憾，但我没有——”

“这本书你是怎么写出来的？”

“我不明白你的意思。”

“你是怎么知道孤独症的？你认识的人有谁得了这种病吗？”

“没有。但我读过关于它的——”

“你不可能只通过读几本书就知道这些。”

“我还观察过患有这种病的孩子。甚至在我读有关的书之前，我就一直在关注有这种病的孩子了。”

“这是我儿子。”奥利维亚说着，把手稿从腿上举了起来。

“对不起，奥利维亚。我不知道你有个叫安东尼的孤独症儿子。我不知道我会让你读这么私人的东西。我很惊讶，这本书让你想起了那么多关于你儿子的事。”

“这是我儿子在说话。我知道我听起来很像一个绝望的、悲痛欲绝的母亲，想要相信有人能和她死去的儿子沟通。但我没有疯。这真的是我的安东尼。”奥利维亚说着，翻开了稿纸。

贝丝注意到纸上红色和粉色墨水做的标记，眼睛不由自主地瞪大了。

“我很抱歉，我不知道该说什么。”贝丝说。

“我知道，我知道我吓到你了。相信我，我也被吓坏了。但根本没有别的东西能解释这一切。”

“这只是一个巧合。”

“这不是巧合，这是我儿子。”奥利维亚用手掌摩挲着上面的纸张。她的手在颤抖。

“听着，我很抱歉，我真的很抱歉。但我并没有听到任何声音。这本书的灵感来自我多年前写的一个短篇故事，我曾看到一个男孩在海滩上用石头排了一条线。最近，我又读了一些关于孤独症的书，书中提到的一些症状在某种程度上似乎很符合我短篇故事里的男孩和海滩上的那个男孩的形象，于是我把它们都融入了这个角色。真的就是这样。”

一个男孩在海滩上用石头排了一条线。在他还小的时候，奥利维亚经常带安东尼来这里，来楠塔基特岛的胖女士海滩和米亚康美海滩。贝丝记忆里的那个男孩就是安东尼，奥利维亚对此非常肯定。一股电流般的寒意穿过她的全身。

“我不知道是用了什么方式，或是出于什么原因，但我儿子给了你他的故事。这个故事不是出自你之手，而是他通过你写出来的。”

贝丝不可置信地盯着奥利维亚，一言未发。奥利维亚紧紧抓住膝上的稿纸。在说服贝丝之前，她不能离开客厅的沙发。她呼出一口气，重新整理思绪。

“让我从头开始说。我喜欢你的书。我真的喜欢。它很美、很吸引人，而且非常真实。”

一个微笑打破了贝丝的防线，就像混凝土墙上的针孔里透出的一缕微光。

“但你还没有写完。故事结束的地方，并不是正确的结尾。”

贝丝的微笑消失了，但她仍然在听。

“我们需要知道安东尼对他的生命、他的生活和他的孤独症是什么看法。他认为他的人生目标是什么？这是你小说中不曾回答的最大的问题。他的生命对他来说意味着什么？”

奥利维亚非常激动，她觉得自己需要这个答案，比需要空气都迫切。她一直在问这个问题，祈祷得到一个答案，祈祷了很久很久。

而坐在她面前的这个完全被吓坏了的普通女人，一个她几乎不认识的邻居，却不知何故，有办法得到答案，有办法和安东尼沟通。

“即使你认为我完全疯了，也请你听我说。回到你的故事，再多写一点。相信我。你还没有写出真正的结尾。”

贝丝看起来还有点害怕，但她一直在听，她点点头。

“我会考虑的。”

奥利维亚追寻着贝丝的眼睛，她只能做到这个程度了。

“谢谢你，我不知道该怎么感谢你。还有，相信我，你会明白的。一旦你开始写，你就会知道正确的结尾是什么。”

贝丝咬着她的食指指甲，盯着放在奥利维亚大腿上的她的书。“你真的认为我写的这一切都来自你儿子？”

“我知道就是这样。”

奥利维亚的眼睛是棕色的。这本书就是安东尼，不是和他相似或者以他为原型，也不是让她想起了他，而是就是他本人。

奥利维亚起身准备离开时，她注意到贝丝正看着她手里的手稿，想要留下这本手稿。天啊，她不能把安东尼的话留在这里。她不能。

“我能把这本书带走吗？”

贝丝犹豫了，她看起来困惑而疲惫。

“好吧。”

“谢谢你。我不知道该如何感谢你写了这本书。你让我以一种从未有过的方式了解了我儿子。”

奥利维亚把手稿放回箱子里，贝丝陪她走到前门。奥利维亚看着贝丝的眼睛，然后拥抱了她。

“谢谢你。”

贝丝点点头，低声说：“不客气。”

奥利维亚取回她仍然湿透的鞋子和外套，不情愿地说了声再见便离开了。一出门，风就把她的兜帽吹掉了。她穿过草坪跑向她的吉普车，但在打开车门后停了下来。她仰起头，面对着广阔的灰色天空，面对着风雨，祈祷着。

安东尼，我知道这是你，求你多告诉她一点，再多告诉我一点。

奥利维亚站在路上，面对着风，面对着雨，面对着天堂和上帝。她无法想象为什么安东尼会选择通过贝丝而不是自己来交流。但是他做到了。她相信这一点。其实，她不仅仅是相信。她还确信，这就是安东尼，而贝丝小说未写的结尾就是对自己的祈祷的回应。

第35章

周日的清晨，贝丝正坐在佩特拉家客厅的沙发上，等着她从厨房端来花草茶。贝丝从沙发垫上扯下一小团黑色绒毛，轻轻弹到地板上。佩特拉的沙发是白色的，买了很多年了，但看起来还是崭新的，没有一点污渍，这只是没有丈夫和孩子的女人房间里的众多标志之一。

沙发对面放着佩特拉的冥想椅，是一个深咖啡色的矮藤椅，高靠背，上面放着一个白色靠垫（同样没有污渍）。一条漂亮的粉灰色手工编织毯铺在座位上，边缘卷曲，显示出佩特拉刚才坐过的地方的形状。低矮的圆形咖啡桌上点着一支薰衣草蜡烛，旁边放着一本《烹饪画报》杂志和一副塔罗牌。房间里的装饰很简单：一张佩特拉与她的兄弟姐妹及父母的黑白照片、一幅海上日出油画、一个抹香鲸的木雕，地板上有个蓝色大陶罐，里面栽着一棵翡翠木，树枝上装饰着小小的圣诞金球，一个玻璃碗里装满彩色的海玻璃。没有电视。

佩特拉走进房间，她穿着睡衣，光着脚，脚指甲涂成了亮粉色。她递给贝丝一个热气腾腾的杯子。她盘腿坐在椅子上，用毯子裹住自己，喝着茶，身体前倾以靠近贝丝。

“这真是太酷了。”佩特拉说。

“是疯狂好不好，一点都不酷。”

“嗯，是一种令人费解的酷，但我还是觉得它很酷。”

“佩特拉，这太不可思议了，简直不可能会发生。”

“要消化的东西太多了。”佩特拉说。

“这纯粹是巧合。”

“可能不是。”

“一定是。”

“为什么一定是？”

“所以你相信这种东西？”

“什么这种东西？”佩特拉问，其实她很清楚贝丝指的是什么。

“你知道的，和死人通灵，和鬼魂说话。”

佩特拉笑着把头发拢到耳朵后面。

“我相信神性和灵性的存在。”

“你这是什么意思？”

“我相信我们不仅仅是血肉之躯，我们都是为了精神目的而生活在地球上的灵魂。”

贝丝叹了口气，抿了一口茶。她自己的宗教经验、关于灵魂和来生的概念和信仰是极其有限的。她母亲去教堂去得不多。贝丝甚至不确定她母亲属于哪个教派。贝丝十几岁的时候，有一段时间，母亲周末都带她去不同的教堂，有时甚至去其他城镇，目的是让贝丝至少接触一下有组织的宗教。

贝丝几乎不记得那些教堂了。有些奇怪的合唱歌曲她不知道歌词，还有钉在十字架上的耶稣雕像，会让她做噩梦。这就是她关于宗教的全部记忆。礼拜结束后她们通常会去吃果冻甜甜圈。她倒记得那些甜甜圈。后来有一个周末，教堂的实地考察活动停止了，母亲让贝丝自己选择。那时她大概 16 岁，她选择星期天睡懒觉。

母亲去世后，贝丝希望自己当时没有做出那样的选择。她认定母亲去了天堂，但是没有一种宗教信仰来帮助她相信天堂是一个真实存在的地方。她只能把天堂想象成天空的一部分，上面满是蓬松的白云和胖乎乎、长着翅膀的赤裸婴儿。贝丝很难想象母亲会生活在这样的天堂里。现在依然如此。

“好吧，那奥利维亚的信仰呢？”贝丝问道。

“你相信有这种可能吗？”

“是的，我相信。我有时会在冥想时体验到精神能量的存在。”

“那你能听到真实的声音吗？”

“不能，但有些人可以，有些人看到了画面，视觉闪现。对我来说，这不像听到或看到，更像是一种突然的了解，但这些知识不是来自我自己的。”

“这个过程俗称思考，佩特拉。”

“不，这是不同的，它是我通常不会想到的信息，它会以一种不属于我的方式传达给我。它不是源于我，而是抵达我或者经过我。这很难解释。”

“好吧，但即使我相信这一点，为什么这个男孩的灵魂会选择我？我的意思是，为什么他不直接和他的母亲交流呢？”

“我不知道。也许他的母亲无法向他开放，太多的悲伤堵住了交流通道。”

贝丝环顾佩特拉的客厅：塔罗牌，挂在绳子上的心形玫瑰石英水晶在一扇窗户上闪闪发光，还有冥想椅。如果一个叫安东尼的男孩的灵魂想通过一个楠塔基特岛的女人来传递他的故事，那他为什么不选择佩特拉呢？为什么不选择相信这些东西的人呢？

“好吧，可为什么是我呢？在写这本书之前，我和他或孤独症没有任何联系。”

“我们都是相互联系的，即使我们不知道是如何联系上的。也许他通过和你的交流，给了你这段人生需要的东西。”

“和我的交流？比如什么？”

“我不知道。也许是一个开启新生活的机会，开启一种有创造力的生活。也许是就藏在你写的故事里的经验教训，或是需要你学习的什么东西。”

写这本书让贝丝看到了她已经遗忘的一部分自我，那个多年前她藏进阁楼的富有创造力的梦想家。但给她一个经验教训？她的书是关于孤独症的，又不是关于她自己的。贝丝摇了摇头。

“你写作的时候，有没有感觉到你在深入挖掘什么东西或什么人？”佩特拉问。

“没有吧。”

听到自己声音里明显的不确定让贝丝很惊讶。她从来没有听到过任何声音，从来没有。但有时在写作的时候，比如一整个上午和下午连续几个小时，很快就过去了，感觉就像是只过去了几分钟。有时她回头看自己写的东西，会想，我是怎么想出来这些的？我是怎么知道该怎么写这个的？还有那些梦，那些关于安东尼的完整而生动的梦。

“但是，佩特拉，是我写了这本书。”

“我知道是你写的，但也许他的灵魂给你提供了灵感，指引你走上一条既定的道路，让你知道一些必不可少的真相。”

贝丝咬着大拇指甲，努力集中精神思考佩特拉刚刚说的话。“好吧，但若是我要成为某人传递灵魂信息的通道，那为什么会是这个男孩，而不是我的母亲、外婆或者外公呢？为什么会是这个男孩？”

“我不知道。还是那句话，也许你们之间的联系是有原因的。也许他说的话里有你需要学习的东西。或者，也许奥利维亚只是一个深爱并思念她儿子的母亲，他们之间还有某些没处理好的事。”

贝丝抿了口茶，想了一会儿。

“她想知道他的生命有什么意义。”

“那就是了。你的书让她想起了他，她把你写的故事看成是她了解他为何出生并治愈的机会。你觉得怎么样？”

贝丝点点头。

“我能接受这个想法。”

“好的，那你怎么看她的反馈意见？你觉得你写了正确的结尾吗？”

那种感觉又来了，这就像是奥利维亚在贝丝的客厅时，那种触电般的、恶心的、沉甸甸的感觉。

“我不知道。现在我对一切都不确定。”

“我准备回图书馆，再试着多写一点。看看安东尼是不是还有更多的话想说。反正这也无伤大雅。”

“确实还有别的事。”贝丝承认。

佩特拉扬起眉毛，等待着贝丝的下文。

“每次她说‘你还没有写出正确的结尾’时，我发誓，我感到了一种震荡，我的胃就掉到了膝盖那里。我也结束了和吉米的关系。”

“有意思，”佩特拉用食指敲着她的马克杯，“你要不要再重新考虑一下？”

“我不知道，但每次她说‘你还没有写完’，那感觉都像是一道闪电。那种感觉就像她说的是我和吉米，而不是那本书。”

“所以，也许你和吉米还没有结束。”

“佩特拉，她说的是那本书。她根本不知道我和吉米之间的事。”

“是，她说的是书，但你听到的却是吉米。”

贝丝叹了口气。她以为她的书写完了。她以为她和吉米结束了。可是，这个她几乎不认识的女人走进她的家，突然之间，她开始质疑一切。

“你可以相信或不相信灵魂方面的东西，”佩特拉说，“如果你愿意的话，你也可以将这称之为疯狂的巧合。我相信灵魂，我也相信你。去写吧，你还没有写出正确的结尾。”

那种感觉又来了。闪电，反胃，还有吉米。

“我不知道，我会再考虑考虑的。”贝丝看了看表，“我得走了。”

“过来。”

两个女人站起来，心贴着心地紧紧拥抱在一起。

“谢谢你和我说这些。”贝丝说。

“我一直在。”

贝丝穿上外套，拿起包，走出前门时挥了挥手，她仍然对一切都感到不确定，包括对她口袋里那条光滑的圆形月光石项链。

第36章

奥利维亚正坐在厨房的桌子上看书。她本来是打算坐下来读一本日记的，但她先打开了邮件，无意中被路易丝发送给她的一本试读稿迷住了，书名是《相信幸福：发现内心幸福的十二个步骤》。她读完了第一章，合上书，端详着封面，惊讶于自己对这本书这么感兴趣。她暂时把书放在一边。

她抿着咖啡，想着贝丝。还是没有她的消息。每天，奥利维亚都会祈祷贝丝决定多写一点。奥利维亚满心都是这件事，她渴望读到更多安东尼的文字，倾听他的声音，得到她需要的答案。

你为什么来到这个世界上，安东尼?

她抿了一口咖啡，叹了口气。她今天还要看之前的日记。她打开日记本，找到她最喜欢的一篇。

2008年12月7日

今天我们请了大卫的父亲和兄弟来看爱国者队的比赛。阿蒂真的快聋了，但他不愿意承认，也不愿意戴助听器，所以电视机一整天都在尖叫。他们看比赛的时候总会大喊大叫，尤其是对战喷气机队[①]的时候（不管他们是赢是输，他们都会大喊大叫）。所以，为了躲避这样的喧闹，我知道安东尼今天一定不会去客厅。

下午的前半段时间我都在厨房里。晚饭我做了开胃菜、奶酪鸡肉和千层面。安东尼不喜欢在我做饭的时候待在厨房里。我想可能是因为我敲打锅碗瓢盆的声音，也可能是因为我意想不到的移动，也可能是因为气味。我不知道为什么，我在厨房做饭的时候，他总是躲得远远的。

因此，男人们对着客厅里嘈杂的电视节目大喊大叫，而我在厨房里忙着做饭，我担心安东尼在家里会不开心。那天天气很好，所以午饭后我让他出去了。

我很高兴我们为大门装了崭新又漂亮的诺克斯堡锁，这样安东尼就可以独自待在外面的露台上或者院子里，我们也不用担心他会跑到我们不知道的地方去。我再也不想到处找他了。最糟糕的感觉就是不知道他在哪里。如果他受伤或害怕了怎么办？如果在我们找到他之前，他发生了可怕的事情又怎么办？我讨厌按邻居的门铃，讨厌在我解释情况时看着他们的脸变得面无表情。他是一个可爱的、不会说话的男孩，他只是得了孤独症，他不是逃犯。

① 喷气机队，即纽约喷气机队。——编者注

所以我知道他在外面，不会离开院子，但我不知道他在外面做什么。我很久没有查看他的情况了，而我本该这么做的。通常我会每隔几分钟就探头看他一眼，但今天我觉得自己很贪婪，我只想多享受几分钟的平静与安宁，再多几分钟，再多几分钟。

有趣的是，大卫也没有从沙发上起身去看安东尼；不过这也不奇怪。他以为我会这么做。我切菜、搅拌、煮菜，忍住了去院子里看安东尼的冲动，我没有让大卫去做，也没有因为他没主动去做这件事而和他吵架。

我做好了奶酪鸡肉，烤好了千层面，甚至做好了开胃菜，一切都没有被打断。外面没有传来尖叫声。这很好，但有时候太久的安静就像他的尖叫一样令人毛骨悚然，我开始担心他可能在外面做什么。他可能正在光着身子玩自己的便便。今年春天，他砍掉了所有刚绽放的郁金香。你永远都不知道他会做出什么事。但最有可能的是，他只是在荡秋千，或者在沙坑里玩沙子，或者排列石头。

我最终还是走到了外面，他正仰面躺在露台上，躺在一块方形的阳光区域。他的两条胳膊放在身体两侧，手掌向上，双脚张开，眼睛睁着。他只是躺在那里，盯着天空。

方形的阳光区域足够容下两个人，所以我决定在他旁边躺下。今天天气凉爽，阴凉处很冷，但在阳光下不穿外套也很舒服。事实上，露台很热，热气像天堂一样扑在我酸痛的背上。

天空是完美的蓝色，没有一丝云彩。我看着安东尼仰望天空，心想：他这样躺着有多久了？他就一直躺在这里吗？他在看什么？天上没有云、没有鸟，也没有飞机。是什么吸引了他这么久的注意力？他脑子里在想什么？

我开始坐立不安，觉得我应该站起来做点什么。我想，我不能就这样躺在这里。我应该做点什么。我还有一水槽的脏盘子。我应该假装关心爱国者队，和他们一起在客厅里待一会儿。我应该再洗一堆衣服。

我觉得很内疚，因为我那么长时间都没有关注安东尼。我想我应该让他站起来，指导他，让他专心做他应该做的事情。我满怀恐惧地想到他即将到来的个别化教育计划（IEP）会面。他落后太多了，还有很多很多东西要学。

但幸运的是，出于某种原因，我没有这么做。我决定继续躺在那里，做安东尼正在做的事情，就是什么都不做，想躺到什么时候都行。所以我们并排躺在露台上，看着看似一成不变的蓝天，他的身体和我只隔着几厘米。

起初，我的思绪漫无目的地游荡。我想象着所有的脏盘子在水槽里，甚至没有浸到水里，乞求我来洗它们。我担心他的IEP会面，盘算着我要做的所有准备工作，但我停了下来，最终让一切顺其自然。我什么也没做，只是单纯地感受着，感受湛蓝的天空、温暖的阳光、凉爽的空气、热乎乎的露台，还有我旁边的安东尼。

在某个时刻，我看向他，他的脸上挂着最灿烂的笑容。上帝，他的微笑让我太幸福了。就这样，我们俩一起躺在露台上，对着天空微笑。

然后太阳继续移动，我们的方形阳光区变成了阴影。安东尼坐起来，斜瞥了我一眼，给了我一个开心的笑容，仿佛在说："妈妈，是不是很棒？你和我一起仰望天空的时光不是很美好吗？"

然后他尖叫着、拍着手跑进了屋子。

是的，安东尼，这是我度过的最美好的时光之一。

第37章

贝丝正坐在图书馆的座位上，苏菲的笔记本电脑正打开到书的最后一页。她又重读了一遍结尾。她喜欢这个结尾。这个结尾不错，但她还是不情愿地承认，这个结尾并没有触动她的内心。

但她还能写出怎样的结尾呢？她用食指上被咬过的指甲轻轻地敲击着牙齿，又读了一遍。她向后一靠，茫然地盯着讲台，还有挂在后面墙上的梭罗、爱默生和梅尔维尔的油画。

你还没有写出正确的结尾。

她为什么要听奥利维亚的话？结尾是非常主观的东西。她又读了一遍最后一章。这是一个非常合理的结尾。

安东尼的人生又有什么意义呢？

这个问题很宏大，如果贝丝足够坦诚，她能看出来自己是如何回避这个问题的。她也能看出，读者在读到最后一页时，又可能会产生怎样的疑问。但让读者去思考答案又有什么错呢？这难道不是好事吗？让读者有所思考，引起读者的共鸣。

贝丝叹了口气，将电脑推到一边。她从包里拿出一个崭新的笔记本，翻到第一张空白页。她用钢笔敲了敲牙齿，凝视着窗外。除了坐在借书台后面的玛丽·克劳福德，今天的图书馆里没有其他人。

图书馆里炎热、安静又寂静。时钟滴答作响。她低头看向自己的笔记本。

一片空白。

她不需要再写任何东西。她写的结尾已经够好了。即使她真的写了另一个结尾，也没法保证那就是奥利维亚想要的答案。贝丝无法保证这一点。她盖上笔帽，合上笔记本，但她没有离开。她凝视着窗外，和自己辩论，听着嘀嗒作响的时钟。

你还没有写出正确的结尾。

你写的结尾已经很好了。

安东尼的人生有什么意义？

也许是这个故事给你自己带来了某种启发。

吉米。

滴答，滴答，滴答。

贝丝把双臂向上举过头顶，弓起背。她把脚放在地板上，稍微坐直了一点，打开笔记本，拔下钢笔的笔帽。她低头凝视着空白的页面。

一片空白。

自从几个月前开始在这里写作以来，她还没遇到过这种阻力。但现在，这种阻力又回来了，比以往任何时候都要强大，就像一面十几米高的砖墙堵在她和可能出现的新结尾之间。也许已经没有什么可写的了。

但安东尼的人生意义又是什么？

滴答，滴答，滴答。

“嘿，安东尼。你还有什么要说的吗？”她小声说。

她屏住呼吸倾听着。

滴答，滴答，滴答。

并没有来自另一个维度的声音。她吐出一口气，感到如释重负。

但她确实想到了一些东西，一个用她自己的声音问出来的问题。

我人生的意义又是什么?

然后，一个想法掠过她的脑海，这个想法宏大而充满自信，不是由她脑海里的声音或画面组成的，它虚无缥缈，却又像她正在坐的椅子一样真实而确定——她的问题的答案。

它们是一体的。

贝丝闭上眼睛呼吸。她随着滴答作响的时钟的节奏呼吸，很快，两者似乎都慢了下来，伸展开来。她在脑海中想象着十几米高的砖墙，但她没有试图去攀爬它或推倒它，而是沿着它走。她微笑着从这个新的角度审视着那堵墙。那堵高不可攀的墙只有一两米宽。她绕着墙走了一圈，展现在她面前的便是湛蓝的天空。有个人直视着她的眼睛，微笑着，是安东尼。她也对着他笑了，点了点头。

贝丝睁开眼睛，拿起笔，她的手划过纸张时，她突然有了灵感。

第 38 章

奥利维亚醒来时仍然疲惫不堪，今早的天空又是深灰色的，她还没有想到、也没有意识到今天是什么日子。和之前的早晨一样，她在热气腾腾的淋浴间洗了个澡，穿好衣服，然后坐在厨房的桌子旁，手里拿着一本书和一杯咖啡。直到她喝完最后一口，今天的日期才重重地扇了她一个耳光。

今天是 1 月 10 日，意识到这一点后，表面上正常的一天就消失了。

就像今天一样，两年前的 1 月 10 日也是一个普通的早晨。那是一个星期天。安东尼先起的床，之后奥利维亚跟着他下了楼。他坐在沙发上看巴尼，她准备咖啡和早餐，大卫冲了个澡。

她烤了三根法式吐司条，放在安东尼的蓝盘子里，然后又给吐司条加上枫糖浆。她把他的盘子、葡萄汁、餐巾和叉子放在安东尼的座位前的餐桌上，趁大卫还在家的时候上楼洗了个澡。等她穿好衣服回到楼下，安东尼已经吃完了早饭，大卫也喝完了咖啡。大卫说了再见，然后去参加一个看房会，他比计划时间提前了几个小时出发，这是他每天避开她的习惯之一。

安东尼此时正在楼上的主浴室里玩水槽里的水。这是他们典型的周末活动。早餐后，安东尼在水槽边玩水，而奥利维亚洗碗、喝咖啡，然后看《环球报》。她很早就不陪他在浴室里玩耍了。他知道没有她在旁边就不能用浴缸。沐浴时间是在晚上，他明白这个规则。他喜欢规则。

安东尼终于学会了上厕所。他通常在早餐前小便，而且通常在午餐后才需要再次小便。因此，当他早上在浴室里玩耍时，她并不担心他要上厕所，也不担心经常与大小便有关的所有令人讨厌的冒险。

这就是他们每个周末都做的事。她喝咖啡、看报纸，安东尼在水槽边玩水，他喜欢让冷水从手上流过。他喜欢用水装满一个大塑料杯，然后一遍又一遍地往水槽里倒水。他还喜欢塞上塞子，把水槽装满水，然后会舀一些水到他的杯子里，再倒回去，把水倒进水里。

安东尼也喜欢洗发水。奥利维亚给他买了很多旅行装的洗发水瓶，然后确保那些昂贵的洗发水都藏好了，放在了他够不到的地方。安东尼会先脱掉衬衫。他喜欢把整瓶洗发水倒进水槽里制造泡泡，他还喜欢把洗发水擦在胳膊和身体上。他喜欢用肥皂水润湿皮肤的感觉。

喝完咖啡后，奥利维亚会上楼，走到安东尼的房间，拿上他的衣服，走进浴室，递给安东尼一条干毛巾，告诉他该穿衣服了。然后他们走到最底下的台阶，她帮他穿上衣服。

两年前的 1 月 10 日，安东尼在浴室里玩水，大卫为躲她出去工作，奥利维亚喝着咖啡，读着报纸。要是她喝咖啡喝得再快点就好了。要是大卫在家再多待一会儿，要是她没有全神贯注地读报纸，也许一切就不会是这样了。

今天早晨喝的咖啡的味道还停留在她嘴里，这是她喜欢的味道，但它突然变得太苦、太臭、太恶心了。奥利维亚冲进浴室，对着水槽干呕。她刷了牙，用漱口水漱了口，然后坐在冰冷的浴室地板上。

两年前，她非常平静地喝了那杯咖啡。她正在看报纸的艺术版面，从楼上辐射出的寂静在她皮肤下爬行，让她不寒而栗。她放下报纸，仔细倾听楼上的动静。她没有听到任何异常的声音，只有水管里流水的声音。

他没事，她想。然后下一秒，她就听到“砰”的一声。

砰！这声音太大、太重、太响了，不可能是旅行装洗发水瓶或装满水的塑料杯弄出的动静。她不记得自己是怎么从厨房的椅子上走到浴室里的。她只记得“砰”的一声，然后安东尼就立刻出现在她眼前，他躺在瓷砖地板上，浑身抽搐着。

奥利维亚现在从浴室的地板上爬起来。她裹上冬衣、戴上帽子、穿上靴子，出门去散步，试图逃避她会记起来的事情。也许如果她一直走动，也许如果她没有坐在一个容易被找到的固定地点，也许那天早上剩下的记忆就不会侵扰她。

一开始这是有用的。奥利维亚专心走路，专心让自己抵御刺骨的寒冷，倾身迎着刺骨的寒风。但很快，她就对天气麻木了，她经过的一切都是灰色的——房子、街道、树木、天空。走路变成了一种漫长的、熟悉的、灰暗的、麻木的模糊，不足以再让她的身心分离。记忆开始在她的身体里涌动。

安东尼躺在浴室的地板上。安东尼的眼睛向后翻。他的脚趾卷曲着。他瘦小的身体光着上身，穿着睡裤，体内的每一块肌肉都在挤压他、摇晃他、扭曲他。

安东尼四岁的时候，奥利维亚见过一次这样的事。在这发生之前，安东尼的脸上有一种奇怪的、茫然的表情。他目无焦距，目光比平时更加茫然，看上去有点疲惫不堪。随后他就倒在了地板上，不省人事，整个身体绷得紧紧的，浑身颤抖。这种情形持续了大概一分钟，可怕得仿佛有一小时那么长的一分钟，然后症状就消失了。大约一分钟后，安东尼苏醒过来，筋疲力尽，但还算正常。

那次事发时，她和大卫都在场。大卫打了急救电话，她和安东尼一起上了救护车，大卫则开车跟在后面去了儿童医院。医生给安东尼做了脑电图和其他一些她不记得的检查。神经科医生说安东尼是癫痫发作。他说，癫痫在孤独症患者中很常见，大约三分之一的孤独症儿童也患有癫痫。他说，癫痫通常可以通过药物控制，而且安东尼以后可能不会再癫痫发作。

在那之后的很长一段时间里，奥利维亚像一只紧张的老鹰一样盯着他，但是安东尼没有再次发作。她放松下来，说服自己癫痫已经永远消失了，这只是一次偶发事件。他们还是很幸运的。

安东尼四岁时第一次癫痫发作的经历并没有让奥利维亚对这一次癫痫有所准备。这次的癫痫不一样。它没有停下来，抽搐一阵接着一阵，令安东尼的身体愈发紧绷，摇晃得也更厉害。就好像有人在往火里添柴，火焰越烧越旺、越烧越热、越烧越亮。

奥利维亚把毛巾塞在他的头下，没有意识到他已经用力把毛巾顶到了瓷砖地板上，她惊恐万分地看着这一切，然后所有症状都停了。痉挛停止了，安东尼就躺在那里。他的眼睛仍然向后翻。他的脚张开了。他的嘴唇不再粉红，而是逐渐发紫，然后紫色又变成了蓝色。

安东尼!

奥利维亚用胳膊搂住他，用手指摸着他无力的手腕和脖子。她什么也感觉不到。她把耳朵贴在他湿滑的胸膛上。她觉得她就是从那时开始尖叫的。

她打了急救电话。她不记得她对他们说了什么。

她也不记得他们让她怎么做了。

她捏着他的鼻子，开始给他做人工呼吸。

呼吸啊!

她按压着他裸露的小小胸口，就像她十几岁时第一次被教导如何为一个叫安妮的娃娃做人工呼吸一样。

安东尼，快呼吸!

然后来了两个人，是两名消防员。他们接手了剩下的事情。一个人把吸氧的袋子套在安东尼的嘴上，一个身材高大的男人不停地用他那双大手的手掌后部往下按压安东尼的胸口。她记得当时的想法是：住手！你们会伤到他的！

又来了两个人。这两个人把安东尼搬到一块平板上，从楼梯上抬下去，然后将安东尼搬到担架上。另一个比大卫还要高大的男人跨坐在安东尼的膝盖上，用手一遍又一遍地拍打着安东尼的胸部，又暴力又无情。吸氧的袋子挤在安东尼的嘴上。这一些都发生在他们搬动的过程中。两个人抬着担架，上面是安东尼和那个大个子，从前门走向车道上的救护车。

这些画面是超现实的，一切都太过生动。即使是现在，她还记得那个早晨的每个瞬间，那个早晨发生的一切依然栩栩如生，她一边走一边哭，她仍然不敢相信那个早晨发生的一切，似乎这一切根本不可能发生。她走得更快了。

奥利维亚坐在救护车的前面，她转过身想要看着安东尼，想要看他们对他做了什么，想让他重新呼吸，想让他睁开眼睛。

安东尼，看着我。

她不记得有没有给大卫打电话了，但她肯定打过。或者有人这么做了。在急诊室的走廊里，他就站在她旁边，这时一个身材矮小、长着鹰钩鼻的秃顶男人朝他们走来，取代了她脑海中浮现的她祖父的形象——他们都同样矮小和秃顶。

“我很遗憾”，在听到自己的尖叫声之前，她只记得这句话。在那年的 1 月 10 日剩下的时间里，奥利维亚能清楚记得的最后一件事就是她自己发出尖叫声。

这已经是她在社区里转的第三圈了，她一直在绕着同样的灰色空房子和灰色贫瘠土地转圈，根本不打算换路线或者回家。她每次只会在贝丝的家门口停一下。

黑色卡车和蓝色小货车都停在车道上，灯也亮着。贝丝在家。奥利维亚站在贝丝家门前的街道上，急切地想要去按门铃。自从那天早晨离开贝丝家的客厅，她就再也没有见过或听到她的消息。但每次经过贝丝的家门口时，她都说服自己不要这样做。她现在的状态不适合和任何人进行理智的交谈。

今天不行。

奥利维亚又绕了三圈，然后停下来。她冻得瑟瑟发抖，筋疲力尽。她看了看表。

天啊，现在才中午。

1 月 10 日还剩十二个小时才会结束。她不能再走了。她必须回家。

在回去的路上，她抄近道去了邮箱那里。她从邮箱里抽出几张账单、一个目录册和一个马尼拉纸信封，信封上只有她的名字、没付邮资。她把其他信件塞回信箱，用满怀恐惧和希望的心情打开了信封。

她手里拿着的是一叠薄薄的打印纸，打印纸的左上角被钉了起来。最上面的那张纸是空白的，但一张粉色的便利贴粘在纸中间。

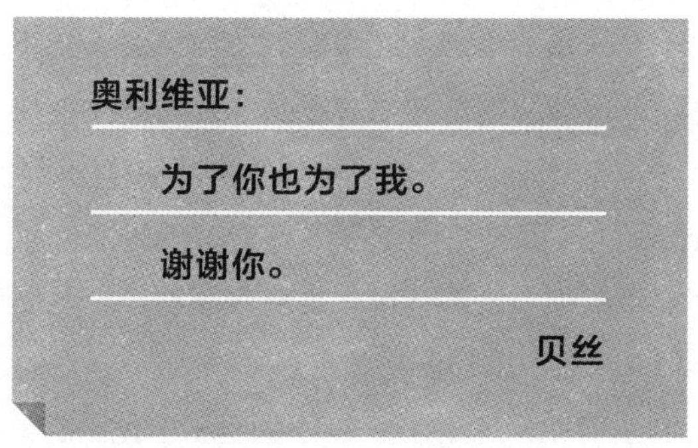
奥利维亚：

为了你也为了我。

谢谢你。

贝丝

她把便利贴从纸上揭下来，露出纸中间的一个词。

“后记”。

第39章

今天在吉尔家举行星期天早午餐读书会。本来这次读书会应该轮到在贝丝家办，但吉尔坚持主持这次的活动。贝丝来早了，她是第一个到的。吉尔带她走进餐厅。

“你觉得怎么样？”吉尔笑着问，期待着贝丝的反应。

贝丝扫视了一下房间。蓝色餐盘放在蓝白方格布餐垫上。每个盘子中间都放着一张白色书签。每块叠好的蓝色亚麻餐巾上面都放着一块大而光滑的白石头。一个装满紫色郁金香的大玻璃花瓶摆放在一个圆形金属托盘的中间，周围摆放着白色的小石头。还有细长的香槟酒杯，一玻璃罐橙汁和一壶咖啡。食物放在茶几上——一碗混合浆果、百吉饼和奶油芝士、某种烤蛋、培根和法式吐司条。

“这太壮观了，”贝丝说，“你真了不起，真是辛苦了。”

吉尔摆摆手拒绝了她的恭维，去厨房照看还在煮的食物。贝丝选了个座位，拿起盘子里的自制书签。

书签上印着“阅读小组指南”，下面是吉尔提出的十个问题，用优雅的书法字体印在上面。贝丝笑了。

去年的这个时候，她们在吉尔的餐厅举办读书会。去年的这个时候，她们谈论的是吉米的外遇和他们的分居，而不是书。她还记得那个夜晚，仿佛就发生在昨天，又仿佛发生在一百万年前。她记得自己感到恐惧、丢脸、担心到恶心，还喝了伏特加。她以为那天晚上是一切即将结束的序幕。

一年的时间，已是沧海桑田。

前门开了。

“有人吗？”有人喊道。

“请进！”吉尔从厨房里喊道。

几秒钟后，科特妮和乔治娅走进餐厅。她们稍稍停顿了一下，看了看那张桌子和贝丝。她们看起来兴奋得要跳起来了，就像孩子们在圣诞节早晨看到圣诞树下的礼物一样。

“贝丝！”乔治娅说，“我昨天晚上才看完！其实是今天早上，你让我熬到了凌晨两点。你的书真是太棒了！”

“我几周前就看完了，是分三次看完的。我一直超想聊聊这本书。”科特妮说。

“真的吗？”贝丝笑着问，她的脸涨得通红。

吉尔要她们所有人保证，在今天上午之前不准对这本书评论一个字，要把所有的讨论都留给读书会，等到这时，她们就可以畅所欲言了。虽然发现这个要求即使对吉尔来说都有点控制欲过剩，但贝丝还是同意了。她们都做到了，但贝丝发现遵守承诺实在太难了，就好像她把脖子深埋进自身焦虑的泥沼里。在过去的一个月里，贝丝每天都在与一种几乎无法抑制的冲动作斗争，她想要问她的每一个朋友：“你读了我的书没？你觉得怎么样？”每次和佩特拉聊天，她都想问至少一打问题，尤其是关于结尾的，但她还是忍住了没开口。这三十天真是漫长又痛苦。

接着佩特拉走了进来，胳膊下夹着厚厚的一沓白纸。今天她们带来读书会的都是一百八十六页的打印纸，而不是平装书、图书馆借的书或者电子阅读器。她们带来的是贝丝的手稿。

佩特拉笑着把她的那沓纸扔在桌子上。

“这本书太动人了。”

“谁知道你竟然还有这样的本事？你是怎么想出这个故事的？你认识得了孤独症的男孩吗？”乔治娅问。

“没有，”贝丝说，“不认识。”

“我刚刚听到有人问问题了，”吉尔从厨房走了进来，双手各拿着一瓶香槟，“在我们都到齐之前，不许提问。”

“嗯，故事很有启发性，真的很有启发性。按你的方式进入他的大脑，我真的理解了他。我爱他。”乔治娅说。

贝丝环顾了一下房间。吉尔、佩特拉、科特妮和乔治娅都到了。读书会通常只有她们五个人，但是今天多了一个座位，还有一个座位是空的。

就在这时，门铃响了，吉尔对贝丝笑了笑，朝前门走去。

“你看起来棒极了。”乔治娅说。

“谢谢。”

一个为她举办的读书会，会上要讨论她写的书，她的第一部小说，这需要一套新衣服。贝丝专程去了趟海恩尼斯购物中心。苏菲跟她一起去的。贝丝穿着一条红橙相间的碎花裹身裙，脚上是一双新的奶油色露趾坡跟鞋，一对苏菲为她选的垂坠耳环，甚至还化了妆。

“我喜欢你的项链，”科特妮说，“是新买的吗？”

贝丝把手放在胸口上方，用拇指和食指抚摸着闪闪发光的蓝白色月光石。

“是的。”贝丝笑着说。

吉尔回到餐厅，奥利维亚紧随其后。奥利维亚的手里也拿着一百八十六张纸。贝丝起身走向她——她的摄影师、邻居、编辑和朋友，抱了抱她。

“谢谢你能来。”

吉尔的一只手搭在奥利维亚的肩膀上，引导她坐到贝丝旁边的椅子上，把她介绍给大家。

“准备好了吗？让我们举杯，”吉尔说，等待每个人举起手里的酒杯，“敬贝丝和她感人的书！”

“干杯！”

她们一起碰杯，喝香槟。

“我对你的书只有一个疑问。”科特妮说。

贝丝吞咽着，等待着，她的胃收紧了。

“它没有名字。”

“我知道，”贝丝如释重负地说，“我还没有想好。”

“她也不擅长给她的孩子起名字，还记得吗？”吉尔说。

她说得对。出院的时候，可怜的格蕾西还只是女宝宝埃利斯。她差不多一周大时才有名字。

“你是怎么起了安东尼这个名字的？”乔治娅问。

贝丝瞥了一眼佩特拉，又看了一眼奥利维亚，然后笑了笑，好像在分享一个秘密。

“我不知道，我只是喜欢这个名字。”

贝丝不知道为什么从来没有考虑过给她的主角取别的名字。她也不认识什么叫安东尼的人。

“我到现在还在为那个结尾哭泣。”乔治娅说。

“我也哭了，”吉尔说，“我都起鸡皮疙瘩了。”

贝丝挑起眉毛看着佩特拉，屏住呼吸等待着。

“这是一个完美的结尾。”佩特拉说。

贝丝呼出一口气，她发誓她能感到自己的心在微笑。

“非常感谢。我也喜欢这个结尾，”贝丝的眼睛紧盯着奥利维亚，“这是整本书中我最喜欢的部分。”

当开始写这个故事的时候，贝丝还记得她在想这个角色对她来说是多么陌生，这个患有孤独症的男孩不会说话，不喜欢被触碰，不会和人进行眼神交流，喜欢巴尼和数字三，还有排列石头。但随着她不停地写下去，随着她对他的孤独症越来越熟悉，贝丝开始越来越多地看到他们之间的相似之处：她会为了安慰自己而咬指甲；只有她的房子干净整洁、所有的相框都水平地挂好时，她才会觉得平静；她无法忍受别人坐在她图书馆的座位上；当周围有太多噪声时，她会变得焦躁不安；有些时候，她就是需要独处。

但他们真正的相似之处与孤独症无关。随着她不停地写下去，贝丝开始意识到这个故事更多是关于安东尼这个男孩本身，而不是患有孤独症的男孩安东尼。孤独症几乎变得无关紧要，最终，她只是在写安东尼，一个值得拥有爱、幸福和安全感，值得被需要的男孩。就像她自己一样。关于安东尼的事情写得越多，贝丝就越发意识到她实际上是在写她自己。

她喜欢整本书，但是最后一章，那个她几乎没怎么写的章节，毫无疑问是她的最爱，也是这本书最重要的部分。这是她内心所需要的启发，是她真正想听到的忠告。

现在，贝丝的书写完了。她用食指和拇指抚摸着项链上光滑冰凉的月光石，把它压在她的心脏上。

谢谢你，安东尼。

“我认为我们应该在讨论开头之后再讨论结尾，”吉尔说，“我在书签上为我们做了一个讨论指南。食物在那里。还有充足的香槟、咖啡和橙汁，但请不要用酩悦香槟来调含羞草鸡尾酒，请用科贝尔香槟。好了，让我们边吃边讨论这本书吧！”

第40章

现在是清晨，奥利维亚在胖女士海滩沿着海边散步，阳光照在背上，让她感觉很舒服。这是一个晴朗的早晨，没有雾，只有微风。天空是一种纯净、柔和的蓝色，空气闻起来很干净。昨天，天空乌云密布，风势凶猛，海滩上到处都是穿着黑色紧身潜水衣的风筝冲浪者，他们在波涛汹涌的海浪上滑行，与海岸平行。今天，追求刺激的风筝冲浪者都待在室内，取而代之的是遛狗的人。奥利维亚已经向至少十几个人和他们的宠物点头问好了。4月份，胖女士海滩上就有这么多活动是非同寻常的。但是，这个周末，这一切都不奇怪，因为这周末将举办水仙花节。

奥利维亚觉得自己快走不动了，但除非再找到一块石头，否则她是不会离开的。她把牛仔裤卷到小腿处，鞋子挂在她平静的手指上，她赤着脚走在平坦紧实的沙滩上，最近涨潮了，这里又湿又冷，身后是一串她自己的凹陷脚印。她低头走着，眼睛盯着面前金色的沙粒。海滩被冲刷得很干净。大部分是细沙，只有零星的碎贝壳散落在沙滩上。她坚持寻找着。

她最终找到了一块石头，她知道自己一定会找到的。这块石头是白色的，只有部分暴露在沙滩上，在阳光下闪闪发光。她把它捡起来，然后蹲坐在海边，等海水来把她的石头舔干净。她把它捧在手心里，这块石头又白又圆又光滑。安东尼会喜欢的。她笑了。现在她可以走了。

回到小区，她走在路中间，看着路边所有的水仙花。它们颜色鲜亮，全部意外爆发出喜庆的色彩，仿佛三百万只黄凤凰从灰蒙蒙的天空中飞起。勃勃的生机再次回归。今年的天气异常温暖，水仙花提前两周开放了。它们无处不在，争奇斗艳。

现在很多车道上都停着车，很多房子的窗户都开着。奥利维亚一边走，一边听到附近有割草机的声音，还有远处锤打的声音。她闻到了护根物和油漆的味道。春天来了。

奥利维亚在贝丝家门前停了下来。车道是空的。他们可能已经去沙滩了。她说他们今天会举行车尾派对。两把阿迪朗达克椅子并排放在前面的草坪上，干净而洁白，刚刷过漆。奥利维亚笑了。她看了看表，看来走之前她没时间和贝丝道别了，但她很快就会再见到她的。

转身回家之前，她最后一次去查看邮箱。她打开邮箱，里面没有信件。这很好。

奥利维亚回到小屋，这是她和大卫为他们的未来买的房子。这个计划甜蜜而浪漫，却无法如愿以偿。也许对别人来说可以。她站在家门前的街道上，看着房子灰色的雪松木瓦和白色的镶边，还有农夫门廊和石头走道。立在路边前坪上的“出售”字牌反射着阳光，亮闪闪的。她叹了口气。也许别人可以得偿所愿。

她的东西已经收拾好了。她昨天就运走了几乎所有的东西，剩下的都在吉普车里。实际上，她今天的行李比一年前的轻多了。没必要再进去了。

上吉普车之前，奥利维亚坐在草地上晒太阳，欣赏她的水仙花。草地上的草已经比沙滩上的高多了。她今年又种了十二株水仙花，现在已经有十八株了。十八朵快乐的黄白色花朵在微风中翩翩起舞，庆祝着水仙花节。

一个重新开始的承诺。

而且它们今天是在一个白石床上庆祝节日的，这些石头均匀地铺在水仙周围的地上。一个石头花园和十八朵水仙花。这是安东尼的石头的完美归宿。

奥利维亚本想把今天早上捡到的那块石头扔到那堆石头上，但她又改了主意。她没有丢下那块石头，而是从地上又选了两块，把三块石头都拿在手里。好了，三块石头。这就是她所需要的。

她摘了一朵水仙花，吸了一口花儿奶油般甜美的香味，随后把它插到右边耳朵上的头发里。然后她上了吉普车，最后看了一眼她的小屋、她的水仙花和安东尼的石头，开车离开了。

去海恩尼斯的高速渡轮并不拥挤，奥利维亚可以选到喜欢的靠窗座位。今天，人们不会离开楠塔基特岛。他们是来看水仙花的。奥利维亚已经看够了。渡轮的引擎隆隆作响，渡轮开始移动。

她把包放在座位上，上了楼梯，走到渡轮的后部。渡轮驶近布兰特角灯塔时，她从口袋里掏出一枚便士扔进海里。这一传统象征着会返回岛上的承诺。她会回来的。她会回来看贝丝和吉米的。

奥利维亚站在栏杆旁，面朝后方，越来越多的海水将她与这个小岛隔开。她看着港口里的小船、两座教堂的尖塔、城里的建筑以及点缀在海岸线上的灰色房屋变得越来越小。很快，楠塔基特岛就从她的视野里消失了。

渡轮加快了速度。奥利维亚回到她的座位上，面朝前方。她要回去工作了，回到泰勒·克雷普斯出版社工作，但这次是以小说编辑的身份。她已经准备好了，而且很兴奋。她复出后编辑的第一部小说将由她亲自带给路易丝：伊丽莎白·埃利斯的处女作。她迫不及待地想要看到这本书出版，想要在书店里看到它，想要把它拿在手里，想要感受它的封面和重量。

她打开包，抽出一大叠纸。这是贝丝的手稿。她把它放在膝上。这就是她来楠塔基特岛的原因，就是为了这本书。这就是她一直在寻找的答案，她的平静所在。

渡轮把她送回大陆时，奥利维亚正翻到手稿的最后几页。她微笑着重读她最喜欢的部分，细细品味每一个字，用她的灵魂聆听安东尼美妙的声音。

第41章

后记

亲爱的妈妈：

对于你的问题，其实你已经有答案了。它们其实早就藏在你心里了。只是你仍然在抗拒。我明白，有时候我们需要反复肯定才能听到这些话。这是一个双向对话。

我来到这个世界，不是为了去做你在我出生前就梦想或害怕我会去做的事情。我来到这个世界不是为了参加少年棒球联盟，参加毕业舞会，上大学，服兵役，成为医生、律师或数学家（这些我都会做得很好）。我来到这个世界不是为了长大成人、结婚生子，不是为了所有这些已经做了或将要做的事情。

而且我来到这个世界也不是为了帮助其他人了解免疫学、胃肠学、遗传学或神经科学，也不是为了解决孤独症之谜。这些问题的答案以后再说。

我来到这个世界只是为了单纯地活着，而孤独症是我存在的载体。我短暂的一生虽然有时很艰难，但我在成为安东尼的过程中找到了巨大的快乐。孤独症使我很难通过眼神交流、对话和其他你们惯用的方式，与你、爸爸还有其他人建立联系。但是我对这些方式不感兴趣，所以在这个过程中我没有感到被剥夺。我通过其他方式与你们建立了联系。比如你们的歌，你们情感的能量，在你们身边的舒适；有时，在我珍惜的时刻，则是通过分享我喜爱的东西——蓝天、我的石头还有《三只小猪》的故事。

而你，妈妈，我爱你。你问我有没有感觉到和理解你爱我。我当然有了，而你也是知道这一点的。我爱你对我的爱，因为你对我的爱让我觉得安全、幸福和被需要，它的存在超越了语言、拥抱和眼神。

这让我想到了我来这个世界的另一个原因。我来这个世界是为了你，妈妈，是为了教你什么是爱。

大多数人都怀着一颗谨慎的心去爱，只有在某些事情发生或没发生的时候，才会爱到某个程度。如果我们爱的人伤害了我们、背叛了我们、抛弃了我们、让我们失望，如果爱这个人变得很困难，我们常常会停止去爱。我们会选择保护自己脆弱的心灵。我们会封闭自己的心，在爱中退缩，拒绝再爱对方，断开和对方的联系，从这段关系中撤离。我们甚至还会憎恨对方。

大多数人的爱都是有条件的。大多数人从来没有被要求用一颗完整的、包容的心去爱别人。他们只会爱一半、留一半，只要过得去就行。

孤独症是我送给你的礼物。妈妈，因为孤独症，我无法拥抱和亲吻你，也不能注视你的眼睛，不能大声说出你如此渴望亲耳听到的话，但你还是爱着我。

你是不是正在想，你当然会这么做，任何人都会这么做。这不是真的。用一颗完整而宽容的心来爱我、爱我的全部，这让你学会成长。尽管你心痛、失望、恐惧、沮丧、悲伤，尽管我无法回报你的爱，但你还是爱着我。

你一直无条件地爱着我。

你之前从来没有从爸爸或你的父母、姐妹或者其他人那里体验过这种爱。但是现在，你知道什么是无条件的爱了。我知道我的死伤害了你，你需要时间独自疗伤。可你现在已经准备好了。你还是会想念我，我也会想念你，但你已经准备好迎接新生活了。

用你学到的这一切再去爱别人吧，找到一个可以无条件去爱的人。

这就是我们来到这个世界的原因。

爱你的，

安东尼

LOVE ANTHONY

后记

写这个故事的时候，大家对孤独症的神经解剖学、神经化学和神经生理学基础知之甚少。虽然我期待有一天，在不久的将来，科学家们能找到孤独症的病因，但阐明孤独症的神经科学原理并不是我写这本小说的目的。

大约三分之一的孤独症儿童同时患有癫痫。对大多数孤独症儿童来说，癫痫可以通过药物治疗得到控制。然而，对于不能说话的孩子来说，正确控制用药剂量和保证药物有效性尤其具有挑战性。

应该说患有孤独症的男孩还是应该说孤独症男孩？语言的具体使用方式可以有力地影响我们对他人的看法。我已经读过并理解了这两种表述的论点。

患有孤独症的男孩——重点在人。男孩首先是一个人，不是也不仅仅是由孤独症来定义。而患有孤独症的男孩这个说法表明孤独症也是一种疾病，就像描述患有阿尔茨海默病的人或患有癌症的人。它可以被认为是消极的东西，一种需要治愈的疾病。

孤独症男孩——这种说法的论点是，孤独症是一种应该被接受的特征。它是人的一部分，就像人的棕色眼睛或金色头发一样。

看到两者的优点，我有意识地在这本书中使用了两种提及孤独症的方式，随着它们在今天的文化环境中被使用，我们应当意识到这个问题值得讨论，应该尊重两种意见。

2010年，我开始写这本小说时，美国的孤独症发病率是一百一十分之一。而美国疾病控制与预防中心（CDC）在2012年3月发布的一份报告中指出，该病的发病率已经增加到八十八分之一。

这是一个关于患有孤独症的男孩的虚构故事。我一次又一次地从家长和专业人士那里读到和听到这种说法：

“如果你见过一个患有孤独症的孩子，你只是见了一个患有孤独症的孩子。”

这部小说中虚构的男孩安东尼是一个患有孤独症的孩子。他不可能代表所有的孤独症患者，但我希望通过安东尼和他母亲的故事，读者可以获得对每个孤独症患者的洞察力和敏感性。

在过去的两年里，我与家长、医生和治疗师交谈，尽可能多地阅读了有关孤独症的资料，以下是我学到的：

孤独症的涵盖范围又长又广，而我们都在其中。一旦你相信了这一点，就很容易看到我们是如何联系在一起的。

致谢

首先，我要感谢所有慷慨地与我分享他们经历的了不起的父母。我非常感谢你们向我敞开了你们的个人生活的大门，教会了我关于孤独症的知识，并且信任我。我知道你们给我的一切都非同寻常。谢谢特蕾西·格林、凯莉·格里格利维奇、凯特·雅各布森、杰基·莫斯特、苏珊娜·奥布莱恩、霍利·夏皮罗、金吉尔·谢泼德和吉姆·史密斯。

感谢巴里·科索夫斯基医生——我最早的老师之一。感谢您作为一名儿科神经病学家的深刻见解，感谢您描述了当前对孤独症的科学与医学认识。很高兴再次向你学习。

感谢行为分析师、医学博士科琳娜·墨菲·吉诺瓦作为应用行为分析专家的见解。

感谢珍妮弗·巴克利和莱恩·斯隆的慷慨，谢谢你们帮助我更好地了解癫痫发作之前、发作期间和发作之后的情况。谢谢杰西卡·威塞尔奎斯特医生从临床角度对癫痫的解释。

感谢杰西卡·卢卡斯分享她作为急救医生的专业知识。

感谢所有帮助我了解和爱上这个古怪而美丽的楠塔基特岛的每一个人：约翰·柏多克、莎拉·克劳福德、迈克尔·加尔文、约翰·吉诺瓦博士、温迪·哈德森、缇娜·洛夫汀和理查德·洛夫汀、杰奎琳·皮兹和文森特·皮兹、南希·罗德斯和皮特·罗德斯、苏珊·谢德、路易丝·施耐德博士。

还要感谢安妮·凯里、苏·林奈尔和克里斯托弗·休弗特，他们多次陪我去岛上旅行。

感谢吉姆·霍克神父提供有关天主教会的信息。

感谢玛丽·安·罗巴特分享你对通灵的见解。

感谢艾迪·莫福特·考夫曼帮我想象贝丝搬到楠塔基特岛之前在纽约的职场生活细节。

感谢吉尔·亚伯拉罕陪我在星巴克扮演一个关键场景的角色（吉尔是佩特拉，我是贝丝）。

感谢我的咖啡师和星巴克的好朋友们：劳伦·福勒、德西蕾·戈尔、布兰登·洛佩斯、艾琳·麦肯纳和玛丽·特雷诺。

感谢安·胡德举办的精彩的写作静修会。

感谢尖顶山信托基金在普罗温斯敦的马戈－盖尔布沙丘小屋提供的真正了不起的艺术家居所。

感谢丹尼尔·马特森为我提供了这个机会，让我可以不受干扰地在查塔姆酒店的一个漂亮房间里写作。

为了有时间和空间写这本书，我要感谢我的父母玛丽·吉诺瓦和汤姆·吉诺瓦，我的亲戚玛丽莲·索伊弗特和加里·索伊弗特、苏·林内尔，特别是我的丈夫克里斯托弗·索伊弗特。

我要感谢维姬·比尤尔、安妮·凯里、劳雷尔·戴利、金·豪兰、玛丽·麦格雷戈和克里斯托弗·索伊弗特，感谢你们阅读每一章，感谢你们与我分享这段旅程，感谢你们在这段旅程中对我的鼓励。

感谢我在西蒙与舒斯特的出版团队相信这个故事，团队的成员是：凯西·萨根、让·安妮·罗斯、艾丽特·格伦斯佩克、安东尼·齐卡迪、詹妮弗·伯格斯特罗姆和路易丝·伯克。

我要感谢维姬·比尤尔和凯西·萨根的反复阅读和宝贵的见解。由于你们的参与，这本书变得越来越好。

我要谢谢克里斯、艾蕾娜、伊森和斯黛拉，谢谢你们对我的爱和耐心。

最后，我要感谢特蕾西·格林。特蕾西，谢谢你相信我能写这个故事。我用所有的爱为你写了这本书。他们守护着“我的座位”，并为我提供了所有我能喝的印度茶拿铁。

未来，属于终身学习者

我们正在亲历前所未有的变革——互联网改变了信息传递的方式，指数级技术快速发展并颠覆商业世界，人工智能正在侵占越来越多的人类领地。

面对这些变化，我们需要问自己：未来需要什么样的人才？

答案是，成为终身学习者。终身学习意味着具备全面的知识结构、强大的逻辑思考能力和敏锐的感知力。这是一套能够在不断变化中随时重建、更新认知体系的能力。阅读，无疑是帮助我们整合这些能力的最佳途径。

在充满不确定性的时代，答案并不总是简单地出现在书本之中。“读万卷书”不仅要亲自阅读、广泛阅读，也需要我们深入探索好书的内部世界，让知识不再局限于书本之中。

湛庐阅读 App：与最聪明的人共同进化

我们现在推出全新的湛庐阅读 App，它将成为您在书本之外，践行终身学习的场所。

- 不用考虑“读什么”。这里汇集了湛庐所有纸质书、电子书、有声书和各种阅读服务。
- 可以学习“怎么读”。我们提供包括课程、精读班和讲书在内的全方位阅读解决方案。
- 谁来领读？您能最先了解到作者、译者、专家等大咖的前沿洞见，他们是高质量思想的源泉。
- 与谁共读？您将加入到优秀的读者和终身学习者的行列，他们对阅读和学习具有持久的热情和源源不断的动力。

在湛庐阅读 App 首页，编辑为您精选了经典书目和优质音视频内容，每天早、中、晚更新，满足您不间断的阅读需求。

【特别专题】【主题书单】【人物特写】等原创专栏，提供专业、深度的解读和选书参考，回应社会议题，是您了解湛庐近千位重要作者思想的独家渠道。

在每本图书的详情页，您将通过深度导读栏目【专家视点】【深度访谈】和【书评】读懂、读透一本好书。

通过这个不设限的学习平台，您在任何时间、任何地点都能获得有价值的思想，并通过阅读实现终身学习。我们邀您共建一个与最聪明的人共同进化的社区，使其成为先进思想交汇的聚集地，这正是我们的使命和价值所在。

图书在版编目（CIP）数据

爱你的安东尼 / (美) 莉萨·吉诺瓦 (Lisa Genova) 著 ; 史晓雪译. -- 杭州 : 浙江教育出版社, 2023.5
ISBN 978-7-5722-5786-5

Ⅰ. ①爱… Ⅱ. ①莉… ②史… Ⅲ. ①长篇小说—美国—现代 Ⅳ. ①I712.45

中国国家版本馆CIP数据核字(2023)第086782号

浙江省版权局
著作权合同登记号
图字:11-2023-091号

上架指导：小说 / 医学人文

爱你的安东尼
AI NI DE ANDONGNI
[美] 莉萨·吉诺瓦（Lisa Genova） 著
史晓雪　译

责任编辑：李　剑
文字编辑：苏心怡
美术编辑：韩　波
责任校对：余理阳
责任印务：陈　沁
封面设计：ablackcover.com
出版发行：浙江教育出版社（杭州市天目山路 40 号　电话：0571-85170300-80928）
印　　刷：石家庄继文印刷有限公司
开　　本：880mm ×1230mm 1/32　　插　　页：1
印　　张：10.125　　字　　数：254 千字
版　　次：2023 年 5 月第 1 版　　印　　次：2023 年 5 月第 1 次印刷
书　　号：ISBN 978-7-5722-5786-5　　定　　价：89.90 元

如发现印装质量问题，影响阅读，请致电 010-56676359 联系调换。